Lane Greene 萊恩・葛林——著
吳煒聲—譯

THE ECONOMIST GUIDE

WRITING WITH STYLE

經濟學人英文寫作指南

如何寫出精簡又有風格的英文

Writing with Style: The Economist Guide

自由學習 49

經濟學人英文寫作指南：

如何寫出精簡又有風格的英文

作　　者——萊恩・葛林（Lane Greene）

譯　　者——吳煒聲
責 任 編 輯——文及元
行 銷 業 務——劉順眾、顏宏紋、李君宜
總　編　輯——林博華

事業群總經理——謝至平
發　行　人——何飛鵬

出　　版——經濟新潮社
台北市南港區昆陽街 16 號 4 樓
電話：(02)2500-0888　傳真：(02)2500-1951

發　　行——英屬蓋曼群島商家庭傳媒股份有限公司城邦分公司
台北市南港區昆陽街 16 號 8 樓
客服服務專線：02-25007718；25007719
24 小時傳眞專線：02-25001990；25001991
服務時間：週一至週五上午 09:30-12:00；下午 13:30-17:00
劃撥帳號：19863813；戶名：書虫股份有限公司
讀者服務信箱：service@readingclub.com.tw
城邦網址：http://www.cite.com.tw

香港發行所——城邦（香港）出版集團有限公司
香港九龍土瓜灣土瓜灣道 86 號順聯工業大廈 6 樓 A 室
電話：852-25086231　傳眞：852-25789337
電子信箱：hkcite@biznetvigator.com

馬新發行所——城邦（馬新）出版集團
Cite（M）Sdn. Bhd.（458372U）
41, Jalan Radin Anum, Bandar Baru Seri Petaling,
57000 Kuala Lumpur, Malaysia
電話：+6(03)-90563833　傳眞：+6(03)-9057662
電子信箱：services@cite.my

印　　刷——漾格科技股份有限公司
初 版 一 刷——2025 年 9 月 11 日

I S B N——978-626-7736074、978-626-7736067（EPUB）

定價：550 元

導讀

珠玉滿地，拾者有幸

文／吳煒聲

坊間英文寫作書籍林林總總，多不勝數，但內容千篇一律，了無新意。本書浩繁廣博，統整《經濟學人》的寫作風格，非窮一人之力而成，乃是集眾人心血的結晶，其中義理考據，博通淹貫，廣而深厚，甚至能透析世故，啓人心智。此外，書中所用英語典故，信手拈來，不露餖飣堆砌之痕，亦能兼具情趣，令人莞爾一笑。

本書分成兩大部份，一是綜觀全局，二是探究細節。

作者率先引述邱吉爾名言，「短字是最好的，而老字若是簡短，則是最好的」，藉此概括《經濟學人》的用詞哲學。邱吉爾口中的短字，大都出自盎格魯—撒克遜語。如今的英語（English）是以盎格魯人來命名，亦即盎格魯語（Anglisc）。縱觀歷史，大不列顚曾數次遭到入侵，語言深受種種影響，常被稱爲「混合語」，但骨子裡仍是盎格魯—撒克遜語。它並未和凱爾特語、拉丁語、法語、挪威語和希臘語眞正混合，而是汲取這些語言，變得更爲豐富。是故，簡短的盎格魯—撒克遜語單字占有獨特地位，不僅是最古老的英文詞語，也是最常見的單字。

第一章列出簡短詞語，它們具體而生動，可在讀者心中留下深刻的心理印象。作者勸戒讀者要多使用具體名詞和生動的動詞，如此寫作才能生動，牽引讀者思緒，使其融入故事情節。

第二章探討文字運用。寫作時不免套用陳腔濫調或過時隱喻，偶爾爲之尙可，但通篇如此便是欠缺思想，毫無新意。作者指出愛用陳腔濫調的新聞文體，舉例說明記者堆砌陳腐措詞，讓意象紛陳，猶如大雜燴，行文拙劣不堪。

此外，借用專業術語時也要謹慎。音樂的漸強（crescendo）是逐漸增加音量，並非峰值音量的那一個點。颶風的暴風眼（eye of the storm）非常平靜，風勢並非最強。量子躍進（quantum leap）源自物理學，其中的量子是極小能量的固定倍數，用來描述沒有中間階段的突然變化，而非大躍進。

作者甚至還外揚家醜，指出《經濟學人》下標題時曾多次參照戲劇名稱，表示這等著名雜誌偶爾也懶得發揮創意，重鑄新詞。

本章也提到以 there is/are 開頭的句子，好比 There are three issues facing the country，作者建議最好改成 The country faces three issues（國家面臨三個問題）。我在大學執教多年，經常看到學生如此落筆，不僅文字拖沓，甚至在一句話出現兩個動詞而犯下文法錯誤。

作者最後說明如何用簡單的英語把話說清楚，但又能尊重描述的個人或群體。這段言之有理，值得深思。喬治．卡林（George Carlin）說過關於委婉說法（euphemism）的相聲段子，痛斥美國人偏好拐彎抹角，不肯開門見山，實話實說。這位黑色幽默大師與作者隔岸呼應，雙方不謀而合。本書後續也不時指出，掩飾逃避的英語說法讓文章死氣沉沉，令人難以卒讀。

第三章探討連詞構句的文法。作者強調閱讀讓人燒腦，應該盡量讓讀者輕鬆，故行文要簡潔，別套用複雜句型。本章有幾處值得詳讀的內容。

1. **句中句**：避免讓名詞片語過長，書中舉出明確的案例和改寫之道，可打破俄羅斯娃娃的嵌套結構。

2. **被動 vs 主動**：主動結構明確，意思清楚，被動結構冗長，語義模糊。然而，在某些場合之下，使用被動式更爲合適，譬如維持焦點、維持語流和施事者未知或不重要，這些都是我在寫英文時考慮的要點。有了作者的提點和背書，日後更能拿捏主動與被動的使用比例。
3. **主詞太長，帶有不必要的逗號**：某些作家會隨意添加逗號，好比 Tragedies such as the wars that ravaged the countries of the former Yugoslavia in the 1990s, suggest that peacekeepers are best deployed early（前南斯拉夫國家在一九九〇年代遭受諸多戰爭之類的悲劇，暗示最好儘早部署維和人員），因爲在這麼長的開場主詞短語之後，會覺得需要停頓一下。話雖如此，此處不能使用逗號，因爲我們不會寫 They, suggest that peacekeepers are best deployed early。其實，這類文青筆法在中文屢見不鮮，早已蔚爲風氣，氾濫成災。君不見，二十七歲的我，絲毫不比十五歲的我聰明。這類翻譯俯拾皆是，可見譯文良窳足以影響後世，不可不愼。
4. **懸吊的修飾語**：在文學作品和《獨立宣言》中，這類修飾語司空見慣，只是大家視而不見。問題在於，懸吊的修飾語偶爾會讓人感到荒謬，修飾語是分詞時尤其如此。Walking down the street, it started to rain.（走在街上，天開始下雨。）不管此處的「it」指誰，它都不會走在街上。中文原本沒有這種結構，但西風東漸，不少人學習外語之後，英文非但沒學好，中文反而搞砸了，寫出「直接而充滿情感，肖像照帶領我們近距離欣賞野生世界」這種荒謬句子。
5. **不可分裂不定詞**：這是莫名其妙的文法規則，寫作的關鍵是符合邏輯，著迷於文法正確的迷思，只會誤己害人。總歸一句，不合理的英文什麼都不是。讀者若有興趣，可細讀書中《經濟學人》的錯誤案例。

6. **單數的「they」**：這是值得推廣的觀念。單數 they 指涉 someone、anyone、no one 和 everyone 之類的先行詞時特別自然，可以寫 Someone left their purse here.（有人把錢包遺落在這裡了。）這樣總比用 his or her 更好。柯芮・斯塔柏（Kory Stamper）在《為單字安排座位的人》（*Word by Word*）一書的〈前言〉中也大聲疾呼：用單數的「their」來代替不牽涉性別的「his」或笨拙的「his or her」可追溯到十四世紀。優良作家早已這樣使用，英語也沒墮落到不堪聞問的境地。

第三章探討的範圍很廣，最饒人興味的是末尾指出「may 和 might」的差異。這是讓《經濟學人》作家跌倒的絆腳石。一字之差，句義反轉，可謂差之毫釐，繆以千里。作者列出兩個例子，若能細細體會，洞徹其中奧妙，便可豁然開朗，更上一層樓。

第四章是本書精華之一，此處獨有，別處難尋。書中娓娓道來，指出相關（correlation）不等於因果（causation），後續更提到統計顯著性（statistical significance）的概念，若非作者思路清晰，難有此洞見。另有探討平均值的章節，說明平均數、中位數和眾數的用法。我譯完這段文字之後，有股茅塞頓開之感，不再會被欺騙文字所蒙蔽。

此外，作者還提到各種陷阱，雖然翻譯時很燒腦，卻能訓練邏輯，掌握脈絡。舉例來說，將大的數字與 GDP 比較能讓讀者體會規模大小，但此時要小心，別暗示某些東西是 GDP 內含之物。例如，匯款（remittances）可能等同於（be worth）GDP 的 10%，但永遠不會占（make up）GDP 的 10%，因為匯款不屬於 GDP 定義的一部分，並非國內生產的商品或服務。我教翻譯課時，發現學生有時會犯這類邏輯錯誤，不是他們英文不好，而是常識不足或考慮欠周。

第五章是潤色修飾，說明該如何編輯文字，產出最好的文檔。作者提出「謀殺摯愛」和「先簡化，再誇大」的原則，告訴讀者該如何用批判的眼光審視初稿，使其更加完美。

第六章開始探究細節，逐一講解重要單字。我翻譯時力求文字清楚易懂。讀者可視各自需求瀏覽內文。此處稍微提幾個有趣的條目。在美國，quite 是一個強化副詞，類似於 very；在英國，它通常表示 moderately 或 reasonably，所以用它修飾某個字，通常不是讚美。動詞 table 在英國的意思是提出某件事來採取行動，但是在美國，情況恰好相反，表示擱置。此外，若要用 administration 表示國家的政治領導層，最好只用來指實行總統制的國家，尤其是美國。採行議會制的政府可用 government，而 administration 可以指常任的行政部門。cartel（卡特爾／同業聯盟）是控制供應以抬高售價的團體，別用它描述舊的 syndicate（辛迪加／財團）或一群生產者（特別是毒販），除非他們做出卡特爾的行為，亦即集體哄抬價格。Frankenstein（法蘭根斯坦）是小說《科學怪人》的那位瘋狂科學家，不是他製造的怪物。那隻怪物的名稱是 Frankenstein’s monster（法蘭根斯坦的怪物），小說常以「生物」、「魔鬼」、「東西」和「不幸者」稱呼它。

第七章說明標點符號和字詞用法，其中探討頭銜的章節值得一讀，這是華人學習英語的文化盲點。

第八章跟第四章一樣，屬於本書精華。世界各地的人物、組織和地點，其名稱皆內藏玄虛。作者詳細解說各國情況，對阿拉伯語和俄語名稱著墨最深。我逐條審視，詳查資料，一字一文之譯，雖未踟躕旬月，卻是盡力推敲，內文不足之處，便附加譯註說明，讓讀者不僅知其然，亦能知其所以然。

第九章講解美式和英式英語的差異。作者舉出英美使用時態的差異，讓我茅塞頓開，一解昔日困惑，就是美國人會在沒有給出日期或時間的情況下迴避完成式，而這是有爭議的用法。因此，不要寫 Your salary just got smaller so I shrunk the kids（你的薪水變少了，所以我把孩子縮小了）。用英式英語來說，這就是 Your salary has just got smaller so I've shrunk the kids。

此外，作者針對教育領域提出的英美用法差別也很值得留意，比如 public school 在這兩地就是截然不同的概念。

第十章列出常見的單字和經常誤拼的字詞，有需要才去參考內容。

感謝經濟新潮社將這本處處珠玉的書籍交託本人。翻譯本書雖是苦差事，卻讓我享樂其中。寫作要高明，講求字斟句酌，行文誠懇動人。作者集眾人智慧和經驗，孜孜不倦，爬羅剔抉，方能成此體大思精的鉅著。

然而，語文是溝通有無、傳達概念的工具，而各國民情文化迥異，語種多不勝數，故語文問題牽涉甚廣，疑難雜症眾多。本書涵蓋雖廣，所發掘及揀拾之物，十不及一，好比未能深入探討華人極度欠缺的時態與冠詞觀念，只是蜻蜓點水，約略提到。冀望有志之士，來日補續，造福讀者，甚感欣慰。

（本文作者為美國蒙特瑞國際研究學院中英口筆譯組碩士，目前任教於陽明交通大學，致力於英語教學與中英翻譯研究。近期譯作：《經濟學人英文寫作指南》、《博物館裡的臺灣史》、《高效領導力》等。）

獻給伊娃

作者簡介

萊恩·格林（Lane Greene）是《經濟學人》的「詹森」語言專欄[1]作家和派駐西班牙的記者，先前報導過數位新聞、書籍和文化、歐洲商業、法律、能源、環境和美國政治等方面的議題。連恩曾在倫敦、柏林和紐約工作，目前定居馬德里。他是美國語言學會（Linguistic Society of America）的新聞獎得主，能操九種語言。

其他著作

《狂野對話：爲何語言無法百依百順》（*Talk on the Wild Side: Why Language Won't Do As It's Told*）（2018）

《所言即是：文法問題、語言法則與認同政治》（*You Are What You Speak: Grammar Grouches, Language Laws, and the Politics of Identity*）（2011）

1 譯註：本專欄關注英語語言學，取名自英國字典編纂者兼文學家塞繆爾·詹森（Samuel Johnson）。

目次（編按：本書單字和用語多為英式英語，與美式英語略有不同，特此說明。）

序言

《經濟學人》（*The Economist*）的宗旨很明確。行文要清晰，通常思路得先清晰。因此，先想想要說什麼，然後盡量簡潔明瞭說出來。別忘了英國作家喬治·歐威爾（George Orwell）的六項規則：

1. 切勿使用印刷品中常見的隱喻、明喻或其他修辭手段。
2. 能用短字表達，就不要用長字。
3. 能刪除冗詞，就不要手軟。
4. 能用主動語態，就別用被動語態。
5. 能想到常用的英文詞語，就不要使用外來語、學術詞彙或行話。
6. 若根據上述規則而胡言亂語，便要打破它們。

這些規則用途不同：

1. 文句原創

《經濟學人》要讓讀者汲取別處無法提供的分析，但我們也希望寫作品質不落人後。讀者若每讀一句話都會看到陳腔濫調，難免思緒渙散。然而，我們的作者若善用新穎的意象、類比和措辭來吸引讀者的注意力，閱讀我們的文章便會樂趣無窮，令人愛不釋手。

2. 清晰明瞭

《經濟學人》的文章應該像散文，有起承轉合。每篇都該整體連貫，段落邏輯縝密。只要條理通透，即使只刪除一句，全文都會受到影響。假使文章是一篇報告，則必須挑選實事，以故事口吻娓娓道來。若是社論或分析性較強的文章，也該行文有序，讓讀者從頭到尾一氣呵成讀完。無論是哪一種文章，都需要有構想、分析和論述，以便統合文章的各種元素。這才是最困難的環節。一旦掌握箇中訣竅，只需用簡單直白的語言來表達它們。短語不只是短，意思也很清楚。英語有不少簡短的古老詞彙，要寫出良好的句子，這些短語能起到特殊的作用（第一章會加以闡述）。要使用日常用語，而非律師或官僚的語言。因此：

- 別用 *permit*，要用 *let*；
- 別用 *persons*，要用 *people*；
- 別用 *purchase*，要用 *buy*；
- 別用 *peer*，要用 *colleague*；
- 別用 *gift*，要用 *present*；
- 別用 *wealthy*，要用 *rich*；
- 別用 *demonstrate*，要用 *show*；
- 別用 *violate*，要用 *break*。

字詞若浮誇冗長，往往會模糊意義，或者暴露出意義空洞。去掉這些詞語，改用簡單的字詞。

3. 言簡意賅

我們的讀者很忙，容易被其他的雜誌或報紙（或手機的 App）所吸引。我們希望讀者閱讀我們的文章時不會浪費時間，所以要讓每個字都發揮作用。

4. 誠實坦率

我們偶爾會使用被動語態，但被動句常被誤用，好比會讓人不知道句子中誰做了什麼：別忘了隆納·雷根（Ronald Reagan）的名言「錯誤被犯下了」(*Mistakes were made*) [1]。主動句也可能意思模糊。然而，只要盡量將被動語態轉爲主動語態，句意便會更直接明瞭。

5. 謙遜虛心

把你的文章多讀幾遍。每回都要毫不留情調整文字，無論是刪除字詞、潤飾文句或讓文意更加清晰。避免句意重複，刪除冗詞贅字，別爲了營造文學效果，提及或暗示沒有解釋的人物或事件，讓文章晦澀難懂。要讓所述情節持續發展，以便吸引讀者的注意力。假使故事開始變得乏味，或者論點似乎欠缺說服力，便要憑藉敏銳的思緒來調整行文。

不要使用學術詞彙、外來語或行話。使用行話通常是爲了炫耀，告訴讀者你有專業知識。你確實會知道某些讀者不知道的事情，但要用日常英語描述它們，讓文章讀起來不像是在上課，更像你這位聰明的朋友在解釋某件事情。這就表示你必須據實以告，不應有所隱瞞。簡言之，你若不確定自己的意思，想閃爍其詞就困難得多。

別咄咄逼人或傲慢自大。不同意你的觀點的人，並不一定是蠢蛋（*stupid*）或瘋子（*insane*）。別說別人愚蠢，不妨透過分析來證明這點。表達意見時，不要貿然下斷言。不僅要告訴讀者你的想法，還要說服他們。如果你使用論述、推理和證據，就可能說服別人。不要開口閉口就是應該（*ought*）和應當（*should*）。

---

1 譯註：這是一種不道歉的道歉說法。一九八六年十二月，時任美國總統的雷根承認自己統領的政府向伊朗出售武器時，「**錯誤被犯下了**」。雷根在隔年的國情咨文中再次用了這個短語。

別過於自信滿滿。不要告訴讀者你預料到了某件事，或者你有獨家新聞，以此誇耀才智，這樣可能會讓讀者厭煩或惹怒他們，反而不會讓他們印象深刻。

6. 簡單扼要

多寫簡單的句子。盡量少用複雜結構和花俏言語。必要的話，請牢記《紐約客》（*New Yorker*）的評論：「倒著讀句子，直到頭暈目眩（Backward ran sentences until reeled the mind）」。[2]

如果你的語法清晰，偶爾出現較長的句子便不會讓讀者負擔過重。別忘了馬克．吐溫（Mark Twain）對作家該如何處理文句的建議：「作家偶爾可能會放縱一下而寫出長句，但他會確保沒有遲滯或模糊之處，也不會插入括號文字打斷整體觀點。他撰文完畢時，文章不會是半個身軀藏在水底的海蛇，而是眾人高舉火炬的遊行。」句子若欠缺約束，將不是高舉火炬的遊行民眾，而是手拿火炬的一群暴徒。

馬克．吐溫和歐威爾都是出色的文體家（stylist）。他談論另一位作家[3]時指出，他「並不比馬（horse）有更多的創意。我指的不是高貴的馬匹，而是曬衣架（clothes-horse）。」馬克．吐溫爲作家訂定的規則呼

2　譯註：這個句子顛倒英語的自然語序，改爲先動詞後主詞的結構來造成混淆。英語句子通常是按照主詞、動詞和受詞的順序排列。調整語序之後，句子變成 Sentences ran backward until the mind reeled，意思就很清楚了。

3　譯註：十九世紀最早贏得國際聲譽的美國作家菲尼莫爾．庫柏（Fenimore Cooper）。這句話出自馬克．吐溫的文章〈菲尼莫爾．庫柏的文學罪行〉（"Fenimore Cooper's Literary Offenses"），發表在一八九五年七月號的《北美評論》（The *North American Review*）。

應歐威爾的規則。他說作家應該：

- 說出想說的話，而非大致到位。
- 使用正確字詞，不要用近義詞。
- 避免冗詞贅語。
- 不可省略必要的細節。
- 形式不可馬虎。
- 使用正確的文法。
- 風格簡單直接。

說得倒容易。但什麼是正確字詞？良好的文法？簡單的風格？

後續講解的規則類似於歐威爾和馬克・吐溫的規則。優秀作家一次又一次挖掘出這些規則，其中還包含《經濟學人》作者在過去一百八十多年獲取的心得。

第一部分

綜觀全局

第一章

古老且簡短：字詞

可以用溫斯頓·邱吉爾（Winston Churchill）的一句話來概括《經濟學人》的用詞哲學：「短字是最好的，而老字若是簡短，則是最好的。」我們在二〇〇四年時以這句名言介紹過某位領導者。原文如下：

> And, not for the first time, he was right: short words are best. Plain they may be, but that is their strength. They are clear, sharp and to the point. You can get your tongue round them. You can spell them. Eye, brain and mouth work as one to greet them as friends, not foes. For that is what they are. They do all that you want of them, and they do it well. On a good day, when all is right with the world, they are one more cause for cheer. On a bad day, when the head aches, you can get to grips with them, grasp their drift and take hold of what they mean. And thus they make you want to read on, not turn the page.
>
> （他不只一次說對了：短字是最好的。它們或許不起眼，但這正是它們的力量所在。短字精簡犀利，切中要點。你可以輕鬆唸出它們。你可以拼出它們。眼睛、大腦和嘴巴齊心協力，將短字視爲朋友，而非敵人。因爲它們就是這樣。它們會做你所

需要的一切，並且做得很好。在美好的日子裡，萬事如意之際，短字會讓人歡呼雀躍。在糟糕的日子裡，當你頭痛之際，你依舊可以駕馭短字，掌握它們的動向和了解它們的意義。因此，短字會讓你想繼續讀下去，而非翻頁跳過。）

眼尖的讀者會發現箇中訣竅：在上一段的英文中，沒有一個字的長度超過一個音節。後續內容便如此延續下去，總共有七百八十三個簡短古老的字詞。

為何老字簡短又好用？給各位科普一下歷史

英語詞彙量巨大，不僅同義詞豐富，近義詞也甚多，但各有細微差異。優秀作家能夠適切選詞用字。

某些作家缺乏自信，嘗試換字時會忍不住參照同義詞典（thesaurus）。然而，我想跟各位透露一項很棒的規則：如果你需要同義詞典，便不該使用它。這種字典會告訴你，*help*、*aid*、*assist* 和 *support* 都含有類似的意義，但它無法告訴你哪一個字才適合套用到你的句子。你要了解每個字的定義及其隱含的意思，亦即當你要從 *thin* 和 *skinny* 擇一使用時，會因選擇不同而有細微的差別。

某些單字的意思有時確實幾乎完全相同。你要拿顯微鏡才能辨別 *get* 和 *acquire* 在語義上有哪些差異。然而，它們確實不同：你會在不同情況下分別使用這兩個字。你不妨在下次參加聚會時提議去幫某人拿一杯酒（*obtain someone a drink*），然後看看你回來時他們是否還在。你可以獲得抵押貸款（*obtain a mortgage*），但能得到（點）一杯啤酒（*get a beer*）。

使用 *get* 和 *obtain* 時感覺不同，這點牽涉英語過去一千五百年左右的歷史。了解字詞的起源對於理解它們有何影響至關重要。爲何 *kingly* 給人一種奇幻小說的感覺，但 *royal* 卻暗示眞正的君主，而 *regal* 則更具備象徵意義？如果要在粗糙與精緻之間選擇，你會選擇哪一個？*rough-hewn* 和 *refined*，哪一個感覺粗糙，哪一個感覺精緻？

只要熟稔英語，即使從未見過上述這兩個字，也能知道答案。箇中原因與歷史有關。我們說的語言叫 English，而非「British」，原因與大不列顛島（Great Britain）被相繼征服有關，每批征服者都在這個語言上留下獨特的印記，而這些印記至今仍在影響我們如何使用英語。

不列顛人、盎格魯撒克遜人和維京人

在羅馬帝國之前，住在大不列顛島的人被稱爲不列顛人（Briton[1]），他們當時講的是各種凱爾特語（Celtic language），這些語言與現代威爾斯語（Welsh）和愛爾蘭語（Irish）有關。他們被羅馬人征服，但普通的不列顛人從未像隔壁的法國人一樣講拉丁語（Latin）。果眞如此的話，如今的「不列顛／英國」（British）語言就會成爲法語和西班牙語的羅曼語（Romance）近親。不列顛人保留了凱爾特語，而羅馬帝國於公元五世紀撤離時，他們仍在使用這種語言。

然而，大不列顛的凱爾特語之後並未盛行太久。這座島嶼遭人覬覦，又有來自丹麥南部和德國北部的新入侵者，包括盎格魯人（Angle）、撒克遜人（Saxon）、朱特人（Jute）和其他種族，如今這批人統稱爲「盎格魯—撒克遜人」（Anglo-Saxon）。他們征服大不列顛島的多數地區，將口操凱爾特語的人逼到西部和北部，使其逃往威爾斯

1　譯註：也可指現在的英國人，主要用於報刊。

（Wales）、康沃爾（Cornwall）和蘇格蘭（Scotland）。

從語言的角度來看，盎格魯—撒克遜人可謂大獲全勝。今天的不列顛人不說不列顛語（British），因爲僅僅幾個世紀之後，凱爾特語就被限縮在島上的北部和西部。我們如今講的語言是以盎格魯人來命名：亦即 Anglisc（盎格魯語），或 English（英語）。這是征服者的日耳曼語言（Germanic language），而非被征服者的凱爾特語。征服者和被征服者通常會大量混合彼此的語言，但時至今日，學術界仍然不知道爲何英語中幾乎不見凱爾特語的蹤影。殘存的蛛絲馬跡只剩下 *dun*（凱爾特堡寨／要塞）和 *crag*（峭壁）這幾個字。

數個世紀之後，不列顛再次引來入侵者，這次是維京人（Viking）[2]。維京人不僅四處洗劫，許多人都在此安頓下來。盎格魯—撒克遜歷史上最著名的國王阿佛烈大帝（Alfred the Great）與維京人奮戰，雙方最終達成停戰協議，瓜分了這座島嶼。維京人可以在丹法區／丹麥法地區（Danelaw）界線以北定居，而盎格魯—撒克遜人則只能在界線以南居住。（時至今日，帶有維京元素（譬如 *-by*）的地名在古丹法區仍然十分常見，譬如格林斯必〔Grimsby〕和德比〔Derby〕。）

維京人和遭受他們攻擊的人一樣，講的是一種日耳曼語言，亦即古挪威語（Old Norse）[3]，這是盎格魯—撒克遜語的近親。維京人和盎格魯—撒克遜人講自己的語言，彼此溝通雖有困難，卻仍然能夠相互理解。

隨著時間的推移，維京人娶了英國妻子，定居下來後生下了說英語的孩子。他們自然而然就將自己的詞彙融入到英語之中，其中包括我們可能根據刻板印象與維京人牽扯在一起的東西，像是 *knife*（刀子）和

2　譯註：北歐海盜。

3　譯註：古諾斯語，基於地理位置和歷史因素，亦稱爲古北歐語。

ransack（洗劫）之類的暴力詞語。話雖如此，維京人也貢獻了 *window*（窗户）、*leg*（大腿）、*husband*（丈夫），甚至 *they*（他們）這個字。這些都是日常用語，顯示挪威語和盎格魯—撒克遜語說話者彼此往來密切。在某些情況下，借用的挪威語和撒克遜語並行使用，而非取代它們，從而形成了英語中的準同義詞（quasi-synonym），譬如：*heaven*（天堂，盎格魯—撒克遜語）和 *sky*（天空，挪威語），或者 *hide*（獸皮，盎格魯—撒克遜語）和 *skin*（皮膚，挪威語）。

英語有時會納入已有單字的近親，好比 *ship*（船隻）和 *skiff*（小艇）分別是同一個日耳曼語的盎格魯—撒克遜語發音和挪威語發音。隨著時間的推移，兩者的含義便有明顯的區別。*shirt*（襯衫）和 *skirt*（襯裙），*shatter*（破碎）和 *scatter*（分散）亦是如此。這兩種語言血緣關係密切，從上述的配對便可一目了然。

征服與復興

然而，下一批人入侵之後，情況就不同了。一〇六六年，征服者威廉（William the Conqueror）從諾曼第（Normandy）入侵，奪取了英國王位。英格蘭便由講法蘭西北部方言的人統治。有數個世紀之久，撒克遜人一直占多數，諾曼人（Norman）屬於少數群體。英格蘭國王幾乎不會說英語。

這就是爲何諾曼人賦予英語單字威望和高雅，給了與法律（*arrest*〔逮捕〕）、宗教（*abbey*〔修道院〕）、戰爭（*army*〔軍隊〕）和風格（*art*〔藝術〕）有關的單字，此處僅列出以 A 開頭的單字。牲畜及其肉名的英語稱呼不同，因爲撒克遜農民和 *pig*（豬）、*sheep*（羊）和 *cow*（牛）生活在一起（這些都是日耳曼語），而諾曼人屬於貴族，能享用 *pork*（豬肉）、*mutton*（羊肉）和 *beef*（牛肉）（這些均源自法語）。法語是 *royalty*（皇室／王族）的語言，他們也把這個字給了英語[4]。

當時在歐洲大陸，拉丁語仍是正式寫作的語言。因此，諾曼征服之後，拉丁詞彙便長期滲透至英語。拉丁詞彙在宗教（*diocese*〔教區〕，*scripture*〔經文〕）、法律（*homicide*〔殺人〕，*testify*〔作證〕）和學術（*history*〔歷史〕，*library*〔圖書館〕）等領域特別常見。

最後一批重要的新詞彙來源出現在文藝復興之後。學者重新發現了希臘語，不僅開始借用古希臘語的詞彙（*chaos*〔混沌〕，*physics*〔物理學〕），甚至還根據希臘字根創造新詞（*utopia*〔烏托邦〕、*zoology*〔動物學〕），此舉猶如他們先前根據拉丁字根所做的那樣。在這個時代，英語威望不再，正處於低谷。倘若需要一個新奇的單字，會根據古語而非撒克遜語元素來造字，聽起來會更讓人印象深刻。在許多情況下，從古語打造的新詞（譬如 *conscience*〔良心〕）迫使其撒克遜語的前身（*inwit*）逐漸過時，最終無人聞問。然而，新舊詞偶爾會融爲一體，讓英語既有來自希臘語或拉丁語的優雅詞彙，也有源自盎格魯─撒克遜語的同義詞。

到了近世[5]，英格蘭人（the English，他們與蘇格蘭〔Scotland〕合併之後，開始自稱「英國人」〔British〕），然後揚帆出海去征服世界。與此同時，他們的語言也受到許多語言的影響而變得豐富多彩，從西班牙語（*bronco*〔野馬〕）到納瓦特爾語（Nahuatl[6]，*chocolate*〔巧克力〕），

4　譯註：源自古法語 roialte（這個字又起源於 roial），然後根據英語的 royal，演變成 royalty。

5　譯註：early modern period，又稱「早期現代」。歐洲歷史學界習慣將人類歷史分爲四個階段，分別爲古代、中世紀、近世和近代。近世通常指從文藝復興、宗教改革到工業革命，亦即十六世紀到十八世紀的時期。中共建政之後，大陸史學界發展出另一個傳統，將 modern period 譯爲現代，而 early modern period 譯爲近代，較少使用近世。

6　譯註：墨西哥中部語言。

再到印地語(Hindi[7]，*juggernaut*〔札格納特〕[8])。有了這些詞彙，英語變得更爲多樣和豐富，而人們常說，英語字彙量龐大，殖民主義功不可沒。然而，單從數字上來看，英國人因爲殖民而吸收的詞語只占總體字彙的一小部分。

英語受到上述種種影響，常被稱爲「混合」(mixed) 語言，甚至是「雜種」(mongrel) 語言。然而，這樣卻掩蓋了兩項基本要點。英語詞彙確實是混合的，但英語本身仍是公元五百年入侵者的語言：一種日耳曼語。撒克遜人讓凱爾特人學習他們的語言，而非凱爾特人讓撒克遜人學習他們的語言。維京丈夫學習了英國妻子的語言，而非英國妻子學習了維京丈夫的語言。諾曼人經過幾個世紀以後學會了農民的語言，而非農民學會了諾曼人的語言。我們說的仍然是盎格魯—撒克遜語：不是撒克遜語、凱爾特語、拉丁語、法語、挪威語和希臘語的眞正混合體，而是被這些語言豐富的「Englisc」(英語)。

儘管源自法語和拉丁語的字詞占足本大詞典大約百分之二十九左右的詞彙，而源自希臘語的詞語則占百分之六，但上述因素卻透露爲何我們使用這些詞彙的頻率卻不一樣。英語 the 這個字的使用頻率是 *exegete* (註釋者) 的二十五萬倍。某項研究指出，在不同類型的作品之中，大約百分之四十九的詞彙源自日耳曼語。只有百分之十八來自現代羅曼語(包括法語)，百分之七來自拉丁語，百分之零點二來自希臘語，百分之零點二來自各種其他的語言。

因此，盎格魯—撒克遜字詞在英語中具有特殊地位。它們不僅是最古老的英語詞彙，也是最常見的。從語意上來說，這些屬於最基本的詞

7　譯註：又稱爲北印度語，現爲印度官方語言。

8　譯註：印度教主神之一，毘濕奴 (Vishnu) 的化身，如今引申爲龐然大物，譬如軍艦或坦克，又代表不可抗拒的力量，好比戰爭。

彙：不是孩童率先學會的單字，也是外國人為了生存所需要知道的字彙（*help*〔救命〕！*food*〔食物〕！*water*〔水〕！*sleep*〔睡覺〕！）。具體的名詞和生動的動詞（下一節的主題）通常是日耳曼語。

盎格魯—撒克遜語的單字與源自法語或拉丁語的同義詞／對應詞（equivalent）相比，不僅發音不同，讀起來的感覺也不一樣。它們比較短，甚至只有單音節。這些字詞若有多個音節，重音會比較常落在第一個音節，從而賦予它們獨特的節奏。這些在在給讀者留下深刻的**心理印象**（*psychological impression*）。套用撒克遜語的話，這便是**靈魂深處的印記**（*deep mark in the soul*）。

行文時若大量使用日耳曼語，盎格魯—撒克遜語詞彙讀起來會讓人感覺更為**喧鬧活潑**（*hearty*），沒那麼**和藹可親**（*cordial*）。然而，讀者幾乎不知箇中原因。他們會感覺，普通聊天時使用的詞彙大多是盎格魯 - 撒克遜語，但閱讀和寫作時，通常會用源自法語的詞彙，甚至出自拉丁語和希臘語的字眼。

對多數人來說，說話不費力，寫作卻很難。無需指導孩童，他們自然而然就會說話；孩子還沒學會綁鞋帶，話就說得很流利了。世界上有許多沒有文字的民族，但沒有欠缺口語的民族。寫作很難，需要接受正規教育多年，方能掌握訣竅。

真正經典的寫作風格感覺就像在聊天，這樣說或許有些矛盾。這就如同好友邊喝咖啡邊講故事，而不是有人在教室或法庭上剴切陳詞，試圖讓你印象深刻，或者讓你感到困惑。經典的風格溫暖真誠，能夠吸引讀者，讓讀者感覺自己和作家是合作夥伴。

偏好盎格魯—撒克遜詞彙不是英語沙文主義的問題。（各位別忘了，對英格蘭來說，英語就是進口貨。）然而，如果你可以在盎格魯—撒克遜單字以及源自拉丁語或法語的同義詞之間選擇，前者會給你一種扎實且眞誠的感覺，而後者則會給你一種高尙和客觀的感覺。前面說過：「短字是最好的，而老字若是簡短，則是最好的。」這裡指涉的每個字都出自盎格魯—撒克遜語。

遵循任何規則時，都不應該走極端。茲以美國作家波爾．安德森（Poul Anderson）的〈原子理論〉（“Uncleftish Beholding”）[9]爲例，這篇文章全部以盎格魯—撒克遜語撰寫，藉機嘲諷迷戀英語純化之士：如果一篇科學論文（本例是解釋原子理論）的單字都是日耳曼語，讀起來會感覺如何？

> The underlying kinds of stuff are the firststuffs, which link together in sundry ways to give rise to the rest. Formerly we knew of ninety-two firststuffs, from waterstuff, the lightest and barest, to ymirstuff, the heaviest. Now we have made more, such as aegirstuff and helstuff.
>
> （底層物質是化學元素，它們以各種方式彼此連結，產生其他物質。我們以前知道有九十二種元素，從最輕和最小的氫到最重的鈾。現在我們製造出更多的元素，例如錼和鈽。[10]）
>
> The firststuffs have their being as motes called unclefts. These are mightly small; one seedweight of waterstuff holds a tale of them like unto two followed by twenty-two naughts. Most unclefts link together to make what are called bulkbits. Thus, the waterstuff

9　譯註：這篇文章以日耳曼詞語和構詞原則來講述基本的原子理論，標題的 uncleftish 就是 atomic，而 beholding 就是 theory。

10　譯註：在這段文字中，stuff 就是 matter，firststuff 等於 chemical element，waterstuff 就是 hydrogen，ymirstuff 就是 uranium，aegirstuff 等於 neptunium，helstuff 就是 plutonium。

bulkbit bestands of two waterstuff unclefts, the sourstuff bulkbit of two sourstuff unclefts, and so on.
（元素以被稱爲原子的微粒形式存在。這些微粒非常小，一顆種子重的氫含有一串這種微粒，數量之多，等於二後面跟著二十二個零。多數原子會連接在一起，形成所謂的分子。因此，氫分子由兩個氫原子組成，氧分子由兩個氧原子組成，依此類推。[11]）

本章引言使用單音節詞彙，而上述文字讀起來比引言更古怪。現代科學是在拉丁語和希臘語臻於頂峰的近世出現的。從語言學（*linguistics*，源自拉丁語「lingua」，表示舌頭）到經濟學（*economics*，來自希臘語「oikos」和「nomos」，亦即「經營家庭的法則」），甚至這些學科的名稱若沒有希臘語和拉丁語詞彙便無法唸出來。

一般的作家並非空談理論的詞源學家（etymologist）。各位只需稍微學習一下，便可開始感覺哪些是源自拉丁語的單字，哪些單字又是出自日耳曼語。然而，這並非多數作家的主要目標。他們要寫出清楚可讀的散文。

幸好各位只要自問幾個關於單字的問題，便可挑選出更多讓你得以撰寫更爲眞誠和扎實文章的詞彙：

- **這個字很短嗎？**
- **我和朋友聊天時曾用它嗎？**
- **幾乎每個人都知道這個字嗎？**
- **我能想起幾個世紀以來的偉大作家用過它嗎？**

---

11 譯註：在這段文字中，bulkbit 等於 molecule，sourstuff 代表 oxygen。

這些在在顯示你掌握了英語詞彙的基礎。你偶爾需要使用更高級或更高層次的詞語。然而，只要打好堅實的基礎，使用所有讀者都知道以及會使用的字彙，便可寫出扣人心弦的文章。

在下列的每種案例中，第一個詞語是日耳曼語，幾乎都算比較好的選擇。你要先：

- 使用 *about*（大約），不要用 *approximately*（近似）
- 使用 *break*（打破），不要用 *violate*（違反）
- 使用 *buy*（買），不要用 *purchase*（購買）或 *acquire*（取得）
- 使用 *enough*（足夠的），不要用 *sufficient*（充分的）
- 使用 *get*（得到），不要用 *obtain*（獲得）
- 使用 *give up*（放棄），不要用 *relinquish*（作罷）
- 使用 *give*（給），不要用 *donate*（贈與）
- 使用 *hand out*（發放），不要用 *distribute*（分配）
- 使用 *help*（幫助），不要用 *aid*（援助）
- 使用 *let*（讓），不要用 *permit*（允許）
- 使用 *make*（做），不要用 *manufacture*（生產）
- 使用 *set up*（建立），不要用 *establish*（創立）
- 使用 *show*（現出），不要用 *demonstrate*（展示）
- 使用 *spending*（用錢），不要用 *expenditure*（消費）

規則沒有絕對的。一般性的規則（亦即使用普通人聊天時會使用的詞語）應該高於詞源選擇。你要先：

- 使用 *present*（禮物），不要用 *gift*（前者是法語衍生詞，更為常見）；使用 *people*，不要用 *persons*（兩個都是拉丁語，但前者聽起來更為真誠）
- 使用 *rich*（有錢的），不要用 *wealthy*（富裕的）；使用 *but*（但是），不要用 *however*（然而）；使用 *after*（在……之後），不要用 *following*（這些都是日耳曼語，但每一組的第一個單字讀起來力道更強）。

名詞如岩石

名詞似乎是最基本的：它是孩子最先學到的詞語，也是你學習新語言時最先學到的單字。名詞確實很基本，但也常被人誤解。

有人可能告訴你，說名詞是「人物、地點或東西」。這種定義適合年輕學子，他們最容易想到的名詞就是可以指涉的東西，譬如：一隻狗（*dog*）或一棟房子（*house*）。然而，這遠遠不夠完整。舉例來說，虛無（*nothingness*）是事物或與事物相反的東西？那麼破壞（*destruction*）呢？它看起來更像一種動作，我們告訴孩子，表示動作的是動詞，不是名詞。某位喜劇演員曾經嘲笑「反恐戰爭」（war on terrorism），說不能向恐怖主義（terrorism）宣戰：「它甚至不是一個名詞！」話雖如此，恐怖主義當然屬於名詞。他的意思是，恐怖主義不是可以指涉的「人物、地點或東西」之類的名詞。

其實，名詞是由文法屬性定義，而非根據物理屬性。說得簡單一點，名詞就是在句子中扮演特定角色的單字。（名詞是做名詞性質〔nouny〕事情的詞。）例如，它們可以作為句子的主詞。現在你會發現上面舉的例子是名詞：*Nothingness* is a terrifying concept（虛無是可怕的概念）。The *destruction* of the village was imminent（村莊即將遭到破壞）。名詞也可以當成直接受詞，通常用來承接動詞的動作，好比：*He saw the destruction of the village*（他看見村莊遭到破壞）。它也可以是所有格（*The destruction's impact is still being felt today.*〔至今仍然能感受破壞的影響。〕）以上的一切都無法用介系詞來達成。

然而，雖然名詞不是「東西」，但東西仍然很重要。可辨識、可見到且能夠指涉的人物、地點和東西是一種特殊的名詞，稱爲具體名詞（concrete noun）。具體名詞並不一定是可以用腳趾去踢的物體（各位不妨去踢微風〔*wind*〕或日冕層〔*coronasphere*〕），但這樣去思考名詞會有所幫助。

首先，具體名詞是眞實存在的事物；因此，寫作要生動，就要以它們爲對象。人們和人們所做的事。物體及其行爲動作。在科學界，相關的具體名詞可能是物質，譬如：元素、動物或行星。在商業界，名詞可能是產品、顧客、工人或商店。

具體名詞也能用它的反義詞來描述，這類反義詞就是抽象名詞（abstract noun）。抽象名詞描述的是你用腳趾絕對踢不到的概念。某些抽象名詞很美，好比愛情（*love*）、時間（*time*）或語言（*language*），但使用太多抽象名詞卻寫不出好文章。

這類抽象名詞包括名詞化（*nominalisation*）的字眼，亦即由動詞構成的無聊名詞，例如由動詞 *observe*（觀察）構成的名詞 *observation*（觀察）。英文 *nominalisation* 本身當然就是名詞化的單字[12]。身兼奧克蘭大學（University of Auckland）教授的作家海倫・索德（Helen Sword）把它們稱爲「殭屍名詞」（zombie noun），因爲這些字如同行屍走肉，在

12　譯註：出自動詞 nominalise。

文章內四處遊蕩。

例如，假使我們想要指涉謀職人數，就會提到 *unemployment rate*（失業率）。什麼是 *rate*（比率）？它不是一個東西，而是觀察其他事物（此處爲 *unemployment*〔失業〕）的數量。我們可以再進一步討論 *rise in the unemployment rate*（失業率的上升）。如果我們看到讓我們擔心失業率即將上升的事情，可能會說：*leading indicators of a rise in the unemployment rate*（失業率上升的領先指標）。諸如此類的說法，不一而足。

當然，表示概念的字詞（比如：*unemployment*）有其用途。經濟學家需要抽象的說法。然而，在枯燥的 *unemployment level*（失業水準）背後，卻隱藏數以數百萬人沮喪無依、甚至絕望的故事：這些人日復一日瀏覽招聘廣告，想謀得一職卻不得其門而入，日日擔心該如何養家活口。對經濟學家而言，談論「失業水準」更爲有效率，而對政治人物來說，這種說法也比較容易啓齒。然而，最好的描述方法往往是用具體的單字來描述，寫成 *people seeking work and unable to find it*（謀職無著的人），但這樣落筆會讓人很揪心。

學術、官僚和相關類型的寫作似乎讓人感覺它們描述的世界不存在人類或有形的物體，放眼所見，盡是 *level*（水準）、*observation*（觀察）、*phenomenon*（現象）、*manifestation*（表明）、*instance*（實例）、*indication*（預兆）和 *prediction*（預測）。

以下舉一個學術研究的總結爲例子，這項研究是在探討某個令人興奮的話題。請各位留意作者如何選擇英文名詞（所有名詞皆以英文斜體表示），讓內容讀起來枯燥乏味：

This *paper* examines the *impact* of *cell phone access* on *election*

> *fraud*. I combine *cell phone coverage maps* with the *location* of *polling centers* during the 2009 Afghan presidential *election* to pinpoint which *centers* were exposed to *coverage*. *Results* from a spatial *regression discontinuity design* along the two-dimensional *coverage boundary* suggest that *coverage* deters corrupt *behaviour*.（本文探討手機訪問對選舉舞弊的衝擊。我將手機訊號覆蓋圖與二〇〇九年阿富汗總統選舉期間投票中心的位置結合起來，以便確定哪些投票中心暴露在覆蓋範圍。沿著二維覆蓋邊界的空間不連續迴歸設計的結果暗示，覆蓋可以遏止腐敗行徑。）

文中大多使用抽象名詞：*impact*、*access*、*coverage*、*location*、*results*、*regression*、*discontinuity*、*design*、*boundary* 和 *behaviour*。其他的名詞顯得更明確有力道：*fraud*、*cell phone*、*polling centre* 和 *election*。它們並非都是具體的，但即便是抽象概念（*fraud*、*election*）也更加生動。這篇文章應該這樣寫成：the paper finds that the more cell-phone towers an area had, the fewer illegal votes were stuffed into ballot boxes（本文指出，某個地區的手機訊號塔愈多，塞進投票箱的非法選票就愈少）。這是一項有趣的話題，值得說清楚、講明白。

具體名詞是你能在腦海中（in the mind's eye）想像的名詞，而那隻眼睛（eye）不只是一種隱喻（metaphor）。眼睛只會接收光線，但大腦會處理並理解光線。研究人員發現，具體名詞能夠刺激大腦區域，而抽象名詞則不會。人物、地點和東西確實有一些特別之處。

當你不僅刺激語言迴路（language circuitry），也刺激視覺迴路（visual circuitry）時，你就為讀者提供了兩種相互強化的訊息處理方式。這些詞語在腦海中激起圖像，而這些圖像又能讓人更加理解這些詞語，從而形成一種良性循環。（令人難忘的聲音〔不是圖像〕可以提供類似的好處。它們會刺激大腦的聽覺迴路〔auditory circuitry〕，這就是爲何節奏和韻律也能讓人更容易記住單字。）

因此，具體名詞能讓人讀起來更輕鬆，因爲他們可以「看到」你在說什麼，並且思考你的話語。*cognitive ease is highly associated with perceptions of persuasiveness*（認知輕鬆度與說服力感知息息相關）這句話說得很玄，換成平易近人的說法就是：*people like and trust things they can easily understand*（人喜歡和信任他們能夠輕易理解的東西）。

爲何寫作時要用具體名詞，最後再給各位一個讓人信服的原因：這樣做能讓你專注於正在撰寫的內容。讀者不在乎水準、現象或觀察之類的字眼。這就是爲何記者撰文時經常劈頭就簡單描述某個陷入困境的人，然後再講述讓他們遭遇困窘的各種因素（好比失業和失學）。讀者或許並不關心 *The rise in salaries is not commensurate with consumer-price inflation*（薪資上漲與消費者物價通膨不成比例），但也許更關心 *Grocery bills are growing faster than pay packets*（物價上漲的速度比薪資成長速度更快）。

抽象字詞偶爾是最精確的。然而，寫作能否生動，往往依賴讀者運用常識來填補空白之處。看看各位是否可以：

- 用 *fighting*（鬥爭）或 *war*（戰爭）替換 *conflict*（衝突）
- 用 *goods*（貨物）、*stocks*（存貨）、*products on shelves*（貨架上的產品）替換 *inventory*（庫存）
- 用其他更爲精確的詞語替換 *the international community*（國際社會）
- 用 *NGOs*（非政府組織，或者 *community organisations*〔社區組

織〕）替換 *civil society*（公民社會）

- 用 *pay*（付錢）替換 *compensation*（補償）
- 用 *rich people*（有錢人）替換 *high-net-worth individuals*（高淨值人士）
- 用 *sales*（銷售量）替換 *revenue*（收益）
- 用 *scholars*（學者）替換 *academic community*（學術界）
- 用 *spies*（間諜）替換 *the intelligence community*（情報界）
- 用 *workers*（工人）替換 *workforce*（勞動力）

做某些事情的動詞

名詞會被錯誤定義成「人物、地點或東西」，動詞也一樣，經常被稱爲「動作單字」（action word）。這樣定義也是不完整的。人們「做」的很多事情顯然是不活躍的（*rest*〔休息〕、*sleep*〔睡覺〕、*dawdle*〔磨蹭〕、*hesitate*〔猶豫〕）。許多動詞根本不涉及某個生物在做任何事情，甚至包括休息。動詞 *be*（有／存在）、*remain*（保持）、*exist*（存在）或 *seem*（似乎）涉及怎樣的動作？

動詞與名詞一樣，由其在句子中扮演的角色來定義。換句話說，它們位於動作發生之處，即使不是按字面意思，也是從隱喻的角度來看待。在陳述句（declarative sentence，陳述某事）中，動詞是陳述的關鍵。英文 Cats *chase* mice（貓追老鼠，描述動作），或者 Ouagadougou *is* the capital of Burkina Faso（瓦加杜古是布吉納法索的首都，說明瓦加杜古）。

因此，動詞極爲重要，但經常被人忽略。問題常常出自抽象名詞。文章若滿篇沉悶乏味的名詞，通常也會有空洞的動詞。作者彷彿希望名詞，或者沉重的名詞片語（名詞及伴隨它的所有字詞），能夠發聲說話。

如此一來，動詞就顯得亡羊補牢、爾後添加的。讓我們再看看上面收錄的學術摘要，你會發現一個笨重的名詞片語：「Results from a spatial regression discontinuity design along the two-dimensional coverage boundary（沿著二維覆蓋邊界的空間不連續迴歸設計的結果）」。這一長串字眼就是主詞，而後續的動詞將會告訴我們關於它的事情。但這些結果做了什麼呢？它們「suggest」（暗示）。這句話是論文的核心，概括了這位聰明的學者從手機、選民和舞弊中發現的結果。然而，他卻讓一個沒有生命的實體（「results」〔結果〕）去做一件沒有生命的事（「suggesting」〔暗示〕）。這篇論文的開頭幾句也是如此：「developing countries have experienced（開發中國家經歷了）」；「a growing literature has shown（愈來愈多的文獻表明）」，但「our understanding has not moved（我們的理解並沒有動搖）」。

連結這些句子的線索是抽象名詞搭配空洞動詞。它們猶如帶有相反電荷的粒子一樣相互吸引。與此同時，不妨想想具體名詞及其能吸引的動詞：Citizens *vote* for a candidate. Malefactors *stuff* ballot-boxes. Observers *share* information, with their phones, about what they have seen.（公民**投票**選舉某位候選人。罪犯**用假選票塞滿**票箱。觀察員使用手機**分享**訊息，傳遞他們所見的景象。）這些動詞並非動作明顯，但都能讓人產生視覺影像：選民將選票投入票箱，關注選情的觀察員撥打電話，諸如此類之事。具體名詞似乎會自然而然做出你可以想像的眞實事情。它們天生就能吸引生動的動詞。

特別生動的動詞還有另一項特質：它們意義充足，無需額外字詞輔助，不僅告訴讀者做了什麼，還告訴讀者如何做了。許多寫作指南都會叫人「不要用形容詞和副詞寫作，要用名詞和動詞」。這些指南的意思是，使用更具體的名詞或動詞，通常可以完全不用形容詞和副詞。不妨想想 *walk*（走路）和 *strut*（昂首闊步）以及 *say*（說話）和 *murmur*（咕噥／低語）之間有何區別。在上述的配對中，後面的單字不僅稍微有趣一點，還承載更多的訊息，因此效率更高。你可以寫 *walk proudly*（驕傲地走路）或 *say softly*（輕輕地說），但這樣欠缺力道。讓你的動詞抬頭挺胸，昂首闊步。

如果你談論的是可辨認的人物、物體和動作，就不太可能出錯。你也不太可能犯下明顯的邏輯謬誤或其他錯誤，因爲你的實體主詞在你的腦海中非常清晰。它們若在文稿中做出難以置信或不合邏輯的事情，絕對難逃你的法眼。

相較之下，一旦人物和東西在抽象的風暴中消失無影，你很容易忘記自己想要表達什麼。如此一來，你就得處處防禦，想方設法拼湊句子，希望萬無一失，而非主動出擊，清楚表達意思。

然而，使用具體名詞和生動動詞寫作，最大的好處不是出現在你行文撰稿之際，而是讀者開始閱讀的時候。當文章中出現一條意義線索時，讀者的心思就會開始參與其中。主角、對手、挑戰、解決之道：這些構成一則好故事的要素也能引導人去分析。讀者不僅更有可能讀完你的文章，也可能記住你所寫的內容，甚至可能據此採取行動。

請注意：

- 用 *refuses to*（拒絕）替換 *demonstrates an unwillingness to*（表現出不願意的心情）
- 用 *avoids*（避免）替換 *manifests avoidance behaviour*（表現出逃避行爲）
- 用 *empty words deaden writing*（空洞的字眼讓文章死氣沉沉）

替換 *the proliferation of abstractions exhibits a deadening tendency upon writing*（抽象概念的氾濫會讓寫作表現出一種消沉的趨勢）

委婉和誇張用語

撰寫有關戰爭、不平等、犯罪、歧視、腐敗等棘手主題的文章時會遇到兩種問題。一是論述乏力，通常是用了抽象概念：使用 *abuses of power*（濫用權力），沒有用 *fraud*（欺詐）或 *bribery*（賄賂）把話說得更清楚。

先讓行文精準，然後記得要：

- 用 *people sleeping rough*（露宿街頭的人）替換 *homelessness*（無家可歸的狀態）
- 用 *torture*（折磨）、*murder*（謀殺）、*massacres*（屠殺）之類的字眼替換 *human-rights abuses*（人權的侵犯）
- 用 *dead civilians*（死亡的平民）替換 *civilian casualties*（平民的傷亡）或 *collateral damage*（附帶損害）
- 用 *death*（死亡）替換 *mortality*（死亡數字／死亡率）
- 用 *vote-rigging*（選舉舞弊）替換 *voting irregularities*（投票違規）
- 用 *lay-offs*（裁員）替換 *redundancies*（勞動力過剩）
- 用 *poor people*（窮人）或 *people struggling to pay the bills*（沒錢生活的人）之類的字眼替換 *the underprivileged*（弱勢群體）。
- 用 *rape*（強姦）或 *groping*（猥褻）之類的字眼替換 *sexual assault*（性侵犯）
- 用 *battle*（戰鬥）替換 *kinetic action*（動態行動）

另一個問題是想要誇大其詞，使用比實際情況更具爆炸性的字眼。並非所有的問題都是 *crisis*（危機），而遭人指控的不法行徑也不一定是 *scandal*（醜聞）。不要將每項重要事件視爲 *historic*（有歷史意義的）事件，也並非所有政治言論都是 *rhetoric*（雄辯言辭或煽動性語言，最好是如此）。這類詞語一旦被過度使用，就會失去力道：當眞正的危機來臨時，你要用什麼字眼去描述它呢？

行文要準確，既不要過於模糊，也不要太情緒化，這樣不僅基於道德和根據法律要求，也表示你願意照實描述事物，從而建立信譽。

使用和濫用行話

專業術語有其用途。如果你不知道身體各部位的名稱，也不知道身體所經歷的過程和罹患的疾病，你就不能當醫生。然而，學習術語不僅能掌握知識，也能藉此炫耀，既可以向團體內的人（同行醫師）炫耀，也能向團體外的人（病人）炫耀。

茲以 *hyperemesis gravidarum*（妊娠劇吐）爲例，某些孕婦會出現這種嚴重的症狀。婦產科醫生會說，孕婦遇到這種情況，會噁心得很嚴重，也會嘔吐到無法控制。給這種疾病貼上專業標籤，可讓診斷的醫生顯得學識淵博。但古典學者可能會因此訕笑，指出「hyper」在希臘語中只表示「super」（超級）或「a lot」（很多）。而「emesis」只表示「vomit」（嘔吐）。最後的「gravidarum」在拉丁語中是「pregnancy」（懷孕）的意思。如果妳跟醫生說：「我懷孕了，吐得很厲害」，而醫生回答：「嚴格來說，妳得了所謂的『懷孕嘔吐很多』（pregnancy supervomit）」，妳鐵定不會覺得他很厲害。

醫生使用這種術語，會讓他和患者產生隔閡，也可能讓病人不了解病情以及對治療方式感到陌生。好的醫生會把「妊娠劇吐」之類的症狀解釋得很清楚。總的來說，醫生接受的培訓是治療這些疾病，不是爲病人翻譯那些詰屈聱牙的行話。然而，你身爲作家，你要做的恰恰相反：不是去翻譯，就是要解釋。

政客或企業經常會掩蓋壞消息、給平淡無奇的構想擦脂抹粉，或者試圖使用業內人士喜愛但在日常談話中從未聽過的術語，以此給人留下深刻的印象。遇到這種情況時，翻譯就顯得更爲重要。各位要避免以下的陷阱：

1. 言詞浮誇

只是開個 *meeting*（會議）或 *conference*（研討會），卻假裝是舉辦 *summit*（高峰會）。*granular*（粒狀的）逐漸淘汰掉 *detailed*（詳細的）；*brainstorming*（腦力激盪）改成了 *ideation*（構思）；而在某次 *ideation* 會議上，大家認爲 *learning*（學習）比 *lesson*（教訓）更有價值；*optics*（光學／映像）比 *appearances*（外表）更有品味。這些字眼都沒有優於更古老、更常見的詞語；除了讓人感到新穎，沒有添加任何東西。

2. 動詞化（Verbing）

由名詞構成的動詞本質上沒有錯誤。英語隨處可見這種單字。莎士比亞是善於把名詞當動詞用的大師（*Grace me no grace, nor uncle me no uncle*〔別跟我說什麼仁慈不仁慈的，也不必叫我叔父不叔父的〕[13]）。隨

13 譯註：語出《理查二世》（*The Life and Death of Richard the Second*）第二幕第三場。博林布魯克的亨利（Henry of Bolingbroke）當時拜見約克公爵（Duke of York），劈頭便說：「My gracious uncle（我仁慈的叔父）。」約克公爵一聽，立馬回了這一句話。

著時間的推移，某些動詞化的名詞逐漸融入英語之中：在不久之前，把 *contact*（聯絡）和 *host*（主辦）作爲動詞還被認爲是很糟糕的用法。

話雖如此，除非你是莎士比亞，否則你用新穎的動詞化名詞更有可能惹惱讀者，不會讓他們讀起來饒有興味。也許時日一久，再也沒有人讀到 *to impact*（影響／衝擊）或 *to access*（擷取／接近／取得）時會生氣，但眼下這樣寫還是會惹惱不少人，因此最好寫成 *to have an impact on* 或 *to gain access to*。同理，別用 to *showcase*（展示）、to *source*（標明出處）、to *segue*（繼續演奏）和 to *target*（把……當成目標），想想有沒有別的寫法。較新的動詞化名詞更會殘害讀者：to *action*（行動）、to *gift*（贈送）、to *interface*（接合／協調）和to *whiteboard*（在白板上書寫）之類的單字就在辦公的會議室使用就好。

3. 誤導

很多行話似乎就是爲了讓人難以理解。當公司合併時，他們一定會說這樣必定能夠起到 *synergy*（協同作用／增效作用），聲稱兩方合作比單打獨鬥更能做出成果。若掰開表面的花言巧語，通常表示公司認爲可以用更少的員工做更多的事情。

然而，事情日後會按照既定的進程發展。公司會發現 *issues*（議題，絕對不會說是「problems」〔問題〕）。這些可能引發 *cyclical downturn*（週期性衰退，就是 *recession*〔不景氣〕，所以沒人買他們的產品）或*secular downturn*（長期衰退，表示 *their industry is shrinking*〔他們的行業正在萎縮〕，人們以後也不會購買他們的產品）。公司很快就會開始談論 *reallocation of resources*（重新分配資源）、*refocusing*（重新聚焦）、*downsizing*（縮小規模／裁員，甚至 *rightsizing*〔精簡規模，以便合身〕）之類的話題。想怎樣辯稱，就怎樣去幹。

何時以及如何使用專業術語

大多數作家，尤其是商業、金融、經濟和科學領域的作家，有時會需要使用專業詞彙。你首先應該確定哪些是寫作時經常重複使用且值得保留的術語。其實，最好去教你的讀者，讓他們了解這些術語。用熟悉的概念（隱喻）來解釋不熟悉的概念非常有效（請參閱第二章）。

你需要定義的術語可能比你想像的要少。我舉一些文法範例來告訴大家如何用人人都知道的單字來表達藝術術語。例如，*syntax*（語法）就是如何組合單字，成爲片語（phrase）、子句（clause）和句子（sentence）等較大的單位。如果你不打算繞著 *syntax* 打轉，你就不需要用它，只要說 *how words are combined*（如何組合單字／組合單字的方法）即可。再講一個更爲罕見的常用術語，就是 *morphology*（構詞學）：將單字和單字片段組合在一起，從而構成更長的單詞，例如由三個部分構成的「un-lady-like」（不像淑女的）。語言學家喜歡 morphology，但在和外界人士交談時，最好不要用這個字，要改口說 *building words out of smaller pieces*（由較小的詞語構成單字）。當你不會經常使用某些術語時，最好改用別的措詞來表述（rephrasing）。

首字母縮略字（acronym）和縮寫字／字首語（initialism）[14] 在科技寫作中很常見，但它們會讓不熟悉的讀者生厭，甚至會讓熟悉的讀者感到無聊。各位可能會認爲，只要定義了一次「hyperemesis gravidarum」，後續寫作時提到這個症狀便可以用縮略字 *HG*。然而，這會強迫讀者去回想首字母指的是哪個陌生的片語。你用縮略字時，可能

---

14 譯註：initialism 可謂廣義的首字母縮略字。首字母縮寫後可以單獨發音（譬如 laser 和 NATO）時便是 acronym，當縮寫仍須以個別字母發音時（好比 RPM 和 PDF）便是 initialism。

會少打幾個字母，但讀者卻會因此一頭霧水。

此時，請你考慮使用簡短形式和簡單的同義詞。hyperemesis gravidarum 可能是後面提到的 *the condition*（病症），或是像 *nausea*（嘔吐／噁心）這種不需要精確說明的普通症狀。花點精力去豐富詞彙，不要單調重複一串大寫字母，這樣就能讓文章一直吸引讀者的注意力。

一籮筐糟透的單字

若要完整記錄每一個惹惱某個傢伙（或者只是某位《經濟學人》編輯）的字眼，列出的清單將會很長，讀也讀不完，也不可能記住。各位別忘了，一定不要使用時髦、自負、模糊或誤導性的詞語。

落筆行文時，請避免使用以下的單字：

- *address*（處理問題，此時當成及物動詞；不妨改用 *deal with* 或 *attend to*）
- *aspirational*（渴望的）
- *facilitate*（促進）
- *famously*（著名地。如果很有名，還要你說嗎？）
- *high-profile*（引人注目的）
- *iconic*（標誌性的）
- *individual*（個體，此時當成 *person*〔人〕的同義詞，別用這個字，除非別無選擇）
- *inform*（告知／賦與……特徵，作為自命不凡的動詞，表示 to *influence*〔影響〕）
- *implode*（內爆。大自然厭惡眞空，很少東西會眞正內爆）

- *key*（重要的／關鍵的，此時當成形容詞；特別是 *key players*〔重要的球員〕，但千萬別說 *this decision is key*〔這項決定很關鍵〕）
- *major*（主要的。試著刪掉它，看看上下文能否表達這樣的意思）
- *move*（措施／手段，當成 *decision*〔決定〕、*policy*〔政策〕或 *change*〔改變〕的同義詞：*The move served to highlight...*〔此舉旨在強調……〕）
- *narrative*（敘事）
- *paradigm*（典範／範式）
- *participate in*（參與，不妨使用 *take part in*）
- *passionate*（熱情洋溢的）
- *proactive*（主動的／積極的）
- *players*（主要參與者／主力，除非討論體育或遊戲〔運動員／玩家〕）
- *prestigious*（享有盛譽的，表示作者很喜歡它）
- *reputational*（有名望的）
- *savvy*（見識／精明老練的）
- *segue*（繼續演奏）
- *showcase*（展示，動詞）
- *source*（標明出處，動詞）
- *spikes*（峰值，很多被這樣描述的上升情況其實沒有下降點）
- *stakeholders*（利害關係人）
- *supportive*（支持的，不妨使用 *helpful*）
- *surreal*（超現實的／夢幻般的）
- *trajectory*（軌跡，這個字很長，其實就是 *course*〔路線〕或 *path*〔路徑〕）

- *transformative*（徹底改觀的／顛覆性的）
- *trigger*（引發／觸發，當成動詞，不妨使用 *cause*〔引起〕、*lead to*〔導致〕和 *result in*〔造成〕之類的說法）
- *vision*（幻景／遠見／眼力）
- *wannabes*（夢想成功或出名的人）

上述列出的單字一直會有變化。作家之所以使用這些詞語，乃是認爲它們很時髦且時尚，而屬於這類的詞彙每天都在改變，有時增加，有時減少。本節的英文副標題 basket of deplorables（直譯：一籮筐可悲的人）在二〇一六年時說得通，當時希拉蕊（Hillary Clinton）在競選總統期間用過它[15]。有一天它將會過時，甚至無人知曉。跟各位分享一項經驗法則：這個字二十年前是否用過，二十年後還會這樣使用嗎？如果不是，請考慮使用別的單字。

15　譯註：希拉蕊用這句話罵川普一半的支持者，說這些人是 racist, sexist, homophobic, xenophobic, Islamophobic（種族主義者、性別歧視者、恐同者、仇外者、仇視伊斯蘭教者）。

第二章

運用文字：措詞、意象、隱喻和風格

近年來，開發人工智慧（artificial intelligence，AI）的研究人員推出了無需人爲參與便能「書寫」的系統，其中最棒的系統大量創作出極具說服力的文章。然而，讀者只要花一點時間（頂多讀幾段話）就會發現，這些機器「撰寫」的東西並不一定前後連貫：構思不合邏輯，論述欠缺道理。

機器學習（machine-learning）系統是根據資料來訓練的。如果將多年的報紙文章輸入這些系統，它們就能判斷出常見的單字組合模式。訓練兩個相同的系統，一個使用《紐約客》的文章，另一個則用《經濟學人》的文章（人們其實做過這兩種實驗），機器將大量創作出風格非常類似於這兩份出版物的文章。

在你想嗤之以鼻之前，告訴你一個會令人坐立難安的想法：人類作家與機器學習系統並沒有太大的區別。寫作似乎是最具創意的行爲。然而，每次你將手指放在鍵盤上時，你也已經被「訓練」了：你讀過的文章都會潛移默化，影響你書寫的內容。

人難免受到其他作家的影響，這甚至是一件好事。然而，許多作家並不只是受影響而已。他們會以自動駕駛（automatic pilot）模式寫作，行文之際模仿他們最常閱讀的寫作風格。如此一來，他們的文章充其量只是缺乏創意，但最糟糕的情況是欠缺思想，甚至是毫無新意。

你身爲作家，不該只是行文謹愼，避免犯錯。你要吸引讀者的注意力，而如果走運的話，甚至能夠影響他們。第一步是第二步的必要條件，而文章要寫得好，必須使用原創和新穎的語言。

第一章探討了浮誇之詞，好比用 *learning* 去取代 *lesson*。然而，較長的修辭手段也屢見不鮮：會議室裡隨處可聞陳舊的習語和隱喻。用 *blue-sky thinking*（藍天思維[1]）或 *thinking out of the box*（在盒子外面思考[2]）表示 creativity（創意）。

說 *going forward*（後續）和 *at the end of the day*（到頭來[3]），以鬆散的方式連結想法。使用 *the elephant in the room*（房間裡的大象[4]），或者找動物園裡的其他動物，好比 *800-pound gorilla*（八百磅重的大猩猩），甚至只用 *big beast*（龐然巨獸）來描述辦公室的人物和混亂局面。

以 *lowhanging fruit*（掛在低處的果實）和 *quick win*（快速的勝利）表示短期目標。用 *let's take this offline*（讓我們離線討論這點）、*put a pin in it*（把別針插入它）或 *put it in the parking lot*（把它放在停車場）來代表 *let's talk about this later*（我們以後再討論），然後用 *reach out*（伸出手）或 *circle back*（繞回來）來表示日後再溝通。

有些陳腔濫調甚至早已無人聞問。然而，新的流行語仍然不斷浮現。某位《經濟學人》記者被派去參加管理培訓課程時飽受折磨，以下是他記錄的一些商業術語：

- Chunking up to a meta-level（堆疊到元級別）

1　譯註：表示天馬行空、放飛思緒或自由暢想。

2　譯註：跳脫傳統的思維框架，以嶄新的眼光檢視問題，另闢蹊徑。

3　譯註：考量所有因素之後，總結時可說 at the end of the day，用法類似 to sum up 或 after all。

4　譯註：通常指不願提到的棘手問題。

- The other side of the visionary coin（遠見卓識錢幣的另一面）
- Taking up some of that limited bandwidth fruitfully（有效利用一些有限的頻寬）
- When we're joining the dots we want to be walking the walk（當我們把點連結起來時，我們希望能夠付諸行動）
- From soup to nuts across our organisation and beyond（從湯到堅果〔表示從頭到尾，徹徹底底〕，橫跨我們的組織內外）
- We can suck it and see（我們可以吮吸它來看看，表示「試試看」）
- Let a thousand flowers bloom（讓千朵花綻放，表示「不應該過早干涉事態發展」）
- Water our strategic shoots（澆灌我們的戰略新芽）
- One of the thrust-lines we like to look down when decisionmaking（我們做決策時喜歡俯視的其中一條推力線）

根據定義，新說法剛被創造出來時不是陳腔濫調，它們或許顯得妙趣橫生。這些新穎說法在某段時間內於一個小圈子裡流傳：如果你是第一個使用它的人，可能讓人感覺你是 ahead of the curve（直譯爲「位於曲線前面」，表示走在前端、領先潮流，這又是另一句陳腔濫調），但情況持續不了多久。陳腔濫調就像入侵物種，倘若沒被無情消滅，馬上就會四處氾濫。

每代人的比喻詞語都是新的，但問題卻都是舊的。每個時代都會出現陳腔濫調，也會有寫作評論家對此哀嘆不已。然而，歐威爾（Orwell）[5]

5　譯註：英國作家喬治．歐威爾（George Orwell），以《動物農莊》（*Animal Farm*）與《一九八四》（*Nineteen Eighty-Four*）兩本政治諷刺小說聞名於世。

不只抱怨，還做了分析。他明確區分了「已死的」（dead）和「垂死的」（dying）修辭手段。

他認爲，「已死的」那批不是問題。它們司空見慣，幾乎無法喚起原來的指稱之物：歐威爾以 *iron will*（鋼鐵意志）爲例，說它不會再讓人聯想到鐵這種灰色金屬。

歐威爾眞正盯住的是那些還韌性十足的修辭手段。這些詞語讓作家和演說者誤以爲它們很生動，但其實不然。以下是他舉出的例子：

- Achilles' heel（致命的弱點／死穴）
- fishing in troubled waters（渾水摸魚）
- grist to the mill（有利之事）
- hotbed（溫床）
- no axe to grind（沒有私心）
- on the order of the day（會議的當日議程／重要之物）
- play into the hands of（落入……的圈套）
- ride roughshod over（橫行霸道）
- ring the changes on（變換花樣）
- stand shoulder to shoulder with（站在某人的一邊）
- swan song（天鵝絕唱／某人在死亡或退休前進行的最後一次表演）
- take up the cudgels for（堅決擁護）
- toe the line（嚴守規定）

他認爲，這些現成短語的問題在於不經意便會將它們串在一起。如此一來，作者不用先思考要說什麼，然後用最有效的語言表達想法。

重鑄新詞更爲困難，但仍然值得付出心血。原創圖像能夠抓住讀者的心。率先說出 *the elephant in the room* 時，無疑能讓聽眾想到一頭處境尷尬的厚皮動物。如今，這個詞語已無法再引起波瀾，你必須想出一頭新的大象。

讓我們再看看歐威爾營造的另一張圖像，它描述某人滔滔不絕，宣傳著可預見的內容：

> 人們經常會有這種奇怪的感覺，認爲自己看到的不是活生生的人，而是假人：當光線照射到演講者的眼鏡上，眼鏡變成空白的圓盤，似乎後面沒有一雙眼睛時，這種感覺會突然變得更加強烈。[6]

你可能會不由自主地去想像歐威爾所談論的內容。他本可以只說這個人是一個 *dummy*（假人，我們今天會說是一個 *puppet*〔傀儡〕），但這不會給人留下什麼印象。他反而更進一步，描述光線照射到眼鏡上，讓人留下深刻的印象，即使讀完文章之後，這種印象依舊揮之不去。新鮮的圖像之所以有效，乃是它讓讀者有兩種方式來處理你所說的內容：一是邏輯和語言方式，二是視覺方式。

歐威爾談論陳腔濫調的危害時所寫的文章其實充滿令人耳目一新的圖像：

> 作者或多或少知道自己想要說什麼，但堆積陳舊的語句，就像茶葉堵住水槽一樣（*like tea-leaves blocking a sink*），會讓他喘

6　譯註：出自《所有藝術都是政治宣傳》（*All Art Is Propaganda: Critical Essays*）。

不過氣來。

如果他說的是他習慣一遍又一遍發表的演講，那麼他可能幾乎不知道自己在說什麼，就像人們在教會口中吐出的回應一樣（*as one is when one utters the responses in church*）。

當某個人的真實目標和宣稱目標之間有落差時，他就會出於本能，使用冗長字眼和陳腔濫調，就像烏賊噴出墨汁一樣（*like a cuttlefish spurting out ink*）。

並非不合理的假設（*a not unjustifiable assumption*）、還有很多不足之處（*leaves much to be desired*）、沒有任何好處（*would serve no good purpose*）和我們應該牢記的考慮事項（*a consideration which we should do well to bear in mind*）之類的短語會不斷誘惑他，就像總是擺在手肘邊的一包阿斯匹靈（*a packet of aspirins always at one's elbow*）。

想出這些新穎措詞需要下功夫，但只要願意花時間構思新詞，便會功不唐捐，一切都是值得的。

試著用更新穎的短語來替換以下的短語：

- *accident waiting to happen*（早晚會出事）
- *chattering classes*（閒聊階層，表示喜愛對各種問題發表意見且受過良好教育的中產階級）
- *deer in the headlights*（嚇傻了）
- *eye-watering sums*（令人瞠目結舌的數目）
- *fit for purpose*（非常適合其指定的作用或用途）
- *game-changer*（遊戲規則改變者，表示徹底顛覆所在領域傳統遊

戲規則的人事物）

- *going forward*（後續，表示 *in future*〔未來〕）
- *the green light*（給……開綠燈／許可）
- *grinding to a halt*（逐漸陷入停頓）
- *heavy lifting*（任務中最困難的部分）
- *honeymoon period*（蜜月期）
- *level playing-field*（公平競爭的環境）
- *paradigm shift*（典範轉移）
- *perfect storm*（完美風暴，表示糟糕得無法再糟的局面）
- *poster child*（海報兒童，表示代表人物或形象）
- *pulling teeth*（拔牙，表示艱苦不堪的）
- *rack up* (profits, etc)（累積〔獲利等等〕）
- *ramping up*（加快或擴大）
- *tipping point*（臨界點／轉捩點）
- *too close to call*（勢均力敵／難分伯仲）
- *wake-up call*（警鐘）
- *whopping bills*（巨額帳單）

（陳腔濫調的）新聞文體

除了陳腔濫調，也值得說一說新聞業的特殊習慣用語。以下是一則非常具有代表性的新聞報導：

RUSSIA *RATCHETS UP PRESSURE* ON EUROPE, SAYS 'NO GROUNDS' FOR FURTHER TALKS ON SECURITY AMID

HEIGHTENED TENSIONS

（俄羅斯對歐洲施加更多壓力，聲稱如今局勢更爲緊張，「沒有理由」進一步針對安全問題進行談判）

A top Russian official said there were "no grounds" to continue security talks to *defuse* the crisis over Ukraine's aim to join NATO — a rebuff to the West as part of a *hardline blitz* by Moscow envoys Thursday that ended in an *impasse* after days of *high-stakes diplomacy*.

一名俄羅斯高級官員表示，「沒有理由」繼續進行安全談判以**化解**烏克蘭打算加入北約（NATO）所帶來的危機。經過數日的**高風險外交斡旋**[7]，**最終陷入僵局**，莫斯科談判代表便在週四對西方採取**強硬閃電突襲**，上述言論是其中的一環。

The remarks by the Russian Deputy Foreign Minister *amped up the pressure* on the Biden administration and its allies as they struggle to *find a path out from tensions* between NATO and Russia and avert a potential new war in Europe.

拜登政府及其盟友正努力**尋找緩和北約與俄羅斯緊張關係的出路**，以免歐洲爆發新的戰爭，但這位俄羅斯副外長的言論**放大了對他們施加的壓力**。

This week's *flurry* of meetings in Europe was seen as a *critical bid* by the United States and NATO partners amid fears Russia could launch a *multipronged attack* on Ukraine — a former Soviet

---

7　譯註：表示風險極大的情況，某方可能會獲取或失去優勢，甚至耗費大筆金錢。

republic whose government has *built ties* with the West, but is seen by Moscow as part of its *sphere of influence*...

在人們擔心俄羅斯可能多管齊下攻擊烏克蘭之際，本週於歐洲舉行的一連串頻繁會議被美國和北約夥伴視為關鍵的舉措。烏克蘭是前蘇聯加盟共和國，其政府與西方建立關係，但它卻被莫斯科視為屬於其勢力範圍……

上述措詞是典型的地緣政治寫作方式，使用了這些英文詞語：*ratchets*、*pressure*、*tension*、*defusing*、a *blitz*、an *impasse*、*high stakes*、*amping up*、*flurries*、*bids*、*ties* 和 *spheres*。在這三個簡短的段落中，作者運用了與機械、物理、炸彈製造、戰爭、賭博、音訊技術、天氣和幾何相關的比喻。若要批判一下，我會說這樣寫非常彆腳，拙劣至極。

更為寬容和務實的解釋是，套用歐威爾的話，這些隱喻不是「垂死的」，而是「已死的」。從這個角度來看，沒有人會在這種上下文想到物理壓力（*pressure*），因此根本不會理會是否放大（*amping up*）這種壓力，就像人們最初對吉他所做的那樣[8]。吉他弦可能確實受到張力（*tension*），但這個詞如今在政治書寫中司空見慣，讀者根本不會在意它們是否被加強（*heightened*，或者經常使用的 *boiling*〔沸騰〕、*simmering*〔醞釀／即將爆發的〕、*inflamed*〔使更惡化〕或 *defused*〔緩和〕）。

然而，這樣辯護站不住腳。換句話說，作者依賴的圖像過於普通，根本無法影響讀者。對於仍然認為這些垂死的隱喻有意義的讀者來說，

8　譯註：吉他音箱又稱為吉他放大器，音樂術語通常簡稱 Amp，屬於一種電子放大器，主要目的是放大吉他音量的電信號。

這段文本不僅混亂且令人困惑。在認爲這些隱喻已死的人眼中，這段文字讀起來讓人麻木。

記者在截稿日期前趕稿所寫的文章中，所有的草坪皆已 *manicured*（修剪），另有 *white picket fence*（白色尖樁籬笆），美國南部所有保守的城鎮都是 *buckle of the Bible belt*（聖經地帶的扣環[9]），所有 *oil-rich country*（盛產石油的國家）都有一位 *long-serving strongman*（長期執政的強人）。聰明的政客分兩種：一是 *policy wonk*（政策專家），二是 *wily political operator*（操弄政治的狡猾人士），他們最終都會捲入被稱爲 something-*gate*（某某門；編按：引申自水門事件）的醜聞。政治決策不是 *watershed*（分水嶺），就是 *landmark*（里程碑），甚至是 *sea-change*（天翻地覆的）時刻。所有談判都是 *11th-hour*（最後一刻）、*marathon*（馬拉松）、*make-or-break*（不成則敗／成敗在此一舉）。當然，記者與 *key player*（關鍵人物，可能是 *well-placed insider*〔消息靈通的內部人士〕）交談後知道了這一切。

結構元素也有被濫用的英文版本：例如，標題會寫道：*"A is trying to do B. It will not be easy"*（〈A 正嘗試做 B，但這並不容易〉）。目睹這一切的記者疲憊寫道：*another week, another X*（又過了一週，又一個 X）。介紹新穎事物時會寫：*first the good news*（首先是好消息），然後有轉折：*now for the bad news*（接下來是壞消息）。總結一下，將故事置入脈絡來看[10]：它不是 *silver bullet*（銀彈[11]）或 *panacea*（萬靈丹，這的確會成爲新

---

9 譯註：所謂聖經地帶，就是基督教福音派占主導地位的地區，亦即保守派的根據地。

10 譯註：put in context 表示提供更多訊息來釐清某件事情。

11 譯註：表示解決複雜問題的簡單辦法，可譯成良方或高招。在西方的宗教信仰和傳說中，銀色子彈專門用來對抗狼人或吸血鬼之類的怪物，因此被拿來比喻一勞永逸的解決方案。

聞）。然而，*one thing is for certain*...（有一件事是肯定的……）。

隱喻魔法

若想判斷作家在選擇隱喻之前是否深思熟慮過，其中一個方法是看看這些彼此緊臨的隱喻是否相互衝突，讓人忍俊不禁。商業用語中特別常見混用的隱喻。務必要讓這種短語從你的指尖溜走，聽到高階主管說出它們時也不要引用，除非你想讓這些高管看起來很愚蠢：

- 我們正處於這種巨變（*sea change*）的前幾局（*early innings*，初期）。
- 對於那些認爲這場危機只是皮肉傷（*flesh wound*）的人來說，這是一記警鐘（*wake-up call*）。
- 股份回購[12]的勢頭（*momentum*）終於開始降溫（*cooling down*）。
- 我們公司不斷根據客戶持續變化的口味（*palates*）來客製化（*tailoring*）產品。
- 下一代商業領袖正在雷達偵測不到之處起泡（*bubbling under the radar*，悄悄崛起）。
- 新的產品路線圖（*roadmap*，藍圖）碰到了些許動盪（*turbulence*）。

不當使用隱喻會帶來雙重遺憾，因爲一旦運用得當，隱喻便是強大的工具。不妨想想足以解釋令人困惑的現象的科學隱喻：原子就像太陽

12　譯註：股份回購（share buyback）是指上市公司將發行在外的普通股買回。回購的股票可以直接註銷以減少公司的註冊資本。

系，或者重力扭曲時空的模樣如同將一顆保齡球放置於橡膠墊上一樣。

隱喻偶爾可以協助思考。達爾文能夠獲取靈感，出自於以下的發現：語言的變化極爲緩慢，但只要有足夠的時間，兩種語言就會逐漸無法互通。他從中推斷，物種進化和分化也會類似那種情況。

使用隱喻寫作時，重要的是保持一致和刻意爲之。撰寫一整篇文章之際，偶爾能想出一個隱喻是很棒的，無論你是打算解釋一個複雜的問題（區塊鏈〔blockchain〕就像一本分類帳〔ledger〕），還是以輕鬆的態度去比較（將政治領袖比喻成交響樂指揮或大廚）。你可能早就引入了這個隱喻，在行文書寫時不時加以引用，並在結尾時巧妙將其收緊。然而，你得像大廚一樣，別將單一配料用過頭了。

行文表達觀點時，隱喻也能讓人論證更爲有力。恰當運用比較，可以讓你更有說服力。即使氣候變遷確實不大可能造成災難，但這場災難也將非常嚴重，值得人們去購買保險（如同許多人投保住宅火險），或者改變生活方式（就像人們在被告知未來十年得心臟病的風險有百分之十之後明智調整生活習慣那樣）。此處使用類比，乃是爲了告訴讀者，說他們已經爲其他可能不會發生的事情投保了，而萬一這些事情不幸發生了，那就太可怕了。

從本質上來說，隱喻並非它們所比較的東西。如果你使用了隱喻，而專家（或只是挑剔的）讀者發現你比較的兩件事根本不同，你的論述便會欠缺力道。撇開以風格來吸引讀者不談，這也是你應該慎選隱喻的另一個原因。

話雖如此，兩個被比較的事物之間若差異不大，則是可以容忍的。區塊鏈就像一本分類賬，但它被分配到大量用戶之後，就不像商店兜售的分類帳簿。語言會逐漸變化，但就算不幸發生變化，使用語言的人也不會死。各位不妨推斷隱喻會在哪裡出現不一致，並且解釋箇中原因。

借用專業術語

使用專業領域的單字和短語時要謹慎。記者會輕率使用專業術語，但傳達的意思並不一定跟專家所理解的含義一樣。音樂的 *crescendo*（漸強）是逐漸增加音量（義大利語的意思爲「逐漸成長」〔growing〕），而非峰值音量（peak volume）的那一個點。*epicentre*（震央）不是地震的中心，而是地震上方地球表面的某一點（源自希臘文 *epi-*，表示「上方」〔upon〕）。颶風的 *eye of the storm*（暴風眼）非常平靜，風勢並非最強。*calculus*（微積分）處理極限，以及函數的微分和積分；例如，位置、速度和加速度之間的關係。對於了解這點的人來說，*calculus* 不是花哨的同義詞，可用來表示政治或其他領域的 *calculation*（算計）。

詞彙經常從技術意義轉變爲不同的非技術意義（*squaring the circle*〔化圓爲方[13]〕曾是數學難題的代名詞，但現在指的是普通的困難事情）；詞語可能會拋棄其詞源（*crescent*〔新月〕和 *croissant*〔羊角麵包；按：俗稱可頌〕與 *crescendo* 有共同的字源，但現在指新月的形狀）。

然而，如果詞語的技術含義仍清晰可見，並且可在袖珍詞典中找到其意思，一旦你輕率使用，也會讓熟悉精確含義的讀者分心。請留意下列的用法：

- **quantum leap（量子躍進[14]）**：飛躍不大。這個成語源自物理學，其中的量子是極小能量的固定倍數。用來描述沒有中間階段的突然變化，而非大躍進。
- **begging the question（乞求論點）**：這個短語起源於古典哲

13 譯註：化圓爲方是古希臘數學中尺規作圖的命題，與三等分角和倍立方問題並列爲三大難題。其問題爲：求一正方形，其面積等同於一已知圓的面積。

14 譯註：字典的解釋都是「大躍進」或「重大進展」。

學，表示試圖將想要論證的結論偷偷變成假設。如果有人說，*Illegal immigrants must be deported because they have broken the law*（非法移民必須被驅逐出境，因爲他們違反了法律），他們就是在假設（或避免爭論）法律是公正或明智的，因此是在乞求論點。如果你只是想說某件事 *raises* or *prompts the question*（引發或導致了問題），不妨就這樣直說。

- **parsing（語法分析）**：在語法中，這個術語表示要注意句子中單字的功能和形式的細節。不要將它當成 *examining*（檢視）的同義詞。
- **exponential growth（指數成長）**：不是任何快速的成長，而是 2^1、2^2、2^3、2^4、2^5、2^6 或 2、4、8、16、32、64 所暗示的增長。
- **inflection point（反曲點／拐點）**：借用微積分來描述曲線凹度改變的點，不應該被用來只表示方向的改變。
- **marginal（邊際）**：田地邊緣的劣質土地。工廠中多生產一個小部件的成本就是 *marginal cost of production*（生產的邊際成本）。你賺到愈來愈多的錢，獲得的幸福感卻不斷下降，這就是 *diminishing marginal utility*（邊際效用遞減）。這些是邊際的有趣且精確的用法。然而，將它當成 *slight*（輕微）或 *small*（微小）的同義詞，用處卻不大。

變化、優雅與不優雅

使用同義詞可讓辭藻更美，讓你避開技術詞彙，以免讀者困惑，也能讓你不去重複使用日常詞彙而讓讀者感到無聊。然而，如果過度追求所謂的「優雅變化」（elegant variation），便是愚蠢之舉。報紙有時喜歡在第二次提到黃瓜時稱其爲圓柱形沙拉配料（*cylindrical salad-topper*），或者將澤西馬鈴薯（Jersey potato）稱爲光滑的春季馬鈴薯（*the smooth springtime spud*），以此來取悅讀者。不要被這種誘惑所引誘。

爲了避免重複而用大寫字母填滿頁面也很醜。International Monetary Fund（國際貨幣基金組織）有時可以寫成 the IMF，European Central Bank（歐洲中央銀行）偶爾可以換成 the ECB。但你也可以將它們寫成 *the fund* 和 *the bank* [15]。特別是縮寫字／字首語不甚爲人所知時，使用這種明確的措辭，讀者會立即知道你指的是什麼。

請勿自創辭語，截稿日期快到了

在時間壓力之下，要想出原創的標題、說明文字和副標題等可能很困難。此時，疲憊的大腦會突然想起一部電影、一首歌曲或一部電視劇的片段，然後你會先寫在紙上，稍後再去發想更好的笑話。但你從未辦到這點，只能不加思索，引用流行文化的詞語而餖飣成篇。

因此，在你嘗試之前，請先停下來想一想，長期受苦的阿根廷人討論他們的故事時說過多少次 *Don't cry for...*（不要爲……哭泣）[16] 或者提到與 *tango*（探戈）有關的東西。同理，*Southern discomfort*（南方的不幸）適用於梅森—迪克森線（Mason-Dixon line）[17] 以南的美國人，

15　譯註：作者此處的意思是前面要先提到 International Monetary Fund 和 European Central Bank，然後才能運用英語定冠詞 the 的用法，將其簡稱爲 the fund 和 the bank。

16　譯註：暗指 Don't cry for me, Argentina（阿根廷，別爲我哭泣）。

17　譯註：美國賓州與馬里蘭州、馬里蘭州與德拉瓦州之間的分界線。

而 *Could do better*（可以做得更好）適用於任何攸關教育的事情。或者 *Vive la différence*（差異萬歲[18]）適用於任何關於法國的事情。或者 *Rise of the machines*（機器的崛起）適用於任何關於自動化的事情。或 *mind the gap*（留意間隙或落差）適用於任何事情：這個標題至少被《經濟學人》用過二十一次。

《經濟學人》曾經多次（至少二十三次）剽竊〈No Sex Please, We're British〉（請別談性，我們是英國人[19]）的戲劇名稱：〈*No sex please, we're American*〉（請別談性，我們是美國人）(兩次）；〈*No sex please, we're Millennials*〉（請別談性，我們是千禧世代）；〈*No text please, we're American*〉（請別傳簡訊，我們是美國人）；〈*No shooting please, we're German*〉（請別射擊，我們是德國人[20]）；〈*No gold please, we're Romanian*〉（請別挖金礦，我們是羅馬尼亞人）；甚至是〈*No swots please, we're Masai*〉(請別刻苦用功，我們是馬賽人[21])。抄襲了這麼多次，應該夠了吧！

冗詞贅字

許多單字只會增加句子的長度，其餘什麼也幹了，空白不僅在印刷物的欄位中非常寶貴，在讀者心中亦是如此，所以請刪掉可以刪除的詞語，這樣甚至可以釋放空間，讓你添加初稿中沒有的修辭或細節。

---

18 譯註：直譯爲 long live the difference，vive 就是 "long live"，la 是 "the"，différence 就是 "difference" 或 "diversity"。這句話用於表達認同多樣性，尤其是兩性之間的多樣性。

19 譯註：傳統的英國文化會迴避關於性的話題。

20 譯註：shooting 另有「拍攝」的意思。

21 譯註：馬賽人是肯亞和坦尚尼亞的遊牧民族。

想想上下文所暗示的詞語。*Now*（現在）、*currently*（目前）、*at present*（眼下）、*ongoing*（正在進行）和 *today*（今天）之類的字詞都可以用現在式的動詞來暗示。只有當你要與另一個時間段對比時才使用它們（*In the past... but now...*〔過去……但現在……〕）。

試著刪除這個句子中的 *real*（*they felt real despair, wondering if real prosperity would arrive*〔他們感到眞正的絕望，心想眞正的繁榮是否會到來〕），除非你談的是通貨膨脹（*real incomes fell last year*〔實際的收入在去年下降〕）。

最好改寫一下有 *there is/are* 的句子。最好將 *There are three issues facing the country*（有三個問題讓國家面臨）改寫成 *The country faces three issues*（國家面臨三個問題）。如果有人 *has the ability*（有能力）做這件事，或者 *has the skills*（有技能）做那件事，不妨改用 *can*（能夠）。

許多冗詞讓人感覺是陳腔濫調或新聞體。以下列出的常用短語都太長，有些則完全可有可無：

冗詞贅字	建議改用	中譯
absolute certainty	certainty	確定性
bought up	bought	買
cut back（動詞）	cut	削減
cutbacks（名詞）	cuts	削減
empirical research	research 或 a study	研究
end result	result	結果
final outcome	outcome	結果
for free	free	免費

冗詞贅字	建議改用	中譯
from whence	whence	從何處
headed up by	headed by	由……領導
in close proximity to	close to	接近
large-scale	large 或者用 big	大規模的
lived experience	experience	經驗
located in	in	在
major speech	幾乎就是 speech	演講
nod your head	nod	點頭
past experience	experience	經驗
pilotless drone	drone	無人機
policymaking process	policymaking	政策制定
pre-planned	planned	計畫好的
pre-prepared	prepared 已經有了 pre-	準備好的
razed to the ground	razed	夷平
role model	model	模範
safe haven	haven	避風港
shrug your shoulders	shrug	聳肩
so-called "something"	只用引號或 so-called，不要一起使用	所謂的
sold off	sold	賣
the fact that	盡量只用 that， 但不一定非得這樣	事實是……
the industrial, agricultural or services sector	industry, agriculture, services	工業、農業、服務業

冗詞贅字	建議改用	中譯
top priority	priority	優先事項
track record	record	紀錄
weather conditions	weather	天氣
wilderness area	wilderness	荒野

尊重和清晰

有一些簡單的方法可表達對你所寫人物的尊重而不會影響行文清晰。最重要的是要用心寫。如果你是該群體的一員，你是否感覺受人尊重，感受到事情雖然很複雜，但仍受到應有的尊重？如果你的作品符合這點，你就可以用簡單的英語，而非學者和活躍分子青睞的最新術語。你首先要實話實說。

例如，人們不時會談論 *enslaved people*（被奴役的人）和 *people experiencing homelessness*（經歷無家可歸情況的人），而不用 *slaves*（奴隸）或 *homeless people*（無家可歸的人）。這些語言上的改動原本是要讓讀者重新考慮所描述的人並強調他們的困境。然而，不久之後，原本詞語遭受的污名就會沾染到新的詞語（*homeless people* 以前被稱爲 *tramps*〔流浪漢〕、*vagrants*〔遊民〕、*beggars*〔乞丐〕或 *bums*〔懶漢〕）。如果他們周圍的世界沒有改變，那麼 *vagrant* 的污名很快就會附加到 *homeless person*，讓它也變成一種貶義之詞。重新命名這些人無濟於事。用普通的詞語好好描述他們的生活，總比調整語言更有用。

話雖如此，還是可以透過一些簡單的步驟來識別出「人」，而不是將他們歸爲一類。使用 *blacks*（黑人）、*gays*（男同性戀）、*Jews*（猶太人）或 *the disabled*（殘疾人士）等名詞只能以此來定義某些人，好像這就是他們的全部。最好使用形容詞來修飾名詞：*black leaders*（黑人領袖）、*gay activists*（同性戀活躍分子）、*Jewish voters*（猶太選民）、*disabled veterans*（殘障的退伍軍人）。

英文 *community*（社群／社區，另請參閱第六章的 **community** 條目）經常與這類形容詞搭配使用，此時最好用另一個詞來代替。*Asian community*（亞洲社群）或 *LGBT + community*（LGBT 社群[22]）的所有成員很少一致同意某些事情。如果你是指 *organisations*（組織）或 *activists*（活躍分子），那就不妨直說。

當 *poor* person（窮人）被描述爲 *deprived*（遭受剝奪）、*disadvantaged*（處於不利地位）或 *underprivileged*（處於弱勢／沒有特權）時，不再擁有金錢、機會或尊嚴。其實，最後一點是矛盾的：如果每個人都有某種 *privilege*（特權），它就根本不是特權。這種道理也適用於 *underdeveloped*（低度開發／未開發）或 *developing*（開發中）國家：許多國家其實並未發展良好，應該稱他們是 *poor*（貧窮）國家。

Blind people（盲人）和 *deaf* people（聾人）會用這些常用詞來自稱；比起 *visually impaired*（視力受損的人）和 *hearing impaired*（聽力受損的人），我更喜歡這些直白的說法。然而，以上關於將形容詞修飾名詞的規則也適用於此：要用 *those with schizophrenia*（那些患有思覺失調症的人），不要用 *schizophrenics*（精神分裂症患者）（編按：台灣已從二〇一四年五月二十一日起，開始推動中文譯名由「精神分裂症」更名爲「思覺失調症」。）。wheelchair *user*（坐輪椅的人）比 *wheelchair-bound*（被輪椅束縛的人）更好。除非你知道某人 *suffers from*（因……而痛苦）某種疾病（比如他

22 譯註：LGBT 表示女同性戀（Lesbian）、男同性戀（Gay）、雙性戀（Bisexual）、跨性別（Transgender）。

們告訴過你），否則最好說他們 *have*（有／罹患）這種病。無論如何，請想一下你說的故事是否有任何缺陷；如果有，就把它去掉。

本章討論如何思考用字遣詞，列出許多你應該去做和避免的例子，但並未探討如何處理每一個單獨的問題。如果你仍有疑問，請參閱第二部分，尤其是第六章。然而，別忘了，你寫每一句話時，每一步都要讓讀者去思考。過度熟悉的措辭或重新調整的陳腔濫調，會從讀者的一隻眼睛進去，然後從另一隻眼睛出來，壓根不會停留於大腦。好好表達想法，讓人牢記它們。

第三章

連詞構句：文法

普通人一聽到「文法」，腦海就會浮現拿紅筆把作文批改得滿江紅的熱血老師。不要用「and」開頭。不要分裂不定詞（infinitive）[1]。不要用介詞結束句子。給人的印象是「不要」和「絕對不要」，不能做的事情一大串，沒人能夠全部記住，所以很多人認爲自己的文法很爛。

但各位已經知道所需要的多數文法。二歲的孩子就會結合名詞和動詞（*Doggy eat*〔狗狗吃東西〕）。他們很快就能造出符合文法的完整句子。他們三歲時，就能用關係子句（that tiger *that daddy bought*〔爸爸買的那隻老虎〕）之類的結構去建構愈來愈複雜的句子。等到他們上了學，就成了話匣子，準備把口中說的話寫在紙上。

此時問題開始浮現。閱讀和寫作屬於人爲，很難學會。甚至許多聰明的人也在苦苦掙扎。部分原因是書面句子更長和更複雜，而寫作風格需要運用許多人沒有掌握的正式工具。因此，人們一聽到文法這個概念就退避三舍。

然而，文法是建構句子的工具箱，並非拆解句子的規則表。本章將介紹有效運用文法的原則，然後討論一些甚至經驗豐富的作家都困惑的棘手問題。（若想知道相關術語，請參閱本書的用語表。）

1　譯註：在 to 與動詞之間插入副詞，譬如 to quickly read a book。

讓句子簡短

Call me Ishmael.（叫我以實瑪利。）

It was the best of times; it was the worst of times.（那是最好的時代，那是最壞的時代。）

Maman died today.（媽媽今天死了。）

如果要你引用某部小說的第一行，上述的句子很有可能就是其中之一。停下來想一想，這些句子分別出自《白鯨記》（*Moby-Dick*）、《雙城記》（*A Tale of Two Cities*）和《異鄉人》（*The Stranger*）有什麼共同點。

不妨再想想另一個著名的開場白：

It is a truth universally acknowledged, that a single man in possession of a good fortune, must be in want of a wife.（家財萬貫的單身漢鐵定想要有個妻子，這是舉世公認的事實。[2]）

或者這句話：

Many years later, as he faced the firing squad, Colonel Aureliano Buendía was to remember that distant afternoon when his father took him to discover ice.（許多年之後，當奧雷裡亞諾・布恩迪亞上校面對行刑隊時，他回想起父親帶他去找冰塊的那個遙遠的下午。[3]）

確實都寫得很優雅，但要你背出來，可就困難得多。

關鍵是簡潔。文章要令人難忘，寫短句非常重要，原因很簡單，因爲人的記憶有限。對於工作記憶（working memory，亦即臨時儲存材料的記憶）尤其如此。記住十位數的電話號碼比記住六位數的電話號碼要

2　譯註：語出《傲慢與偏見》（*Pride and Prejudice*）。

3　譯註：語出《百年孤寂》（*One Hundred Years of Solitude*）。

困難得多。

你閱讀時會接收一連串的單字，將它們分爲文法區塊，然後處理它們之間的關係。當某個區塊不完整時（譬如，已經提到一個主詞，但動詞前面還有很多單字），工作記憶就會緊繃。（不妨想像一下，你在酒吧裡要記住一個電話號碼，還得記下朋友要喝什麼飲料。）當動詞最終到來時，工作記憶就可以放鬆。現在已經理解的意思便可存儲起來。確切的字詞不再重要，可以忘掉，沒有關係。然後，開始接收另一個句子。

閱讀會讓人持續不斷燒腦，你應該盡量讓讀者感到輕鬆。你也會傳達讓讀者思維的其他部分感到費力的訊息。困難的文法會讓工作記憶承受壓力，讓本來就很困難的閱讀額外增添負擔。想像一下你在健身房運動，正在進行一系列高強度的複雜練習：深蹲、伏地挺身和短跑衝刺，諸如此類的事情。你此時絕對不想穿上加重的背心。讀者已經竭盡全力去理解你的論點，你要是使用複雜的句子，就會讓他們有這種感覺。

幸好有解決之道。句號是作家最好的朋友。句號很不起眼，但經常使用它有兩個好處。對於作者來說，使用句號，比較不會讓語法（syntax）混亂。你會犯文法錯誤，都是因爲你用了長句，句子各部分之間的關係不明確。只要寫短句，句子就會很簡單。

對讀者來說，看到句號就可以清除工作記憶，然後重新開始。如此一來，他們就更容易集中精力來讀你的論點，就像健身時若稍微休息一下，之後就能鍛鍊得更賣力。讀者每次開始閱讀一個新句子時，大腦都已恢復精力，準備接受新的訊息。這些資訊也更容易被理解和信任。

資訊也更容易被記住。不是每個人都知道《雙城記》的第一句話並非如上所述。以下引述實際的文句：

It was the best of times, it was the worst of times, it was the age of

wisdom, it was the age of foolishness, it was the epoch of belief, it was the epoch of incredulity, it was the season of Light, it was the season of Darkness, it was the spring of hope, it was the winter of despair, we had everything before us, we had nothing before us, we were all going direct to Heaven, we were all going direct the other way－in short, the period was so far like the present period, that some of its noisiest authorities insisted on its being received, for good or for evil, in the superlative degree of comparison only.
那是最好的時代，那是最壞的時代；那是智慧的時代，那是愚蠢的時代；那是信任的時代，那是懷疑的時代；那是光明的季節，那是黑暗的季節；那是希望之春，那是絕望之冬；我們應有盡有，我們一無所有；我們直奔天堂，我們直落地獄。簡而言之，那時跟現在非常相像，某些最喧鬧的當權者堅持，無論好或壞，都要用最高的比較級來形容它。

如果你是按字數獲得稿酬，不妨像狄更斯（Dickens）[4]那樣創作吧！（但狄更斯並非依照字數多寡來收費。）

如果你想讓人記住你的句子，就寫得簡短一點。

句中句

文法很神奇，能讓你將某個東西嵌入別的東西。名詞（*France*〔法國〕）可以是名詞片語（*the capital of France*〔法國首都〕）的一部分。

4　譯註：英國作家查爾斯・狄更斯（Charles Dickens）。

句子（*Paris is lovely*〔巴黎很美麗〕）可以是更長句子的一部分（*Pierre thinks that Paris is lovely*〔皮埃爾認爲巴黎很美麗〕）。如此一來，各種結構都有可能。

結構可能有千百種，但不一定都是可取的：

Opponents of Recep Tayyip Erdogan, Turkey's president, said that his declaration that ten Western ambassadors were "personae non gratae" and would be expelled from the country was an attempt to distract the public from the country's economic woes.

土耳其總統雷傑普・塔伊普・艾爾段[5]的反對者表示，他宣布十名西方大使爲「不受歡迎之士」並將被驅逐出境，此舉乃是爲了轉移大眾對土耳其經濟困境的注意力。

這個句子不是很長，但結構複雜，讓它更難以卒讀，因爲有一些很長的文法段落。

基本的結構是：*Opponents of Recep Tayyip Erdogan said that X was an attempt to distract the public from the country's economic woes*。

結構很簡單，但問題是X包含 *his declaration that ten Western ambassadors were "personae non gratae" and would be expelled from the country*，這個名詞片語很笨重，結構十分複雜。讀者閱讀時必須弄清楚這一切。

再次強調，訣竅在於還是得去分解句子。如果你想先強調總統的行動，不妨這樣寫：

5　譯註：台灣亦有人翻譯成「艾爾多安」。

Recep Tayyip Erdogan, Turkey's president, declared ten Western ambassadors "personae non gratae" and said they would be expelled from the country. Opponents said he was trying to distract the public from Turkey's economic woes.
土耳其總統雷傑普・塔伊普・艾爾段宣布，有十名西方大使是「不受歡迎之士」，他說會將這些人驅逐出境。反對者表示，他在轉移大眾的注意力，讓人忽略土耳其的經濟困境。

如果你想顛倒順序，可以如此落筆：

Opponents of Recep Tayyip Erdogan, Turkey's president, said he was trying to distract the public from the country's economic woes. Their criticism came after he declared ten Western ambassadors "personae non gratae" and said they would be expelled from Turkey.
土耳其總統雷傑普・塔伊普・艾爾段的反對者指出，他在轉移大眾的注意力，讓人忽略土耳其的經濟困境。在艾爾段宣布十名西方大使為「不受歡迎之士」並表示他們會被驅逐出境之後，這些批評聲浪就出現了。

無論你採取哪種方式，都要打破這些句子中的俄羅斯娃娃嵌套結構。

被動 vs 主動

英語句子的預設結構被語言學家稱爲 SVO，因爲在大多數的句子中，主詞（Subject）、動詞（Verb）和受詞（Object）都是按照這種順序出現：*I shot the sheriff*（我射殺了警長[6]）、*Harry met Sally*（哈利遇見了莎莉[7]）。句子有一個主詞（通常是「做動作的人」〔doer〕）。然後是動詞，其實是對主詞的某種評論（例如它是什麼，或者它在做什麼）。最後，某些動詞會有直接受詞（shot *the sheriff*〔射殺了警長〕、met *Sally*〔遇見了莎莉〕）。

然而，主詞並不一定是句子中的施事者（agent）。回頭看看上一段第一句話的原文：*The default structure of an English sentence is called SVO by linguists*。主詞是名詞片語，但它沒有「做」任何事情。做動作的人是誰？動作是什麼？這裡的施事者是 *linguists*，動作是 *call*。這句話是被動語態（*passive voice*）。

若改成主動語態，句子要寫成：*Linguists call the default structure of an English sentence SVO.*（語言學家將英語句子的預設結構稱爲 SVO。）語言學家在此既是主詞，又是動作者。然而，在被動句中，主詞和動作者不再是同一個人。

The shop was destroyed by vandals（這間商店被破壞者破壞了[8]），主詞是「the shop」，但它不是動作者（商店什麼也做不了）。vandals 是動作者，但不是主詞。（作者補充說明：對於想更深入了解的讀者，此處提一下超出本書主要討論範圍的觀點：這裡的差異涉及語法〔syntax〕和語意〔semantics〕。語法涉

6　譯註：這是一首歌曲的名稱。

7　譯註：《當哈利碰上莎莉》（*When Harry Met Sally...*）是一部著名的愛情喜劇片。

8　譯註：這是爲了後續探討文法而跟緊字面的譯法，最好翻成：這間商店遭人恣意破壞。

及句子各個部分如何組合在一起；語意是對意義的研究。subject〔主詞〕和 object〔受詞〕都是語法術語。agent〔施事〕和 patient〔受事〕屬於語意術語，在學術界之外鮮爲人知。The shop was destroyed by vandals 和 Vandals destroyed the shop 意思相同，但語法不同。在第一句話中，the shop 是主詞，但它是受事者。在第二句中，vandals 是主詞，也是施事者。主詞和施事者在主動語態中是一致，但在被動語態中卻不一致。）

被動語態完全符合文法。然而，你應該多用主動語態。它更直接、更簡短、更簡單。主動語態是預設的，更爲容易處理。

被動語態讓人逃避卸責。在「簡短的被動語態」中，你根本沒有提到施事者：*The shop was destroyed*（商店被毀了）或 *Funds were embezzled*（資金被挪用了）。被動語態可營造揭露眞相的假象，但根本沒有指名道姓，說誰是肇事者，遑論追究責任。因此，許多評論家對被動語態不屑一顧。如果記者寫 *protesters were killed*（抗議者被殺了），讀者當然想知道誰殺了他們。

語言專家也不喜歡被動語態，因爲它與某些不受歡迎的文類（genre）有關。學者偏好被動語態。去讀一份科學實驗報告，根本找不到 *I did the following...*（我做了以下的事情……），反而會發現 *the following was done*（以下的事情被完成了），彷彿研究會做事一樣。其他形式的書寫，特別是官僚寫作（*the following three items are required...*〔以下三項是被要求的……〕），也是通篇被動語態。

學者希望聚焦於工作而不是自己身上。官僚可能希望他們的規則看似來自上級，而非他們發布的。然而，不表明施事者的虛無語言令人厭惡。讀者想找出誰對誰做了什麼的明確陳述，但他們絕對找不到。

當然，被動語態偶爾是更好的選擇：

- **為了維持焦點**

如果你在撰寫關於亞伯拉罕・林肯（Abraham Lincoln）的文章，那麼你這樣寫是有道理的：He was on the verge of moving onto reunite the country when *he was assassinated in April 1865.*（當他即將重新統一國家時，卻在一八六五年四月被暗殺了。）

唯有想將焦點轉移到兇手身上時，才應該寫：*when John Wilkes Booth assassinated him in April 1865.*（當約翰・威爾克斯・布思在一八六五年四月暗殺他。）

- **為了維持語流**

讀者通常期望資訊按照「先舊後新」的順序來排列。如果你在上一句中提到了某事，將它當成下一句的主詞通常很合理，即便此時需要使用被動語態：

The High Ball entertained regulars at the corner of 5th Avenue and 5th Street for decades. But last month *it was demolished* to make way for condos.（「高球」位於第五大道和第五街的拐角處，數十年來一直是常客們的聚會場所。然而，上個月它被拆除了，爲興建公寓挪出空地。）

- **當施事者未知或不重要時**

在上面關於林肯的句子中，你可能假設讀者知道布思是刺客，或者你根本不想談論他。使用被動語態便可輕鬆跳過他。而在「高球」的例子中，讀者並不在乎是誰拆除了這間酒吧。

被動語態不同於「語義模糊」（vagueness）。*Someone made mistakes*（有人犯了錯）很模糊，卻是主動語態。*Mistakes have plagued this administration*（錯誤困擾著這屆政府）也讓人捉摸不定，但也屬於主動語態。並非不清楚的句子都是被動語態。(某些專家建議將這種僞被動語態稱爲「狡猾語態」〔weasel voice〕。)

此外,*Mistakes were made by Stevie in accounting*(史蒂夫在會計上犯了錯誤)清楚說明誰犯了錯誤,但句子是被動的。因此,如果你想要用被動語態來斥責試圖逃避責任的人,請確定你用的是眞正的被動語態。

避免模稜兩可

The horse raced past the barn fell.(馬快速衝過穀倉摔倒了。)

這句話乍看之下有毛病,但你若仔細看,也許能瞧出端倪。加兩個小字就能幫你省去麻煩:

The horse *that was* raced past the barn fell.(被人快速騎過穀倉的馬摔倒了。)

當你閱讀一個句子時,大腦會不斷去辨識短語和子句。這些單元會產生意義,但很多字串模稜兩可,會產生歧義;它們可以用不同方式來解讀。*The horse raced past the barn*(馬快速衝過穀倉)就是這樣,它可以是一個完整的句子,也可以是名詞片語(表示「the horse that was raced past the barn」〔被人快速騎過穀倉的馬〕)。

人的記憶有限,無法同時考慮所有可能的意思。因此,當你看到「the horse raced past the barn」,你會快速推算出最有可能的含義。由於馬匹經常奔跑,前三個字會讓你認爲「race」是主要動詞。然而,一旦眞正的主要動詞「fell」出現在結尾時,讀者才會意識到剛剛猜錯了,此時他們必須重讀句子。如果一個句子要讀兩遍,那就是寫得不好。

即使不考慮很模稜兩可的句子,歧義也經常會自然出現。標題

〈*Swiss Watch Exports Rise*〉（瑞士手錶出口成長／瑞士看到出口成長）是什麼意思？瑞士人是否看到（watch）出口成長？（記者喜歡在標題中用「watch」一詞，例如〈*Spain Watches Tourist Numbers Fall*〉（西班牙看到遊客數量下降）。或者瑞士著名的產品手錶，其出口量正在上升？

造成這類歧義有兩個原因。一是文法。在名詞片語「The horse raced past the barn」中，英文允許作者省略單字，原本該寫成「The horse [that was] raced past the barn」。然而，在這種情況不應該省略。它們提供結構資訊。具體來說，*that* 這個字會派上用場。你一讀到「The horse *that...*」，就知道接下來會有一個關係子句（告訴你是哪一匹馬）。省略「that」會讓讀者錯失一個關鍵訊號。因此，寫作應該盡量刪減單字，但不可刪減過多。某些簡短和不好看的功能單字可以避免模稜兩可。

標點符號的作用

許多標點符號規則相當隨意，與文句的意義關係不大。例如，《經濟學人》爲了保持一致性而做出某些選擇（有關詳細的訊息，包括如何使用它們，請參閱第七章），但不需要向全世界指出這些規定。

然而，選擇標點符號時，偶爾確實會影響文意。以下是最重要的標點符號以及該如何使用它們。

句號（full stop）應該是你最常用的標點符號。它雖不起眼，卻威力強大。它表示句子已經結束，讀者可以清空思緒，將資訊歸檔，然後開始讀下一個句子。句號可斷開長句，足以避免各種文法問題。

分號（semicolon）是有爭議的。有些作家喜歡它，有些則討厭它。它的主要作用是連接兩個獨立子句，而不需要用到 *and* 或 *but*。分號表示兩個子句之間的關係比兩個分離句子之間的關係更加密切。如上所述，它表示愛恨對立面兩側之間的平衡點，似乎徘徊在「and」和「but」之間。維持這種模糊可能有用，但不該用得過頭。讀者要你告訴他們各種想法是如何連結在一起，而不是讓他們去猜測。

冒號（colon）是一種營造戲劇性的手段：它表示某事即將發生，不僅是聯繫兩種想法。它是承諾某事與實現某事之間的關鍵。如果這個先承諾—然後實現的功能沒有落實，你就是在美化文句，但大可不必如此，使用句號即可。

逗號（comma）功能甚多，因此在全面講解如何使用標點符號的指南中，逗號的內容都是最長的。它最初是一個讓人呼吸的標記，指出大聲朗讀時可短暫停頓的地方。這就是逗號使用起來如此棘手的原因之一：並非所有人都在同一個地方停頓。（例如，在 *Frankly, I don't give a damn*〔坦白說，我根本不在乎〕這個句子中，逗號可有可無。）

使用逗號時最重要的硬性規定是，不用它來連接兩個獨立的句子（「逗號拼接」〔comma splice〕）。這有時會出現在非常簡短的表述中，例如 *Man proposes, God disposes*（謀事在人，成事在天），但除非你想要營造類似的文學效果，否則請用分號或連接詞：*Man proposes, but God disposes.*（謀事在人，但成事在天。）

最後，《經濟學人》不會使用連續逗號（serial comma），亦即 *red, white, and blue*（紅色、白色和藍色）中的最後一個逗號。若想知道更多有關逗號的資訊，請參閱第七章。

破折號（dash）如同冒號，也能營造戲劇效果——因此很容易被過度使用[9]。成對的破折號（雙重破折號）可以引入一個旁白（—like this—），但這種吸引注意力的手段應該留到真正有值得關注的事情發生

9 譯註：作者在此使用英文的單一破折號。

時再使用，否則使用一對逗號更好。

我的經驗法則是，一個段落中最多只能有一個單一破折號或雙重破折號。如果你發現每個段落都有破折號，請考慮換掉一些。（使用長破折號〔em-dash〕，寬度如同字母 m。[10]）

最後，**連字號（hyphen）**有多種用途，但最重要的用途是表示某幾個單字應該作爲一個整體。當 *interest rates*（利率）這種短語單獨出現時，不需要連字號。然而，當它用來修飾另一個單字時，它本身就相當於一個詞，因此需要用到連字號：*interest-rate rises*（利率的上升）。這樣可以引導讀者去解釋結構。

如果你很謹慎，寫出 *high-school teachers*（高中的老師），那麼 *high school teachers* 就不會被誤解爲 *high school-teachers*（高䠷的學校老師）。

其他常見的混淆情形

Whom（誰）

Whom 是受格代名詞（object pronoun），表示它可以是動詞的直接或間接受詞，此時它就像 *him*、*her* 或 *me*。要決定該使用 who 或 whom 時，試著將你的句子表達爲宣告／聲明。*Who(m) did you see?*，若寫成宣告，就成了 *You saw who(m)*。如果你會將 *who(m)* 替換爲 *him*，那麼你就要使用 *whom*。

---

10 譯註：中文將其吸納後演化爲破折號。短破折號（en dash）的寬度大約是長破折號的一半。

話雖如此，「whom」在某些情況下顯得愈來愈陳舊（*Whom do you love?*〔你愛誰？〕）。如果你讀起來感覺很奇怪，最好完全打掉重寫。

諸如 *She is the candidate who(m) we think will win*（她是我們認爲會獲勝的候選人）之類的句子令人困惑。你要問自己，*who(m)* 在關係子句（*who(m) we think will win*）中扮演什麼角色。此處的正確的選擇是 *who*，因爲 *who* 是子句的主詞。*who* 和 *he* 以及 *she* 一樣，是主格代名詞（subject pronoun）。你不會說 *we think her will win*，所以不要說 *whom will win*。

遇到這些情況時，還有另一種方法可以找到答案，就是在心中給「we think」加上括號：*She is the candidate who (we think) will win*。

Between you and I（作爲你我之間的秘密）

介系詞（好比 *between*）後面要接受格代名詞：*me*、*you*、*him*、*her*、*us*、*them*、*whom*。無論介系詞後面跟著一個或多個事物，都要這樣。因此，上頭的 *me* 不應該寫成 *I*。如果你會說 say *to me*（對我說話），你應該 say *to you and me*（對你和我說話）。因此，*between you and me* 亦是如此。

單數、複數和主詞與動詞一致性

單數主詞配單數動詞，末尾加上 -s。複數主詞用不含 -s 的動詞。這條規則通常很容易遵守。

然而，有時可能遇到這種情況：*What better evidence that snobbery and elitism still holds back ordinary British people?*（有什麼更好的證據顯示勢利和精英主義仍然阻礙普通英國人的發展？）此處的主詞是 *snobbery and elitism*。所以動詞應該是複數：*hold*。

或者*Examples from the career of the late Elvis Presley shows that...*（已故貓王艾維斯・普里斯萊的職業生涯的例子顯示……）。此處的主詞（*examples*）還是複數，但另一個名詞（*Elvis Presley*）更接近動詞，作者可能會因此困惑。不要被靠近動詞的另一個名詞所迷惑。

以 -ics 結尾的學科或摘要主題的單字是單數：*politics*（政治）、*optics*（光學）、經濟學（*economics*）和物理學（*physics*）等等。*Politics is the art of the possible*（政治是尋求可能性的藝術）。*Economics is his worst subject*（經濟學是他最差的科目）。*Physics attracts a certain kind of mind*（物理學會吸引特定類型的人）。然而，當它們前面加上 the，這些字通常是複數：*The politics of Germany are about to be shaken up*（德國政壇即將發生翻天覆地的變化）。*The dynamics of the dynasty are dysfunctional*（王朝崩壞，無力運作）。

其他不代表知識領域或抽象概念的 -ics 通常是複數：*basics*（基礎）、*graphics*（圖樣）、*hysterics*（歇斯底里）、*antics*（滑稽舉止）、*prophylactics*（預防措施）、*tactics*（策略／戰術）等等。

很難分辨許多名詞是單數或複數。一支足球隊在表現良好時可能像一個整體，而在表現不佳時則像十一個剛剛相遇（或互相憎恨）的人。

當 *Liverpool*（利物浦[11]）上場踢球時，英國人習慣將其視爲複數：*Liverpool are winning.*（利物浦即將獲勝。）不過，提到美國球隊時可以寫 *Cleveland is winning*（克利夫蘭即將獲勝），或者 *The Cleveland Browns are winning*（克里夫蘭布朗[12]即將獲勝）。當你使用另一個名詞（比如 *the team*、*the squad*）時，請使用單數（*the team has just won*

11　譯註：利物浦足球俱樂部（Liverpool Football Club）。

12　譯註：職業美式足球球隊。

another championship〔該球隊剛剛贏得另一項冠軍〕)。

然而，要將 *Liverpool* 描述爲俱樂部或企業時，請使用單數：*Liverpool has had a bad financial year.*（利物浦今年的財政狀況不佳。）同理，政府、政黨、公司(無論是 *Tesco*〔特易購[13]〕或 *Marks & Spencer*〔瑪莎百貨[14]〕）和合夥企業（*Latham & Watkins*〔瑞生國際律師事務所[15]〕）都要用 *it* 來表示，並且用單數動詞。

國家亦是如此，即使國名看起來是複數。因此，*The Philippines has a congressional system, as does the United States; the Netherlands does not.*（菲律賓和美國一樣，兩者都實行國會制度；荷蘭則沒有)。*The United Nations*（聯合國）也是單數。

對於此處或第二部分沒有談到的主詞，請按其含義來理解，亦即集合名詞（collective noun）是否代表統一的實體（*The council was elected in March*〔議會是在三月份選舉出來的〕，*The staff is loyal*〔員工很忠心〕）或代表其組成部分：(*The council are confused and divided*〔議會感到困惑和分裂〕，*The staff are at each other's throats*〔員工互相激烈爭吵〕)。

主詞太長，帶有不必要的逗號

很長的主詞後面不需要加逗號。某些作家會在句中隨意添加逗號，好比 *Tragedies such as the wars that ravaged the countries of the former Yugoslavia in the 1990s, suggest that peacekeepers are best deployed early*（在一九九〇年代時期前南斯拉夫國家遭受了諸多戰爭之類的悲劇，暗

13 譯註：英國的大型連鎖超級市場。

14 譯註：英國的零售商，總公司位於倫敦。

15 譯註：美國的跨國律師事務所。

示最好儘早部署維和人員），因為在這麼長的開場短語（主詞）之後，會覺得需要停頓一下。話雖如此，此處不能使用逗號。

從「Tragedies」到「1990s」的所有單字都屬於單一的名詞片語。你可以用「they」來替換它。這就表示不需要逗號。你不會寫 *They, suggest that peacekeepers are best deployed early*（它們，暗示最好儘早部署維和人員）。（換句話說，此時不妨重新改寫，調整長句，以免讀者等太久才看到動詞。）

平行結構

條列的項目應該有相同的文法形式：*I like swimming, hiking and biking*（我喜歡游泳、健行和騎自行車），不要寫成 *I like swimming, hiking and to bike*。這些項目可以全部是動名詞（充當名詞的 -ing 形式，譬如 *swimming*）、不定式（*to swim, to hike* 和 *to bike*）或名詞片語（*the ocean*〔海洋〕、*back-country hikes*〔在偏遠地區健行〕和 *odd death-defying descent on a mountain bike*〔在山地騎自行車越野時的玩命下坡〕），但不要混用。

寫短句時不難處理，但只要寫複雜的句子時，就會忘記平行結構：

We will spend the next quarter researching the market, consolidating product lines, and will update software as well.（我們將在下個季度研究市場、整合產品線並更新軟體。）

這句話應該寫成：

We will spend the next quarter researching the market, consolidating product lines and updating software.

或者可以分解條列的項目，寫成兩個子句：

We will spend the next quarter researching the market and consolidating product lines, and we will update software as well.（我們將在下個季度研究市場和整合產品線，而且我們也會更新軟體。）。

包含 *Both/and* 和 *either/or* 的句子中，後頭的項目必須是平行結構：*both for the sake of their inhabitants and their neighbours*（爲了居民和鄰居的利益，語出《經濟學人》二〇二一年六月的文章）的寫法是錯誤的，要改成：

for the sake of both their inhabitants and their neighbours（或者寫成 *both for the sake of their inhabitants and for the sake of their neighbours*，但這樣比較囉嗦。）

用逗號隔開的旁白（同位格）

許多人會寫：*Joe Bloggs, an MP and a bird-watching aficionado is the honorary chairman of the Royal Society for the Protection of Birds…*（喬．布洛格斯是議員，也喜歡賞鳥，他是皇家鳥類保護協會的榮譽主席……），但忘了加第二個逗號，*aficionado* 的後面應該有一個逗號。

「融合的分詞」，或所有格後接動名詞

現在分詞（present participle，以 -ing 結尾的動詞形式）之所以有這種英文稱呼，乃是因爲它參與（participate in）或分享不同詞類的性質。在 *Snoring is a sign of poor sleep*（打鼾表示睡眠不佳）這個句子中，*snoring*（另一個動名詞）的作用類似名詞。然而，在 *He was snoring when his wife elbowed him in the back of the head*（當他的妻子用手肘撞他的後腦勺時，他正在打鼾）這句話中，它更像一個動詞。

那麼，若是遇到 *She was awoken by ____ snoring?*（她被 ____ 鼾聲吵醒），該填入哪個字呢？數個世紀以來，文法學家對此爭論不休，*his snoring* 和 *him snoring* 都符合文法。請各位盡量使用所有格形式 *by his snoring*。但這條規則並非牢不可破：*They heard him singing*（他們聽到他在唱歌）和 *They heard his singing*（他們聽到他的歌聲），這兩句的焦點還是不一樣的。

假設（虛擬）語氣

過去的假設語氣用於陳述假設或不真實的事情。它只有一種不規則形式：帖維亞先生（Reb Tevye）[16] 唱道 *If I were a rich man*（如果我是個有錢人），而非 *If I was*。這裡只有牽扯一個動詞，亦即 *to be*，並且只影響 *I* 和 *he/she* 的形式：*if I were*、*if she were*。

使用 *as if* 和 *as though* 時，也得使用假設語氣：*He speaks as though he were an expert (but he is not).*（聽他說話的語氣，好像他是個專家〔但他其實不是〕。）

並非 *if* 後面都要使用假設語氣。如果是有可能的情況，就不必假設，可以用 *was*：*If he was at the scene, the cameras will have footage of him.*（如果他當時在現場，攝影機就會拍到他。）同理，*He was asked if he was afraid*（他被人問道是否害怕）這種句子是單純講述過去式，不必使用 *if he were afraid*。

現在式假設語氣（present subjunctive）則有所不同。這種形式會帶有某種懇求、要求、希望、禁止或類似的內容。它會出現在固定的說法，譬如：*God* ***save*** *the queen*（願上帝保佑女王）、*So* ***be*** *it*（就這樣吧！）、*Till death* ***do*** *you part*（至死不渝，直到死亡將你們分離）、

---

16 譯註：Reb 是 Rebbe 的縮寫，意第緒語（Yiddish）中代表 Rabbi（拉比，猶太社會的宗教領袖），但它也用來表示對重要人物的尊重，如同 Tevye 幻想自己是個大人物一樣。這段話出自電影《屋頂上的提琴手》(*Fiddler on the Roof*)。

God ***shed*** *his grace on thee*（願上帝將祂的恩典賜給你[17]）。若以現代形式書寫，上述句子會寫成：*May God save the queen*、*May it be so*、*Until death does part you*，以及 *May God shed his grace on you*。

現在式假設語氣的標誌是將第三人稱單數的動詞拿掉 -s：*God shed his grace on thee* 是一種懇求，而 *God sheds his grace on thee*（上帝將祂的恩典賜給你）是一個事實。動詞 *to be* 又很特殊，其假設語態爲 *be*：*So be it*。

除了老派的說法，英國人很少使用假設語氣，但美國人卻很常用，某些動詞會用到它，這些動詞包括 *demand*（命令）、*require*（要求）、*request*（請求）、*recommend*（建議）和 *decree*（判定）等等：

She demands that each employee arrive at nine o'clock

（她要求每位員工九點上班）

The law requires that a decree be printed in the official journal

（根據法律的規定，法令必須印在官方期刊上）

不要用陳述語氣（亦即常見的 -s 形式）來寫這些句子：

She demands that each employee arrives at nine o'clock

The law requires that a decree is printed in the official journal

然而，在英式英語中，假設語氣顯得很八股，最好重新表述。

你可以將 *should* 加到假設語氣，寫成 *She demanded that each employee* ***should arrive*** *at nine o'clock*。但最好換個說法：*She required each employee to arrive at nine o'clock*。

---

17 譯註：出自〈美哉美國〉（"America The Beautiful"）。

分裂不定詞

在 *to* 和動詞之間不能置入任何單字的說法最早出現於十九世紀初期，*to disdainfully split an infinitive*（分裂不定詞會讓人瞧不起）就是這類的錯誤寫法。然而，自從十四世紀以來，英語文學作品便有分裂的不定詞，從未被人貼上錯誤的標籤。

然而，這個所謂的規則卻滲進後來的許多流行文法之中。到了最後，想幹掉它都辦不到。福勒（H.W. Fowler）[18] 在一九二六年出版的權威著作《現代英語用法詞典》（"Dictionary of Modern English Usage"）中將這項禁令稱為「迷信」（superstition）。曾有編輯為了避免分裂不定詞而刪除蕭伯納（George Bernard Shaw）的修飾語，而蕭伯納便嚴厲批判他。嚴肅的語法學家從始至終都知道，這項規則根本就是錯的。然而，這項錯誤觀念被重複了太多次，讓許多讀者打從心底厭惡分裂不定詞。某些寫作風格指南僅根據這點就建議讀者不要將不定詞分裂，但同時又承認這樣寫沒有什麼不合文法之處。

有些句子找不到好的替代寫法。如果你寫 *researchers demonstrated how wirelessly to hack a car made by Jeep*（研究人員示範入侵吉普汽車所生產的車輛是如何無線的，《經濟學人》曾在二〇一六年如此寫道），似乎是在回答「Just how wirelessly should one hack a car?（入侵一輛汽車是應該是如何無線的？）」這個問題。

然而，我們要說的是：*researchers demonstrated how to wirelessly hack a car made by Jeep*（研究人員示範如何以無線的方式入侵吉普汽車

18 譯註：全名亨利・華生・福勒（Henry Watson Fowler），英國教師兼詞典編纂者。

所生產的車輛[19])。

愛丁堡大學（University of Edinburgh）的句法學家溥哲夫（Geoffrey Pullum）回應時如此寫道：

> 《經濟學人》自一八四三年以來一直倡導基於證據的探究和思想自由。爲何要死守出於教條主義的副詞定位概念呢？不可分裂不定詞是一種迷信，搞得人人心生畏懼，但不該如此，要先讓文句清楚明白。

另一位讀者如此批評我們：

> 《經濟學人》似乎愈來愈傾向於以一種注定會激怒和震撼人的方式書寫；此舉大概是爲了明確表示其一貫的承諾，亦即避免使用分裂的不定詞。

正如上述拙劣的例子所示，爲了避免分裂不定詞而將副詞向左移動一格，就會導致文句混亂，讓人一頭霧水。將副詞向右移動一格有時會好一些，但結果通常也很糟糕。假使將上一句話改寫爲 *Researchers demonstrated how to hack wirelessly a car made by Jeep*，也很讓人無語。

如果句子夠短，可以把副詞放在最後。這往往是最好的解決方法。然而，遇到較長的句子，這樣做就行不通，譬如：*Researchers*

---

19 譯註：此處強調 how 是直接修飾 wirelessly，因此句意便顯得荒謬。換個說法，如果寫 how gratefully to acknowledge the gift，不是問 how to acknowledge the gift（如何接納禮物），而是問 how grateful the acknowledgment should be（該以何種程度的感激之心來接納禮物）。

demonstrated how to hack a car made by Jeep wirelessly。這給人的印象是由吉普汽車的員工以無線方式製造的一輛汽車。

更好的辦法是讓理智占據主導地位：將修飾語（modifier）[20] 放在最清晰且最有力的地方，有時就介於 *to* 和動詞之間。如果你辦不到這點，請重寫整句，不要只是將副詞移動一格來破壞文句。

位於句末的介系詞

遵守這條規則的人並不像遵守不可分裂不定詞迷思的人那麼多，但許多人仍然認爲，絕對不能以介系詞來結束句子。他們都錯了。這項禁令最初源自於約翰．德萊頓（John Dryden）。德萊頓曾在十七世紀撰寫的一篇文章中指出，爲何不將介系詞擺在句末會更好。這位英國詩人的說法被有影響力的文法書引用，首先被標示爲偏好，然後變成「規則」，最終成爲諸多「眾所周知」規定的其中一項。然而，**這並非人們不知道的事情；這是他們不知道並非如此的事情**。

你可以說 *the things about which they were speaking* 或 *the things they were speaking about*（**他們正在談論的事情**）。這兩句都可以接受，但後者更自然，通常也是更好的寫法。有些人爲了避免把介系詞擺在句末，結果寫出的句子詰屈聱牙，難以卒讀。邱吉爾其實並未把它們斥責爲：*arrant nonsense up with which I will not put*（**根本一派胡言，我無法忍受**）。但他應該這樣評論的。

連接詞位於句首

這又是課堂上的一個陳腔濫調。正如上一節的最後一句英文所示

20　譯註：指形容詞、副詞或與此相當的語句。

（But he should have〔但他應該這樣評論的〕），句子用 *and*、*or* 或 *but* 開頭並沒有錯。禁止這樣寫，可能是因為老師想糾正學生，要他們別在每次寫新句子時劈頭就用 *And...*。雖然這樣建議（不該讓每個句子以連接詞來開頭）很合理，但沒有理由叫人不可以這樣做。這些小詞（從它們的身上便可看出）可將事物聯繫在一起，在自然的寫作風格中十分常見。

懸吊的修飾語

Honestly, he's a liar.（說句實話，他是個騙子。）

Frankly, she's being disingenuous.（坦白說，她言不由衷。）

Seriously, he's a clown.（說眞的，他就是個小丑。）

Unfortunately, he won the lottery.（不幸的是，他中了樂透。）

Hopefully, they'll give up in despair.（但願他們會因爲絕望而放棄。）

若嚴禁使用「懸吊的修飾語」（dangling modifier，一些說明字眼，不修飾句子的主詞，但可能被誤解為如此），上述句子就會語意模糊。

懸吊的修飾語很常見，只是大家視而不見：文學作品、偉大的非小說作品、《獨立宣言》（Declaration of Independence）（以及《經濟學人》）都記載著它們。它們在演講中尤其司空見慣：*Speaking as an old friend, there has been a disturbing tendency in statements emanating from Peking to question the good faith of President Reagan.*（以身爲老朋友的身分發言，北京方面發表的聲明有質疑雷根總統是否眞心誠意的傾向，讓人感到不安。）（語出美國前總統尼克森〔Richard Nixon〕）

問題在於，懸吊的修飾語偶爾會讓人感到荒謬，當修飾語是分詞（以 -ing 或通常以 -ed 結尾的動詞形式）時尤其如此。*Walking down the street, it started to rain.*（走在街上，天開始下雨。）（不管此處的「it」指誰，它都不會走在街上）。*Born in poverty, his success surprised even him.*

（出身貧寒，他的成功甚至讓他自己都感到驚訝。）（他的成功並未出身貧寒。）讀者自然而然會認爲這些分詞是套用到他們找到的第一個名詞。然而，一旦他們發現這個名詞不對勁時，就會困惑而難以卒讀（有時會匆匆提筆，給編輯寫信去抱怨）。請重新措詞來避免讀者誤解。

對懸吊修飾語的禁令有時會延伸至不是分詞的詞語。諸如 *Unfortunately* 的副詞以及其他語法手段就被認爲必須修飾主句的動詞。這可不一定。

然而，我要再次強調，各位要保持警覺。你可能（甚至是無意地）會營造幽默的效果。有個人很搞笑，當他描述民眾在愛丁堡動物園等待兩隻大貓熊時的興奮之情時如此寫道：

Though overweight, uninterested in sex, and notorious for their very poor diet, they were still very glad to see the pandas arrive.

（儘管體重超標、對性愛不感興趣，而且吃東西很挑剔，民眾仍然很高興能看到貓熊。[21]）

懸吊句偶爾可能帶有誹謗，把人嚇死，《經濟學人》的草稿曾有這樣的一句話，幸好從未被刊登出來：*Having carried out two executions within a month and with another man scheduled to die on April 29th, Amnesty International said there were "deep flaws" in Singapore's use of the death penalty.*（已經在一個月內執行了兩起死刑，另一人也將於四月二十九日赴刑場，國際特赦組織表示，新加坡執行死刑時有「嚴重的缺陷」。）幸好某位編輯在最後一刻踩了煞車。其實，國際特赦組織堅決反對把犯人吊死。

21　譯註：這句話有可能讓人誤以爲體重超標、對性愛不感興趣且吃東西很挑剔的是那些參觀的民眾，而不是入園的貓熊。

單數的「they」

英語沒有一個代名詞可以指稱匿名、通用、未知或不重要的主詞，例如：

Everyone has ____ own opinion, Someone left ____ umbrella here, Everyone should bring ____ spouse, unless ____ ____ unavailable.

老派的解決方法是用 *he/him/his* 來代表無關乎性別的通用代名詞：*Everyone has his own opinion.*（每個人都有自己的看法。）然而，這樣寫仍有太多弊端。單字 *he* 並非眞正中性的。

首先，當你聽到「*Everyone has his own opinion*」時，心理學家會指出，此時你會想到男人，而非女人。即使那些仍然堅持 *he* 是通用的人，一旦看到 *whoever wins the contest between Rishi Sunak and Liz Truss will have his hands full*（無論里希．蘇納克和利茲．特拉斯誰贏得大位，都將忙得不可開交[22]）之類的句子也會退卻畏縮。

最簡單的解決方法是將指稱物變爲複數。如此一來，問題便迎刃而解，因爲複數 *they* 無關乎性別。因此，不要寫 *A writer should always sleep on his draft before sending it off*（作家在寄出草稿之前，應該先再三檢視），而要寫成 *Writers should always sleep on their drafts before sending them off*。

另一種做法是刪除所有牽扯性別的代名詞：*A writer should always sleep on a draft before sending it off*。當你想要營造單一作家的形象時，這是最棒的解決之道。

曾經流行的解決辦法是使用 *he or she*、*his or her* 之類的詞語。這

22 譯註：蘇納克是男性，特拉斯是女性，兩人爭奪皆是保守黨候選人，曾競逐英國相位。

種寫法仍然可以獨立運作，好比用在以下的句子：

whoever takes over will have his or her hands full.

（無論誰接任相位，都將忙得不可開交。）

然而，*he or she* 卻重複字詞，讓人厭煩：

He or she which hath no stomach to this fight, let him or her depart; his or her passport shall be made, and crowns for convoy put into his or her purse. We would not die in that man's or woman's company that fears his or her fellowship to die with us.

（他或她若缺乏勇氣參與這場戰鬥，便讓他或她離去；他或她的通行證將被製作，使其回鄉的銀兩將被放入他或她的錢包。我們不會與害怕他或她與我們同死的男人或女人一起戰死。[23]）

還有更好的寫法。*he or she* 是近代基於政治正確而衍生的寫法，但如今已經失控，而單數 *they* 有時被嘲笑爲替代它的寫法。事實並非如此，除非十四世紀屬於「近代」（modern）[24]，而莎士比亞、欽定版聖經（King James Bible）和《牛津英語詞典》（Oxford English Dictionary，俗稱《牛津大詞典》，簡稱 OED）是政治正確的來源。根據《牛津英語詞典》，單數 *they* 至少從一三七五年以來便被人持續使用，因此比所謂的中性詞 *he* 更爲古老。

單數 *they*（以及 *them* 和 *their*）在指涉 *someone*、*anyone*、*no one* 和 *everyone* 之類的先行詞時尤其自然，例如：

---

23 譯註：作者此處改寫莎士比亞《亨利五世》（*Henry V*）第四幕第三場的文句。句中的 crown「克朗」爲一種金幣，各國價值不一，當年在莎士比亞的英格蘭價值大約五先令（shilling）。原文如下：That he which hath no stomach to this fight, let him depart. His passport shall be made, and crowns for convoy put into his purse. We would not die in that man's company that fears his fellowship to die with us.

24 譯註：十四世紀屬於近世（early modern period）。

Someone left their purse here.

（有人把錢包遺落在這裡了。）

Anyone can rise to the top here if they work hard enough.

（任何人只要夠努力，都可以在此出人頭地。）

No one likes having their opinions questioned.

（沒有人喜歡自己的觀點被人質疑。）

Everyone has their own idea of how this began.

（至於這是如何開始的，每個人都有自己的看法。）

以上這些寫法都是可接受的。

《經濟學人》於二〇一七年刊登的福克斯新聞創始人羅傑．艾爾斯（Roger Ailes）訃聞中寫道：*If somebody got in his face, he'd get in their face*（如果有人怒斥他，他就會懟回去。）我們想不出有更好的寫法了。

單數 *they* 也可以用來指 *a student*、*each professor*、*the careful reader* 等等，例如：

A young lawyer hoping to become a partner must be prepared to sacrifice their personal life.

（希望成爲合夥人的年輕律師必須準備犧牲個人生活。）

然而，在這些情況下，通常最好採用複數形式，因爲 *a young lawyer* 會讓人想起特定的人士，此時 *they* 與這個人相突兀的情況會比 *they* 與無關個人的 *someone* 更大。因此，改用複數比較好：

Young lawyers hoping to become a partner must be prepared to sacrifice their personal lives.

「假所有格」

許多讀者和編輯深信，反對「假所有格」（false possessive）的規則

禁止使用像 *London's National Theatre*（倫敦的國家劇院）的這類短語，因爲該劇院不屬於倫敦（名稱中就有「National」一詞）。

這並非眞正的文法錯誤。's 是所有格（*possessive*）不錯，但其實是從盎格魯—撒克遜語繼承而來的屬格（*genitive*），暗示著所有權以外的各種關係：擁有（*Joan's car*〔瓊的車子〕）、部分到整體（*Geoff's arm*〔傑夫的手臂〕）、關係（*Eva's father*〔伊娃的父親〕）、來源（*Henry's drumming*〔亨利的打鼓聲〕）、創作（*Jack's films*〔傑克製作的電影〕）、動作（*Willie's singing*〔威利在唱歌〕）、屬性（*Roger's age*〔羅傑的年齡〕）等等。在很多情況下，也可以用 *of* 短語來表達，但有時卻不行。

話雖如此，如果你指的是某個地點，最好寫成 *Piccadilly Circus in London*（位於倫敦的皮卡迪利圓環），不要寫成 *London's Piccadilly Circus*（倫敦的皮卡迪利圓環）。

此外，*'s* 常常聽起來很刺耳（*Congress's*〔國會的〕），或者結構很糟（好比 *international banking number-crunchers' best estimates are*〔國際銀行超級電腦的最佳估計是〕）。此時最好用 *of* 來改寫（the wishes *of Congress*〔國會的意願〕、the best estimates *of international banking number-crunchers*〔國際銀行超級電腦的最佳估計〕）。

「which」vs「that」

關係子句（relative clause）是一種子句，能替剛剛提到的名詞提供更多的資訊。某些關係子句可提供關鍵訊息，指明所代表的名詞：*The car that he bought from the proceeds of his fraud was impounded.*（他用欺詐的錢購買的那輛汽車被扣押了。）在這種情況下，他擁有的汽車可能不只一輛，關係子句會告訴你哪一輛車子被扣押了。這是一個「限定」（restrictive）關係子句。

然而，如果寫 *The car, which he bought from the proceeds of his fraud, was impounded*（他用欺詐的錢購買了一輛汽車，這輛汽車已經被扣押了），在這個句子中，關係子句提供了額外資訊，這不是從數輛汽車中挑選一輛來說。這就是「非限定子句」（non-restrictive relative）。

福勒在一個世紀前沉思，心想如果第一種類型只用 *that*，第二種類型只用 *which*，情況可能會更簡單。這不是規則，而是他的建議，卻在美國流行起來，並且被威廉・史壯克（William Strunk）和 E.B. 懷特（E.B. White）的〈風格的要素〉（"Elements of Style"）所引用，從此便深入許多教師和編輯的內心而牢不可破。

這又是一條名不副實的「規則」。非限定子句不應該以 *that* 開頭（*The car, that he bought with the proceeds of his fraud, was impounded*，這樣寫很刺眼。）但限定子句卻能以 *which* 開頭（*The car which he bought from the proceeds of his fraud was impounded*）。

（書面的）逗號和（口語的）節奏，其作用是明確表達關係子句的類型。富蘭克林・羅斯福（Franklin Roosevelt）稱一九四一年十二月七日[25]為 *a date which will live in infamy*（永遠的國恥日），他說的話沒有任何錯誤。而欽定版聖經寫道 *our father which art in Heaven*（我們在天上的父）時並沒有犯文法錯誤。這表明所指的是哪一位父親：天上的那個男人，不是家裡的爸爸。

may 和 might

動詞 *can*、*will* 和 *may* 有過去式 *could*、*would* 和 *might*。比較以下句子：

---

25 譯註：珍珠港事件發生當日。

He ***says*** *he* ***can*** *go*（他說他可以去）

vs

He ***said*** *he* ***could*** *go*（他當時說他可以去）

She ***says*** *she* ***will*** *stay*（她說她會留下來）

vs

She ***said*** *she* ***would*** *stay*（她當時說她會留下來）

They ***say*** *it* ***may*** *be a problem*（他們說這可能是個問題）

vs

They ***said*** *it* ***might*** *be a problem*（他們當時說這可能是個問題）

在這三者中，只有 *may* 和 *might* 經常讓人混淆。在過去式中，要使用 *might*。

不要寫 *He said they may even win*，而要寫 *He said they might even win*（他當時說他們甚至可能會贏）。

由於 *could*、*would* 和 *might* 也有現在式的用法，因此也會造成混淆。這些字比 *can*、*will* 和 *may* 更偏離現實。*She can play the tuba*（她會吹低音號）是事實，但 *She could play the tuba* 只是暗示有這種可能（如果她曾更努力練習，或者如果有一個可吹奏的大號）。

因此，當你想要表達某種信心時，請使用 *may*，例如：

She ***may*** *play the tuba (if the mood strikes)* .

（〔如果她心血來潮，〕她可能會吹低音號。）

當你不大確定時，請使用 *might*，例如：

She ***might*** *play the tuba (but I doubt it)* .

（她可能會吹低音號，〔但我沒有把握〕。）

同理，使用 *may* 來表示很有可能的事情，例如：

*I **may** have called him a liar* (but I'd had a few, and I am not certain).

（我可能說過他是個騙子。）（我說過幾次這種話，但我不確定是否曾這樣說過他。）

使用 *might* 來進行反事實陳述（counterfactual），例如：

*I **might** have called him a liar* (but we had both had a few, and I was not feeling lucky).

（我可能會說他是個騙子）（我倆都說過幾次這種話，而我覺得自己應該沒這樣說過他。）

《經濟學人》（二〇一一年三月十九日）曾經寫道：〈By that test, the West let down the Bahrainis: sterner talk from Mr Obama may have deterred their attackers〉（從那次考驗來看，西方讓巴林人失望了：歐巴馬先生若講話更爲嚴厲，可能會震懾攻擊者）。

這句話暗示，歐巴馬先前的講話更爲嚴厲，可能因此震懾了攻擊者。然而，事實恰好相反。可能震懾攻擊者的嚴厲講話沒有發生。此處的 *may* 應該寫成反事實的 *might*。[26]

不要寫：

He might call himself an ardent free-market banker, but he did not reject a government rescue.

（他可能把自己稱爲強烈支持自由市場的銀行家，但他沒有這樣自

---

26 譯註：歐巴馬被人批判，說他在「阿拉伯之春」期間一邊施壓埃及，另一邊卻對巴林輕輕放下。如果本句寫成 sterner talk from Mr Obama ***might*** have deterred their attackers，表示「如果歐巴馬先生之前曾講話更爲嚴厲（但他沒有），可能會震懾了攻擊者（巴林政府就不敢鎮壓抗議民眾）」。

稱，而他並未拒絕政府的援助。）

既然他「確實」自稱爲自由市場主義者，這句話應該寫成：

*He **may** call himself an ardent free-market banker, but he did not reject a government rescue.*

（他可能稱自己爲強烈支持自由市場的銀行家，但他並沒有拒絕政府的援助。）

無生命的「whose」

who 的所有格形式爲 *whose*，但 *what* 沒有毫無爭議的所有格。儘管如此，你不應該害怕法國文學大師維克多．雨果（Victor Hugo）在其最著名的譯文中所呈現的觀點：「Nothing else in the world... not all the armies... is so powerful as *an idea whose time has come*.（世界上沒有任何東西……也不是所有的軍隊……能比時機成熟的想法更有力量。）」

另一種寫法是 *an idea the time of which has come*，不過這樣寫呆板至極，令人難以忍受。

無論如何，*an idea whose time has come* 完全符合文法。*whose* 是 *what* 的原始屬格，後來也是 *which* 和 *who* 的屬格。*whose* 搭配無生命名詞的用法至少從十四世紀以來就一直被人持續使用，並且出現在《聖經》，以及莎士比亞、密爾頓（Milton）和康拉德（Conrad）的作品，甚至許多歷史文獻也有記載。從福勒到艾瑞克．帕特里奇（Eric Partridge）[27]和布萊恩．迦納(Bryan Garner）[28]，這些博學鴻儒都曾提出睿智的見解，而他們從未對此有任何疑慮。

---

27 譯註：紐西蘭的英國詞典編纂者。

28 譯註：美國詞典編纂者。

盡量用 *of which* 來改寫，但如果行文會笨拙不堪，就不要這樣做。

有關個別詞語（例如，單數或複數的 *data*〔資料〕）的規則可在第六章中找到。然而，不要看到它們數量驚人而嚇到。此處重複兩條明路。一是盡量使用句號。二是寫作時就好像和朋友聊天，不要滿腦子想給別人印象深刻。各位已經知道所需知道的多數文法。只要做到上述兩件事情，大概就不會遇到文法問題。

第四章

利潤：數字寫作

俗話說：「數字不會說謊（The numbers don't lie）。」但另一句俗語卻指出三種謊言：「謊言、該死的謊言和統計數據（lies, damned lies and statistics）」。無論是有意或無意，數字當然會誤導人。

這本指南無法全盤講解數字推理（numerical reasoning）的複雜性，包括在商業、金融、經濟和科學等專業領域的數字推理。然而，作家經常會陷入同樣的陷阱。以下是相關的簡要說明。

數字威力龐大，只要一個統計數據，便能證明《經濟學人》的某篇文章是否言之有理，但必須將數字安排好，別拿一連串的數字迷惑讀者。選詞用字要謹慎，選擇數字也是如此。根據經驗法則，每一段文字不要出現兩個以上的數字。行文要特別小心，不要用了數字，就讓內容死氣沉沉。

一般算術

相關和因果

首先，相關（*correlation*）不等於因果（*causation*）。如果你早上在公車上看到雨傘，而當天稍晚時下了雨，雨傘並非造成下雨的原因。兩個數字可能確實有關，但因果關係可能恰好相反，第三個因素可能導致這兩種現象，或者可能一切都是巧合。

值得同儕審查（peer review）的學術出版物都會考慮到這一點。因此，如果你參考的一項研究指出，隨著愈來愈多人使用智慧型手機，民眾也愈來愈憂鬱，請仔細挖掘下去。閱讀原始的研究，不要只讀新聞稿（遑論其他人的評論或吹捧文章）。看看研究人員如何仔細控制可能導致憂鬱症增加的其他因素：經濟狀況、使用智慧型手機的人可能做的其他事情（例如：玩電子遊戲或放棄與人面對面接觸），諸如此類之事。

壓力團體（pressure group）特別會經常暗示相關性等於因果關係，以此來影響你。這類團體發表的研究成果通常不會像學術研究那樣會經過（攻防往往相當激烈的）審查過程，因此引用這些成果時，要更加懷疑內容，並且呈現這類研究結果時適度提出警告。

統計顯著性

因果與**統計顯著性**（*statistical significance*）不同。後者是指研究人員對他們觀察的兩個變數（variable）不因偶然而相關的機率估計。在社會科學中，通常的檢驗標準是巧合的可能性低於 5%。這似乎是令人印象深刻：研究人員提出結論時，指出有 95% 的可能性是正確的。許多人會認爲這是「幾乎確定的」（near certainty）。

研究人員擁有的數據愈多，便愈能排除偶然性。如果你拋十次硬幣，其中六次出現正面，此時數據太少，不足以證明硬幣的重量不平均。如果你拋了 1000 次，其中 600 次出現正面，那麼你幾乎可以肯定硬幣的重量不平均。不要根據只有些許數據點的研究，便做出過多的結論。

即使在精心設計的研究中，接近 5% 閾值（threshold）的 20 篇論文中也有一篇是偶然的產物（每年發表的論文有數千篇）。糾正個別研究缺陷的一種方法是依靠**元研究**（*meta-study*）[1]，亦即對許多不同的個別研究進行分析，使用統計方法整合其結果，得出比任何單一研究更可靠的結論。

各位要切記，即便某項研究結果具有統計顯著性，但仍然要去質疑它，原因有很多。由於有 5% 的黃金標準，許多發表的論文其 *p* 值（統計顯著性的標準數字）都落在 .05 左右，此事不禁令人懷疑。這就表示許多 *p* 值略高於 .05 但結果很棒的論文可能無法發表。更令人不安的是，許多研究人員可能會重做實驗並下意識修改研究設計，直到 *p* 值降到這個神奇的閾値，這種做法偶爾被稱爲「p 值操弄」（p-hacking）[2]。

具有統計顯著性的研究表示某個變數幾乎肯定會影響另一個變數，但它沒有指出這種影響會有多大，此處的「顯著」（significant）並不表示「大」（large）。因此，各位要注意**效應大小**（*effect size*）[3]。父母的身高與子女的身高有相關性，但並非完全相關。包括營養和隨機變化在內的其他因素也有影響。當你描述這種相關性時，要說明它們的強度。

有時會給出一個**可解釋變異**（*explained variance*）[4] 的數字：某項科學研究可能會指出，*around 35% of the variance in children's height is explained by the variance in their parents' height*（**兒童身高的變異，其中約有 35% 可由父母身高的變異來解釋**）。某些統計學家會對這種語言提出異議，認爲其中包含的技術意義可能會誤導外行人。重要的是不要混淆顯著性（聯繫存在的可能性有多大）和效應大小（某個變數對另一個

1　譯註：另譯統合研究、後設研究或綜合研究。

2　譯註：p 值駭客，指研究者濫用資料分析方法來得到統計顯著結果，然後宣稱實驗成功，將撰寫的研究文章投稿至期刊。

3　譯註：效果大小。

4　譯註：可釋方差。

變數的影響強度)。

當你撰寫探討事物改變的文章時,請牢記**基線**(*baseline*)。如果吃羊排會使你罹患某種癌症的風險加倍,你可能會戒掉這種食物,餘生都不會再去碰它,除非你後來讀到文章後發現罹患這種癌症的原始風險極低。即便風險加倍,得這種癌症的機率也很低。

平均值:平均數、中位數和眾數

請謹慎使用 *average*(**平均值**)這個字。最好指出你是指 *mean*(**平均數**)、*median*(**中位數**)或(最少見的)*mode*(**眾數**):

- **平均數**是將一系列的所有數字相加並除以這些數字的數量所得出的。
- **中位數**是將數值從最高到最低排列並選擇中間的值所得出的(如果是偶數,則取中間兩個值的平均值)。
- **眾數**是出現頻率最高的數字。

多數讀者會認爲平均值就是**平均數**,因爲它能廣泛應用。然而,人類「平均」大約有一個乳房和一顆睪丸,這個荒謬的例子可以點出平均數會誤導人。**眾數**在此會給人一種非常不同的印象:睪丸的眾數爲零(因爲女性比男性多)。

中位數可以和「典型」(typical)數值的概念搭上關係。比方一條街上有 20 棟房屋,價值從 30 萬美元到 40 萬美元不等。此時不難想像這條街上的房價的典型數值:平均數和中位數可能相似。現在想像一下街區盡頭有一座豪宅,價值 1000 萬美元。這會使平均數急劇飆升,但中位數卻幾乎不會上揚。在這種情況下,平均數會嚴重誤導人,因爲它描述的是一棟價值約 80 萬美元卻無人居住的房子。當你描述「平均」房屋時，使用中位數比較好。

因此，你要謹慎選擇平均值。當你提到別人的平均值時，務必要知道對方選擇的衡量標準會讓人茅塞頓開或者語帶欺騙。

背景和可比性

當你提到數字時，遣詞用字若能稍加留意，讀者就能更加輕鬆。盡量使用完整的分數，不要用百分比（某物下降了一半，或翻了一倍，不要說下降 50% 或上升 100%）。「a third of Britain's housing stock is more than 20 years old（英國有三分之一的庫存房屋超過 20 年屋齡）」比「36% of Britain's housing stock is more than 20 years old（36% 的英國庫存房屋超過 20 年屋齡）」更容易讓人理解。

記者喜歡報導龐大的數字：

- *Russia generates $1bn a day from energy exports.*
  （俄羅斯每天靠能源出口便可賺取十億美元。）
- *$100bn in illicit money is laundered in Britain each year.*
  （每年在英國的非法洗錢金額高達 1000 億美元。）
- *Americans spend $3.6trn a year on health care.*
  （美國人每年在健康照護上花費 3.6 兆美元。）

然而，讀者只要讀到後頭有六個零或更多零的數字時，就無法理解它有多大。當你提到數十億或數兆時，鐵定需要提供背景資訊來幫助讀者理解情況。某個數字可能看起來很龐大，但一旦置入背景之後，就沒這麼驚人了。

若用一些被用爛的形容詞也無濟於事，譬如：*eye-watering*（令人流淚的）、*eye-popping*（瞪出眼睛的）或 *whopping*（巨大的）。

不妨想想：健康照護占國家經濟的多少比例？近年來它的支出如何增長？與其他國家相比如何呢？可以簡潔扼要地將這些整合起來：

Health care consumes 18% of GDP in America, equivalent to $3.6trn a year. In other rich countries the share is around 10%, but rising as populations age.

（健康照護消耗了美國 GDP 的 18%，相當於每年 3.6 兆美元。在其他富裕國家，這個比例約爲 10%，但會隨著人口老化而上升。）

另一個有用的方法是去描述每個人（*per person*）的數字或類似的數字：

Schools in England spend on average £6,700 per pupil.

（英格蘭的學校平均在每位學生身上花費 6700 英鎊。）

比較是有用的，例如可以從國際角度切入：

America spends more on defence than the next nine countries combined.

（美國的國防開支比排在其後的九個國家的國防開支總和還要多。）

或者從國內的層面來談：

Defence accounts for nearly half of all discretionary spending.

（國防軍費大約占所有自由裁量支出的一半。[5]）

然而，各位得小心，記者很愛亂比較，尤其會比較不相稱的數字：*At $3trn, Apple's market capitalisation is greater than the GDP of India*（蘋果市值高達 3 兆美元，超過印度的 GDP）這句話特別會誤導人。從經

5 譯註：美國預算支出分爲強制性支出（mandatory spending）和自由裁量支出（discretionary spending）。前者無需每年經過國會授權，好比老人年金、老人醫療保險與失業救濟金。後者是由國會年度預算法案和撥款法案來統籌，包括國防、國際與國內事務支出，每年皆需經過國會授權。

濟學角度來看，它在比較股票（整個蘋果公司在某個時刻的瞬間價值）與流量（印度經濟體一年之內生產的商品和服務的價值）。

當 GDP 與蘋果的流動資產（例如收入，二〇二一年約爲 3800 億美元）進行比較時，比較對象現在改爲芬蘭（*Finland*），但營業收入（turnover）也不是一個準確的比較對象，最好採用蘋果的利潤（300 億美元）。如此一來，記者只能將其與宏都拉斯（*Honduras*）進行比較，這樣相比更爲合理，但比較無法讓人印象深刻。有些經濟學家會把蘋果的薪資支出也算進去，讓比較結果更準確，但現在記者已經解釋太多了。比較不那麼文謅謅但更爲合適的方法是，單純和同類進行比較。

除非你寫文章時不想正經八百，這時才不要去比較同類。《經濟學人》的數據團隊要傳達〈江南 Style〉（Gangnam Style）[6] 大獲成功時，指出人們觀看這首歌的 YouTube 影片所耗費的時間，乃是花在觀看人類其他偉大成就所花費時間的數倍。截至本文發表時，人們觀看這首南韓熱爆歌曲的時數是建造世界最高建築哈利法塔（Burj Khalifa）所耗費時數的六倍。

各種陷阱

給出的有效數字（significant figure）的數量要一致，此處的數量指的是不計算前導零（leading zero）的數字數量。例如，156,000 四捨五入到兩位有效數字是 160,000；0.00233 則是 0.0023。通常給兩個有效數字就夠了。如果你想讓數字產生衝擊效果，就不要讓讀者糾結於一串數

6　譯註：韓國歌手 PSY 紅極一時的歌曲，又譯〈江南風格〉或〈江南風〉，用以形容首爾江南的生活風格。

字，以免他們忘記你當下所談事情的規模有多大。

很容易誤以爲某個金額若增加 400% 就等於把它乘以四。請記住：

- 當某物**增加** 100%（*increases by 100%*）時，就會**成爲兩倍／翻了一倍**（*double*）
- 當它增加 200%（*increases by 200%*）時，它就會**成爲三倍／增至三倍**（*triple*）

依此類推。

不要使用 *-fold*（……倍），要明確說明你的意思：有些人會認爲 *two-fold increase*（兩倍的增加）就是翻了一倍，但有些人則認爲是增至三倍。最好說某物是 double 或 triple。

請注意，要區分**百分比**變化（*percentage* change）和**百分點**變化（*percentage-point* change）之間的差別。

一般來說，百分比變化與某個標的價值（underlying value）有某種關係；百分點變化涉及另一個百分比。如果英國人口從 6000 萬增加到 6500 萬，則增加了 8% 左右。如果中國的年成長率從 7% 降到 5%，那麼就下降了兩個百分點（it has fallen by two percentage points，不是 by 2%）。

如果美國的成長率從 1% 上升到 2%，嚴格來說應該寫成 *America's growth rate has increased by 100%*（美國的成長率增加了 100%）或 *has doubled*（美國的成長率翻了一倍）。

然而，這兩種說法看起來都很奇怪，尤其是因爲原來的數字很小。此時要說：

America's growth rate has increased by one percentage point.

（美國的成長率增加了一個百分點。）

若是提到預期順序中的數字變化，要先說舊的，然後再說新的：

America's GDP growth fell from 3.0% in 2018 to 2.2% in 2019.

（美國的 GDP 成長率從二〇一八年的 3.0% 下降到二〇一九年的 2.2%。）

如果反過來寫（先說新的再說舊的）：

America's growth rate fell to 2.2% in 2019, from 3.0% in 2018.

（美國的 GDP 成長率在二〇一九年下降到 2.2%，這是以二〇一八年的 3.0% 爲基準來下降的。）

這樣就會迫使讀者在心中將事件的順序顛倒一次。

不要省略重要的零。出版物會將位數四捨五入，從而導致混亂，因此 8% 不等於 8.0%。8% 可能指從 7.51% 到 8.49% 之間的任何數字。8.0% 指的是介於 7.95% 至 8.049% 之間的數字。

速度、身高和體重都是用數字來衡量。從數學角度來說，緩慢、短小和輕盈都不能用數字來衡量。因此：

- 不要說 *three times lighter*（輕了三倍），要說 *one-third as heavy*（重量爲三分之一）
- 與其說 *twice as short*（矮了兩倍），不如說 *half as tall*（高度爲一半）

注意 *square metres*（平方公尺）與 *metres square*（公尺見方）的關係。一間 *ten square metres*（十平方公尺）的正方形房間，每邊長約 3.16 公尺。*ten metres square*（十公尺見方）通常理解爲邊長十公尺的方形（面積爲 100 平方公尺）。由於後者會有歧義，最好避免使用。要說 *square metres*（或明白指出 *ten metres on each side*〔每邊爲十公尺〕）。

商業語言

作家要寫商業、金融和經濟方面的議題時會特別困難。這些領域跟所有的技術學科一樣有自己的術語，但其中更多的是半死不活的隱喻。經濟學家每寫一句話，都會用到下列之類的詞語：

- *bail-out*（拯救銀行／紓困）
- *bubble*（泡沫）
- *distressed*（貧困的）
- *gap*（缺口／差距）
- *hedge*（對沖／避險）
- *imbalance*（不平衡／失衡）
- *leverage*（槓桿作用）
- *spread*（差額／價差）
- *start-up*（新創企業）
- *stimulus*（刺激）
- *yield*（收益）

發生衝突的範圍非常大。只要加上一些陳腔濫調，立馬就會寫出：

- *benchmarks*（基準）
- *flatlining* growth（低迷成長[7]）
- *green shoots*（復甦的跡象）
- *kick-starts*（起步）
- *level playing-fields*（公平競爭的環境）
- *spiking prices*（飆升的價格）

7　譯註：*flatlining* 指扁平的或持平的。

- things *going north*（情況好轉）
- *toxic assets*（有毒資產[8]）

另有一些委婉的說法，這就更讓人頭疼了，譬如：

- *compensation*（補償）表示 *pay*（工資）
- *impairments*（損耗）表示 *losses*（損失）
- *letting people go*（解雇員工），等於 *giving them the boot*（趕走他們）
- *stretched structures*（結構緊張）等於 *devices deeply in debt*（儀器設備資不抵債）
- *sub-investment-grade debt*（低於投資等級的債務）等於 *junk bonds*（垃圾債券）

或是誤稱：

- *sustainable business*（永續企業）很可能會 *going bust*（破產）

以及新詞：

- *mezzanine capital*（夾層資本[9]）
- *vanilla products*（香草產品[10]）

還有刻意讓人難以理解的詞語：

collateralised debt obligations（抵押債務債券／擔保債權憑證），這當然就是 *structured asset-backed securities*（結構性資產擔保證券）。

---

8 譯註：指價格已經爆跌的金融資產，持有人無法以滿意的價格將其出售。

9 譯註：一種融資來源，乃是收益和風險介於企業債務資本和股權資本之間的資本形態。mezzanine 是建築用語，指兩層樓之間的夾層，套用到金融界，夾層融資（Mezzanine Financing）就是介於債（debt）與股（equity）的融資手段，猶如兩個樓層之間的「夾層」。

10 譯註：在標準的期權合約中，買方支付權利金之後，便有權在未來的特定時間以特定的價格買入或賣出標的資產。這類期權稱爲香草期權（vanilla option），因爲 vanilla 是口味最普通的冰淇淋，所以用來指普通期權。

以上都會讓讀者會處於一種新古典主義的不平衡狀態（neo-classical disequilibrium），接近生命徵兆衰竭的末期（terminal vital-sign insolvency）。

行文時要精準易讀。這兩者有時會發生衝突。例如，芝加哥大學的經濟學家羅曼．韋爾（Roman Weil）提出建議，說絕對不要使用 *making money*（賺錢）這個短語。他針對這個說法至少列舉了六種不同的含義（不包括僞造貨幣〔counterfeiting〕），包括：

- 獲得大量收入（taking in lots of revenue）
- 獲得巨額淨利潤（making large net profits）
- 資產價值增長（seeing assets grow in value）
- 出售資產實現資產成長（realising the growth in assets by selling them）

對於會計師或者會仔細閱讀財務報表的人來說，這些是截然不同的事情。

收入、現金和資產負債表

revenue（收入）是公司的「營業金額」（top line），亦即核心業務在一個季度或一年內的收入是多少。它通常被籠統地稱爲 *sales*（銷售額），但準確來說，*revenue* 包括所有的 *sales* 以及一些其他的收益。如果某家公司誇耀其收入成長迅速，請不要太過驚訝。它可能正在花大錢來賺錢，因此虧損增加得更快。

公司的損益表會列出 *profits*（利潤）。（除非討論 *earnings per share*〔每股盈餘〕，衡量某間公司的股票是否有吸引力的標準），否則要用 *profits*，別用 *earnings*。）明確說出你指的是哪些東西。*gross profits*（毛利）是收入減去銷售商品的成本（包括工廠工人之類的直接勞動成本

〔direct labour costs〕）。

對許多公司來說，*operating profits*（營業利潤）是更有用的衡量指標，因爲它考慮了更廣泛的營運成本，包括租金、運輸、資產折舊（depreciation of assets）和各種管銷費用（overheads）。這個數字可以適切顯示某家企業是否能夠持續獲利。

EBITDA 是深受金融分析師喜愛的類似數字，代表 *earnings before interest, taxes, depreciation and amortisation*（未計利息、稅項、折舊及攤銷前的收入〔此處的 earnings 就是 profits〕）。這是一個很醜的首字母縮略字，最好改用 *gross operating profits*（總營業利潤）來代替。留意財務報表中的 *adjusted EBITDA*（調整後的 EBITDA），這通常表示該公司特地弄了一個數字來美化績效。

net income（淨收益）就是「底線」（*bottom line*，字面意思是損益表〔income statement〕上的最後一項）。它最能全面反映出某家公司在一年內賺了多少錢。但它包括訴訟賠償和資產出售等一次性項目。如果一家公司在一年內做了諸如出售某個部門的事情，就不該將其視爲該公司有可持續盈利能力的指標。淨收益是計算每股盈餘時所使用的數字。

cashflow（現金流）與 sales 不同。根據會計規則，公司可以將已完成的工作記爲收入（計入當年的利潤），但它可能還沒有收到客戶的錢。（反之，公司也可能在尚未完成便收到款項，在這種情況下，在工作完成之前會產生會計負債〔accounting liability〕。）因此，從現金流可以追蹤公司實際流入和流出的資金。

free cashflow（自由現金流）是一個備受關注的指標，足以衡量某家公司有多少現金可用於支付債權人和投資者（扣除資本投資〔capital investments〕之後）。

公司會發布的另一份重要的財務報表是 *balance-sheet*（資產負債

表）。資產負債表不同於衡量一個季度或一年之類一段時間的損益表，它只是一張快照，列出 *asset*（資產，有形和無形）和 *liability*（負債），而根據定義，這兩者之間的差別是 *stockholders' equity*（股東權益／股東股本）。這與 *book value*（帳面價值）相同：就是出售公司資產並償付債權人之後，所有者還能拿到多少錢。它不同於（通常小於）*market capitalisation*（市值／市場資本總額），市值是公司股票價格乘以股票數量。最後，*enterprise value*（企業價值）在併購中會上升，並且會根據淨債務（net debt）來調整市值。

從會計角度來說，銀行的行事是違反直覺的。他們發放貸款時會記成資產，因爲他們現在有權在未來讓借款人付款。當銀行持有大量 *non-performing loan*（不良貸款／逾期放款，這些貸款不會唱歌跳舞[11]，更直白的說法是 *bad loan*〔壞帳／呆帳〕）時，它就會陷入困境。這些貸款面臨被 *written down*（減記）或被完全 *written off*（註銷）的危險。另一方面，存款（deposit）是一種負債，因爲這是銀行欠帳戶持有人的錢。

記帳的 *debit*（借方）和 *credit*（貸方）對外行人來說也是違反直覺的。（例如，當會計師向現金帳戶中添加現金時，該帳戶被 debited〔記爲借方〕，而不是 credited〔記爲貸方〕。）因此，最好避免使用 debit 和 credit。

11 譯註：perform 既有「實施」或「履行諾言」的意思，也可表示「演戲、演奏或表演」，所以作者才會說唱歌跳舞。

金融和市場

如有疑問時，請使用外行人的語言來說明財務／金融術語，否則不是專家的讀者無法理解你寫的文案。因此，各國央行會將利率提高 *quarter of a percentage point*（四分之一個百分點），而不是 *25 basis points*（25 個基點[12]）。

unicorn（獨角獸）是價值超過十億美元的私人公司（privately held company worth more than a billion dollars）。

告訴讀者公司和實體到底在做什麼，好比說 *Goldman Sachs* is *a bank*（高盛是一家銀行），即使對你來說這點顯而易見。（如果你覺得寫 *Goldman Sachs, a bank*〔高盛這家銀行……[13]〕覺得很愚蠢，不妨在第一次提到它時給出名稱，然後盡快把它稱爲 *the bank*〔這家銀行[14]〕。）要描述龐大的公司可能很難，但請盡力而爲：*Unilever is a consumer-goods giant*（聯合利華[15]是消費品巨頭），或者 *Unilever is a soup-to-soap conglomerate*（聯合利華是一家無所不賣[16]的企業集團）。

同理，你要解釋金融業內廣爲人知但外行人可能會感到困惑的事情。只需幾句話就能讓讀者明白爲何利率下降時債券價格會上漲（*bond prices rise when interest rates fall*，因爲已經發行的債券有更高的利率而

---

12 譯註：一個基點（basis point）等於 1% 的百分之一，亦即 0.01%。

13 譯註：這是英語的同位語或同位格（apposition）寫法。

14 譯註：這是英語定冠詞 the 的使用規則，先提全名，讓讀者心中有底數，然後用 the+ 屬性名稱（此處爲 bank，若指城市，則可用 city 或 metropolis）。

15 譯註：英國的跨國消費品公司。

16 譯註：soup-to-soap（從湯品到肥皂）表示包羅萬象、一應俱全，類似於 soup to nuts（從湯到堅果）。

變得更吸引人；或者，當債券價格上漲時，債券殖利率[17]（*bond yield*）會下降，因爲殖利率是除以價格來計算的。

銀行的股東權益／股東股本（*stockholder's equity*）通常被稱爲銀行的資本（*capital*）。這可能會讓人一頭霧水。人們常說，銀行「持有資本」（banks "hold capital"），但外行人會將其理解爲銀行的現金儲備（*cash reserves*）。這兩者是不同的：capital 並不能說明銀行資產的細目。

爲了避免混淆，要說一家銀行正在 *funding itself with more capital*（爲自己注入更多資本）。這樣寫比較笨重，但更爲準確。

謹慎使用 *reserve*（儲備）一詞。銀行的儲備通常表示它的 *cash*（現金），包括金庫中的紙幣（banknote）和它在中央銀行持有的數位貨幣（digital money）；然而，這種數位貨幣的專業術語是 *central-bank reserves*（中央銀行儲備），有時文件會將其與實體紙幣進行對比，僅將實體紙幣稱爲 *cash*。

更複雜的是，中央銀行的 *foreign-exchange reserves*（外匯存底）是指其外匯資產（foreign-currency assets），無論數位或實體，可以包括以準備貨幣（reserve currency，主要是美元）計價的政府債券。

令人沮喪的科學

國內生產毛額（gross domestic product，簡稱 GDP）是衡量一個經濟體的規模或產出（*output*）的最佳標準。它衡量一個經濟體生產的商品和服務的總價值。GDP 應該優於其他類似的衡量標準，除非有充分的理由不用它，例如：*gross value added*（附加價值毛額）、*gross*

17 譯註：殖利率又稱收益率。

national income（國民所得毛額）和 *gross national product*（國民生產毛額）。

衡量 GDP 的一種方法是將消費、投資、政府和出口的總支出加起來，然後減去海外生產物品的進口，其結果就是當前價格下的 GDP 市場價值。追蹤 *GDP growth*（GDP 成長）時，事情會變得更複雜。這是因爲總支出（或 *nominal GDP*〔名目 GDP〕）的成長將反映通貨膨脹以及產量的成長。調整通貨膨脹將可指出 *real GDP*（實際 GDP）成長[18]。

在撰寫有關經濟成長的文章時，請務必使用實際 GDP。如果你因爲某些原因使用名目 GDP，請加以說明。多數統計機構和其他出版物也遵循這項規則。

不要把計算 GDP 的公式當成促進成長的萬能指南。在其他條件相同的情況下，增加支出必定會提高名目 GDP。然而，它在多大程度上促進實際 GDP 成長而沒有引發更多的通膨，取決於經濟中是否存在呆滯／閒置產能(*slack*)[19]，例如失業的工人和利用不足的實體／物質資本(physical capital)。如果沒有 *slack*，額外支出更有可能推高通膨，而非增加產出。

長期成長並非由支出決定。政府支出若毫無節制，不會使百姓富裕起來，而國家若只有出口而不進口，其實是在不斷給予卻沒有拿回東西。從長遠來看，經濟成長是由生產力和勞動力成長等供給面（*supply-side*）因素所推動的。

聽到政客或公司吹噓他們創造就業機會（*creating jobs*）來促進經濟發展時要心生警惕。如果經濟呆滯，增加招聘可能會提高總就業率。

---

18 譯註：名目 GDP 在計算上「不考慮通貨膨脹」的因素。

19 譯註：形容詞 slack 表示「鬆懈的」，亦可引申爲「經濟不熱絡的」。

然而，假使經濟緊繃[20]，此舉更有可能讓工人和資本四處流動。這對 GDP 是好是壞，取決於新的安排是否更有效率。

GDP 數字通常以季節性調整（*seasonally adjusted*）的數字來報告，例如以此說明耶誕節期間經濟活動更爲熱絡。請各位留意，不要將某個國家經過季節性調整的數據與另一個國家未經調整的數據進行比較。季節性調整也是預設作法，所以你不必去提到它（然而，當數據未經季節性調整時，你可能需要提一下）。

使用同比數據也要留心，好比 *year-on-year*（今年與去年相比）與 *quarter-on-quarter*（當季與上季相比）或 *month-on-month*（本月與上月相比）之類的數據。假使寫道：GDP rises in the second quarter by 2% year on year，就表示它比前一年的第二季高出 2%。然而，如果有人這樣寫：it rises 2% quarter on quarter，它就比同年的上一季（亦即第一季）增加 2%。若以這種成長速度持續四個季度，年增率將達到 8% 以上。某些國家，例如日本和美國，會以按年計算的（annualised[21]）詞語報告季度 GDP 成長。

將大數字與 GDP 進行比較，能讓讀者體會一下規模大小，但要小心，別暗示某些東西是 GDP 內含的東西。匯款（*remittances*，亦即從海外匯來的錢）可能等同於（be worth）GDP 的 10%，但永遠不會占（make up）GDP 的 10%，因爲匯款並非國內生產的商品或服務，不屬於 GDP 定義的一部分。

無論計算 GDP 或其他指標時，使用平均成長率時要小心。計算一段時間的成長率時（例如，「the production of coffee has grown by an

---

20 譯註：形容詞 tight 是「緊繃的」，表示「經濟相當活躍，商家競爭激烈」。

21 譯註：(of an amount or number) calculated over a year，表示年度總額。

average 3.4% a year since 2013〔自二〇一三年以來，咖啡產量平均每年增長 3.4%〕)，不小心就會用到每年增長率的平均值。這是不正確的。如果某個東西連續兩年增長 50%，那麼它的規模將大於第一年增長 10%，第二年增長 90%，而在兩種情況下，平均增長率都是 50%。

失業（*unemployment*）不是**就業**（*employment*）的鏡像。失業統計數據衡量的是積極尋找工作但無法找到工作的人數。就業量度的是就業人口的比例。它不僅會受到正式失業的影響，還可能受到人們放棄尋找工作、女性勞動參與率較低或某個國家退休年齡提前的影響。

一個國家的**貿易餘額**（*trade balance*）是其出口價值減去進口價值，與它的**經常帳餘額**（*current-account balance*）不同，後者也包括海外資產所獲得的收入，減去流向外國所有者的國內收入。**經常帳赤字**（*current-account deficit*）表示某個國家是國外淨借款者；**經常帳盈餘**（*current-account surplus*）表示它是淨貸款者。最好以占 GDP 的百分比來表示這兩個數字。

富裕國家通常更能夠因應巨額的經常帳赤字，因為它們往往受益於長期資金流動，例如企業的外國直接投資（foreign direct investment）[22]。貧窮國家通常更加依賴國際投資者的短期資金，但發生危機時，這些資金可能很快就會枯竭。

（預算）**赤字**（*deficit*）是政府收入（主要是稅收〔tax revenue〕）和花費（支出〔expenditure〕）之間的差額。公共**債務**（Public *debt*，公債）是政府所欠且尚未償還的錢。務必明確指出你談論的是哪種債務：家庭、企業、公共或總債務？同時思考一下你所提到的債務水平是否很重要。對窮國來說，公共債務若占 GDP 的比率為 80% 時，情況就令人

22 譯註：縮寫為 FDI，又稱海外直接投資，簡稱外資。

擔憂，但對富國來說，這沒有什麼好擔心的。如果政府和企業大量借入外幣，將受到本國貨幣波動的影響；那些以本國貨幣借款的國家（例如美國）則不會承擔這種風險。你還得要思考多久之後要償還債務（債務到期〔debt *maturity*〕）。

最後來談論一個也是違反直覺的話題，就是公共財（*public goods*）不是對大眾都有好處的東西。公共財是無法被隔離的商品和服務，無論有多少人使用，它們都不會對外關閉（經濟學家稱它們是「不具排他性」〔nonexcludable〕和「非敵對性」〔non-rivalrous〕）。純公共財的例子包括國防（national defence）和官方統計數字（official statistics）[23]。

不那麼令人沮喪的科學

記者喜歡引用科學和數學術語，好讓文章更花俏，使內容感覺更為深奧。這些專門術語包括：*optics*（光學）、*calculus*（微積分）、*orthogonal*（正交的）、*tangential*（切線的）、*parsing*（語法分析）。不要受這種誘惑，用你平常聊天時會使用的詞語，比如用 *appearances*（外觀）取代 *optics*，或者用 *calculations*（算計）取代 *calculus*（譬如：*political calculus*〔政治算計〕）。如果你寫科學文章時使用它們，請務必謹慎小心：讀者也懂這些術語。

使用 *exponential growth*（指數成長）時要小心。它與快速成長不同，其實成長得可能相當緩慢，這取決於你指的是哪種指數，以及事物處於成長過程中的哪個階段。例如，指數成長描述細菌在沒有任何因素

23 譯註：官方統計數字是由政府機構或其他公共機構（例如國際組織）針對公共財發布的統計數據。

阻礙其生長時的行為。1 變成 2，然後變成 4、8、16、32，依此類推。假使一個數字以穩定的速度成長，甚至成長幅度很大（連續數日增加 1000、2000、3000、4000），我們會說它經歷 *linear growth*（線性成長）。

報導健康議題時，別忘了加限定文字，隨口便說 *lower risk of mortality*（較低的死亡風險），因為生物的死亡風險是 100%。撰寫探討研究結果的文章時，要提到研究的時期或其他參考框架。

日漸暖化的世界

所謂 *global warming*（全球暖化），就是全球平均氣溫逐漸上升。*climate change*（氣候變遷）是指更廣泛的變化，包括暖化、氣候改變、冰蓋（ice cap）和冰川（glacier）融化，以及海洋酸化（ocean acidification）。某些新聞機構將 *global warming* 改為 *global heating*（全球熱化），藉此表達緊迫感。情況確實緊迫，但《經濟學人》並未採納這個新詞。

氣候變遷是人為的，毋庸置疑，不必每次探討它時都重複一遍。

量化 *greenhouse-gas emission*（溫室氣體排放）的方式各不相同，使用的單位林林總總，讓人眼花撩亂。

tonne of carbon dioxide（一公噸的二氧化碳，不要將 *carbon dioxide* 寫成 CO_2）與 *tonne of carbon*（一公噸的碳）不同。若要將一公噸的碳轉換為一公噸的二氧化碳，請乘以 3.67。[24]

一公噸的 *carbon-dioxide equivalent*（二氧化碳當量，CO_2e）又是另一回事。它測量所有溫室氣體，但校正了它們讓地球暖化的能力（可能

24 譯註：1 公噸的碳會產生 3.67 公噸的二氧化碳排放量。

大於或小於二氧化碳）及其在大氣中的持久力（也可能大於或小於二氧化碳）。就分子對分子的角度而言，**甲烷**（*methane*）對地球的暖化作用比二氧化碳更強，但它的壽命卻短得多。比較這兩者時，需要指出時段。

二〇一五年在巴黎簽署的聯合國文件是 *Paris agreement*（**《巴黎協定》**），而非 Paris accord。（一九九七年在京都達成的聯合國氣候協議是 *Kyoto protocol*〔**《京都議定書》**〕。）

《巴黎協定》設定了溫度目標，但並未訂定排放目標（*The Paris agreement has temperature targets not emissions targets*）。協議各方承諾「將全球平均溫度升幅控制在高於工業化前水準的 2℃以內，並努力將溫度升幅限制在高於工業化前水準的 1.5℃以內」。在協定中，**工業化前**（*pre-industrial*）是指一八五〇年至一九〇〇年。使用**攝氏**（*Celsius*），別用華氏（Fahrenheit），除非你引用別人的說法（如果這樣，請提供轉換後的溫度數值）。

geoengineering（**地球工程**，geo 和 engineering 中間不加連字號）指的是一套不用減少溫室氣體排放便可降低全球氣溫的機制，例如在太陽能量讓地球變暖之前便將其反射回太空。

減少溫室氣體排放的計畫稱爲 *mitigation*（**緩和**）。淨零目標（net-zero target）就是一個例子。幫助社會適應氣候變遷影響的計畫屬於 *adaptation*（**適應**）的範疇。構築海堤和種植抗旱作物，就是爲了適應氣候變遷所採取的方式。

ocean acidification（**海洋酸化**）是海洋吸收二氧化碳的結果，不是氣候暖化的結果。海水呈弱鹼性，酸化會降低鹼性，但不會變成 *acidic*（**酸性**）。

許多作家可能會對於撰寫探討數字和科學主題的文章心生畏懼；畢

竟，如果你犯了錯誤，很容易就被抓出來。話雖如此，只要你用的數字既準確又具有啓發性，你的文案就更有可能被視爲有條有理。

上市公司會提供大量數字，而監管機構要求它們不得操弄這些數字。外部分析師（例如銀行的分析師）可以幫助你理解這些數字。多數國家的國家統計數據都是態度嚴謹的專業人士發布，國際貨幣基金組織（International Monetary Fund，簡稱 IMF）、世界銀行（World Bank）和經濟合作暨發展組織（The Organisation for Economic Co-operation and Development，簡稱 OECD）等機構發表的文獻亦是如此。科學界的學者通常都樂於談論他們的工作（也很樂於評價別人的研究。如果你不確定某項研究是否可靠，不妨去詢問他們）。因此，即使你對數字感到茫然，你不會孤身奮戰。拿起電話或發送電子郵件去問別人吧！

第五章

潤色修飾：編輯

無論是編輯或作者親自編輯文字，最終都應該潤色出最好的文檔。

如果你是編輯，你不是將文檔變成你想要的模樣。這是一種微妙的平衡。身爲編輯就是觀眾的替身：只要你感覺某些文字讓人困惑、無聊乏味或難以信服，有些讀者可能也會這麼認爲。此外，這是別人的作品，不是你寫的。即使你自認爲可以寫得更棒，也應該跳脫個人喜好。

當你委託別人寫文章時，明確指出你希望作品呈現什麼，尤其是和先前並未合作過太多次的作家講清楚，以免你和他們日後失望。一開始便調整寫作方向比最後才調整完成的草稿容易得多。

當你收到草稿後，評論要具體且有建設性。別說「我不喜歡這段話」；要指出哪些內容不能用。評論時使用「你」（you），可能會讓對方感覺你在指責他們，尤其是當你不斷使用這個字的時候。編輯不應該針對個人。不僅要標示出哪些段落或要點起不了作用，也要說明原因。

在理想的情況下，你只要找到問題，便可以解決，然後根據已達成的協議，自行更改文字，或者向作者詳細解釋並要求他們這樣做。如果你發現某些問題，但不知道如何解決，請和作者一起討論。你經常會發現，只要問對方想要表達什麼，就能發現目標和結果之間的落差。

要求作者修改內容而非你自行調整，此舉另有一項好處：如果你打算再和對方合作，便可從中告訴他們下回該如何滿足你的需求。跟對方解釋可能比自行潤稿花更多的時間，但投入心血，日後便能得到回報。

如果可能，一次就把問題問完，不要反覆向作者提問。不妨考慮是否使用追蹤修改或評論（如果修改很簡單，也不頻繁出現，可以全部用大寫的文內評註）。一份文件若被許多編輯者追蹤修改，很快會變得難以管理。

別忘了說出你喜歡哪些內容。普通的讚美之詞，例如「幹得好」（nice job）或「很有趣」（interesting），根本沒有什麼作用。花點時間去指出哪些段落有用，然後說出來。精心挑選的讚美之詞很能激勵對方：如果你告訴某位作者，說他們的解釋非常清晰，或者他們的介紹文字簡潔明瞭，或者結論很有啓發性，這位作者下次就會寫出更多你喜歡的內容。你給的讚美之詞若有建設性且合理，對方也可能會因此適切看待你提出的批評。如果作家知道你不僅欣賞他們的優點，也不會心懷惡意或刻意挑剔，他們便會更虛心接受你的批評。

謀殺摯愛

寫作時應該盡力編輯內容，別老想著當初完成初稿時付出了多少心血。冷靜檢視頁面文字，盡量修飾，使其盡善盡美，就算要刪除辛苦寫下的單字、句子或整個段落也在所不惜。許多優秀的寫作者其實只是優秀的編輯。他們學會了用批判的眼光去審視初稿，使其更加完美。

經驗不足的寫作者更有可能太少自我編輯（self-editing），而非太常自我編輯。主要問題通常不是時間太少，而是他們下手不夠狠。文學評論家亞瑟・奎勒—庫奇爵士[1]（Sir Arthur Quiller-Couch）曾提出寫作建

1 譯註：英文 sir 又譯「先生」、「大人」或「閣下」，對男性貴族成員或權威人士的尊稱，在英語中等同於 My Lord。然而，亞瑟・奎勒—庫奇曾在一九一〇年被封爲爵士（knighted），故在名前冠以 Sir。

議，可能沒有比這更為精闢的論述了：「每當你有一股衝動，想要寫一篇格外精彩的作品時，不妨全心全意遵循這股熱情，然後把稿件送去付梓之前將其刪除。你要謀殺摯愛。」

寫作者會十分眷戀自己辛苦創作的文字。問題在於沉沒成本謬誤（sunk-cost fallacy）：不願看到做完的工作被浪費而繼續沿著錯誤的道路前進。若想避免這種情況，最好快速完成初稿，然後坐下來潤飾。如此一來，優美的句子便會在後續的過程中浮現，不需要被刪除。

最能幫助你的就是挪出時間。如果你有空，不妨先將初稿擺在一旁，過些時候再編輯。即使只過一晚，也聊勝於無。

在這個階段要確定作品是否發揮應有的作用。回到開始落筆之處，看看是否寫下原本打算要提出的觀點。建立「反向大綱」（reverse outline，從每個段落中提取要點並加以排列），可以幫助你發現文章結構的缺陷，例如需要添加文字（如果想要保留）或刪除（倘若會分散注意力）的不完整論述。

一旦確定結構沒有問題，不妨大聲朗讀內容。這會減緩速度，使文字變得不那麼熟悉。你此時比較不會略過繁瑣冗長的措辭，或者跳過意外重複或遺漏的單字。你可能會發現自己跳過某些論證步驟。記下你猶豫或卡住的地方：這通常表示過渡不順或缺少指標。

如果可以，請別人閱讀你的作品。你要告訴對方，說你不是要找人校對：你要他們一旦發現自己一頭霧水或讀到讓他們困惑或很費勁的文字時標記下來。詢問他們，找出他們認為你的主要觀點是什麼。倘若你走運，他們說出的想法就是你想傳達的。

假使找不到別人幫忙，不妨進行思想實驗（thought experiment）。想像一下你被要求寫第二篇相關的文章：用《經濟學人》術語來說，或許某位領導要用你原來的故事作為報告的基礎。你要說什麼？現在捫心自問，閱讀你原文的人是否能夠預測這一點，以及你是否希望他們能夠做到這一點。

如果你的原創故事打算要說服別人或提出建議，你編輯時也應該追求這個目標。倘若沒有，你的原文可能並未表達出你想傳達的意思。

假使你的文章僅限於闡述內容，問問你自己，想像領導者會根據它來說些什麼。在你完成所有的研究、報告和寫作之後，這種方法能夠揭示你眞實的想法。然後你可以去問，你的觀點是否反映在你的文章，以及是否應該體現在你所寫的內容之中。

先簡化，再誇大

一旦各部位都準備就緒，下一步就是行文編輯（line-editing，或者審稿〔copyediting〕），亦即改訂句子和單字。

《經濟學人》的座右銘偶爾被戲稱爲「先簡化，再誇大（simplify, then exaggerate）」。明確提出警告和指出疑惑是正確且恰當；與自己的文字保持距離又是另一回事。有些寫作者談到引人注目、明確萬分或具有爭議的事情時，就不自覺地軟化口吻、逃避閃躲和使用被動語態。

如果你確定某個陳述是對的，而且也提出了證據，就要堅持下去。換句話說，編輯時要盡量刪掉以下字句：*arguably*（有爭議地／論述是可爭議的）、*it might be the case*（可能是這樣）、*some say*（有人說）。

萬一讀者是位充滿敵意的律師，可能會雞蛋裡挑骨頭，一點錯誤都不會放過，此時就保留必要的委婉說法。然而，如果你認爲讀者很仁慈，不妨刪除*for the most part*（通常／在大部分的情況下），因爲這類短語會減慢你的寫作速度並消耗你的精力。

你批判不同意的論點時，出手得謹愼，力道要合宜。建構一個「鋼鐵人」（steel man，亦即你能想到的最能反駁自己的情況）遠比討論一個稻草人（straw man）更有說服力。你應該引用最能反駁你的論點的說法或案例。

然而，你也應該避免虛假的平衡，亦即看到另一面更有說服力，卻暗示事情還有另外一面。你也別搖擺不定、猶豫不決，或想當牆頭草、風吹兩邊倒。盡量陳述各種案例，讓證據自行說話。

看看能否刪掉下列之類的單字：*actually*（其實）、*mostly*（大部分地）、*possibly*（有可能地）、*rather*（相當／有點兒）、*really*（確實地）。*somewhat*（有點）。

very（非常）很特殊。它看似一個強調詞（intensifier），卻會削弱修飾的東西，編輯時試著刪掉 *very*，譬如：

He is an honest man（他是誠實的人）是明確的陳述（categorical statement）。

He is a very honest man（他是非常誠實的人），這會將主詞擺在誠實的比例尺上論斷，指出他接近處於最高水平，但仍有改進空間。

使用 *quite* 要小心，它在美式英語中一直是個強化詞（相當），但在英式英語中卻表示 *somewhat*，因此讚揚起來根本不痛不癢。

調整節奏

如果你是法國文學大師普魯斯特（Proust）[2]，不妨放手一搏，盡情寫出數萬字探討失去和記憶的文字；然而，我們不是他，盡量行文簡潔。話雖如此，每當你必須解釋複雜的事情時，要先給讀者一個合理的警

2　譯註：意識流小說先驅，著名作品爲《追憶似水年華》。

告，並且放慢速度。你的目標並非保持均勻的步伐。前路通暢時，要一路奔跑；路途險惡時，要放慢腳步。在難行之處添加額外的指標和說明：舉出例子和使用隱喻來提醒讀者你要探討的內容。

這也是檢視你頁面上「內容」（furniture，直譯為「家具」）的好時機。若有一堵連續不斷的文字牆，看了就讓人害怕。如果你還沒有搞出一道牆，想一下在哪裡可以用小標題（cross-head，也稱為副標題〔sub-head〕）將文字分開，以及可以用哪些圖表或表格來說明內容。找出冗長的段落，拆解它們，讓每個段落只闡述一個想法。福勒曾說：「一個段落其實是一個思想單位，而非長度單位；它必須講述同質的主題，行文說明也要連貫。」

單句段落僅能偶爾使用。

解釋顯而易見的事情會侮辱讀者，灌輸太多的知識又會讓他們難以卒讀，能否折衷一下呢？其實，等你寫完初稿，你才知道哪些地方寫得倉促，哪些地方寫得拖沓。或許你添加了讓人厭煩的參考材料，這會減慢閱讀速度，並有可能讓讀者摸不著頭緒。你要想像自己是冷酷的小說編輯，看到小說家用華麗的辭藻描述日落時，就要問對方這種華而不實的文字如何推動故事的發展。一切都應該臣服於你的目標。

活躍、清晰和具體

你的語氣是否溫暖又專業，既不隨意也不沉悶？你的句子是否都比較短，但節奏又不會斷斷續續或單調乏味？大多數句子（尤其長句）在開頭附近是否有行動者（actor）和動作？句子銜接順暢嗎？

你的文稿是否通篇討論真實的人做了具體的事情，而不是充滿經歷無形現象的抽象名詞？要專門去檢查名詞化（nominalisation）的字詞，亦即那些搭配無聊動詞 *to be*（有／存在）、*to have*（擁有）、*to become*（變成）、*to seem*（似乎）的抽象名詞（第二章探討過），譬如：*contraction*（收縮）、*expansion*（擴展）、*investigation*（調查）、*observation*（觀察）、*variation*（變動）。

如果你將動作轉換成動詞，文字就會更加生動，句子也會比較短，修訂起來會更輕鬆。

這項建議是要你寫眞實的人做具體的事情，但你寫的若是關於公司利潤或經濟狀況之類的抽象概念，你可能會覺得無需遵循這點。然而，即便如此，別忘了你爲何要寫這些抽象概念：因爲眞實的客戶購買、供應商銷售和工人勞動時會受這些概念影響。你的文字應該清楚且強力反映這種影響力。

現在該去嚴厲打擊剩餘的首字母縮略字、流行語、行話和過時的隱喻了。優秀的寫作者會盡量避免使用任何會議上流行的說法，例如：*build back better*（重建美好未來）、*deep dive*（深入探索或研究）、*move the needle*（做出可觀的進展）。

你是否使用簡潔清新的詞語、恰當新穎的修辭手段，以及清楚詳細的例子和插圖？

這也是刪除個人偏好字詞的好時機。唯有通篇閱讀寫好的文稿時，才能發現自己是否過度使用 *actually*（事實上）或 *thus*（因此）。如果你發現很多事情 *fascinating*（令人著迷）或 *compelling*（引人入勝），那樣很好，但不妨也用點同義詞。最後看看你是否太常使用分號、破折號、冒號和其他方法來取代語氣堅定的句號。

收攏

當你確立結構並逐句修訂之後，便該去收攏內容了。看看有沒有完全不必要的形容詞和副詞（Scan for adjectives and adverbs that are entirely unnecessary）。在上一個英文句子中，*entirely* 就是冗詞。或者，你可能會發現一個字就可以代替兩個字，例如：

sprinting（短距離全速衝刺），表示 *running swiftly*（快速奔跑）。這不是要你刪掉所有的形容詞或副詞，但你應該決定每個單字是否都值得保留。

諸如 *there is* 和 *there are* 之類的短語語氣很弱。例如：

修改前：*there was a 23% increase in sales*（有 23% 的銷售額增加）

修改後：*sales increased by 23%*（銷售額增加了 23%）。

找出以否定形式表述的結構，句子不僅更短，也更加明確。通常可用正面角度去改寫，譬如：

修改前：*It is not easy to tell*（這不好說）

修改後：*It is hard to tell*（這很難說）

修改前：*It does not happen often*（這種情況不常發生）

修改後：*It happens rarely*（這種情況很少發生）

此外，當你堆疊愈來愈多的否定陳述，很容易就忘記用了多少次，結果最終說出和你的本意背道而馳的話。試著去分析下列之類的句子，看看它是否表示它所聲稱的意思：*That doesn't mean we don't think there aren't things that can be improved.*（這並不表示我們不認爲沒有可以改進的事情）。

有些作者絕對不會忘了要去忽略應該刪除（*never fail to neglect eliminating*）這類結構，即便他們的意思對了，讀者還是會撓頭搔腦，一頭霧水。用一個正面說法去代替兩個負面說法也可以節省空間。

刪除冗詞，亦即不要用多餘的詞語來表達意思，例如下列之類的詞語（若想知道更多，請參閱第二章冗詞贅字的章節）：*disappear from sight*（消失於視野）、*fellow countrymen*（同夥的同胞們）、*free gift*（免費的禮物）、*HIV virus*（人類免疫缺陷病毒的病毒）、*pilotless drone*（無人駕駛的無人機）、*rise up*（崛起）、*serious crisis*（嚴重的危機）。

上述說法至少有一個冗詞，因爲其中的一個單字已經涵蓋另一個單字的意思。刪除冗詞，便能釋放空間，加入可增添意思的單字。

你也要注意多餘的介系詞，譬如：

- 不用 *bought up*，改用 *bought*（購買）
- 不用 *freed up*，改用 *freed*（釋放）
- 不用 *headed up by*，改用 *headed by*（由……領頭）
- 不用 *met with*，改用 *met*（會面）
- 不用 *sold off*，改用 *sold*（出售）

不要過度使用最高級。根據某項研究，新聞稿最常見的十大流行語是：*leader*（領袖／領導者）、*leading*（領先的）、*best*（最棒的）、*top*（頂級）、*unique*（獨特的）、*great*（偉大的）、*solution*（解決方案）、*largest*（最大的）、*innovative*（創新的）、*innovator*（創新者）、

問題應該顯而易見，那就是並非人人都能成爲領袖，以及變成最優秀、最頂尖和最偉大的人物等等。但幾乎每個人都愛這般自捧，這些說法就變得毫無意義。刪掉這些字，用事實來證明。

可以刪除許多顯示文法的單字，譬如：

刪字前：*The man who was hit by the trolley*（被手推車撞到的男子）

刪字後：*The man hit by the trolley*

刪字前：*He said that he could trim no more*（他說他無法再刪減了）

刪字後：*He said he could trim no more*

然而，刪掉這些單字偶爾會讓人混淆（請參閱第三章講述避免模稜兩可的章節）。你要確保不會發生這種情況：作者（了解所有檯面下的事情）自認爲很清楚的句子，對於讀者來說可能並不清楚。

完成這些之後，你可能已經輕輕鬆鬆將草稿修減到合理的長度。恭喜各位，現在你已經騰出空間，可以重拾先前難以插入的細節，或者引用有趣的話語。

校對

如果可以，請列印文稿。看書面文字比看螢幕更容易糾出錯誤。先在列印的文件上標記修訂的內容，然後才更正數位版本。

不要完全依賴拼字和文法檢查器，但一定要使用。主要的文字處理軟體的檢查器既會遺漏眞正的錯誤，也會標記假的錯誤。然而，它們很容易發現拼寫錯誤以及找出單數主詞搭配複數動詞的錯誤，例如：*The problems…is* [3]〔問題是……〕)。

你仍然應該自行找出其他的拼寫錯誤，尤其是揪出那些眞實的單詞，因爲這些字表面上是對的，但用軟體檢查時，它們很容易成爲漏網之魚，譬如：*or* 誤寫成 *on*、*is* 誤寫成 *it*、*public*（公眾的）誤寫爲 *pubic*（陰部的）。

別忘了校對標題、副標題和任何說明文字。

總而言之，「想要讓人感到無聊，最好什麼都不刪除（The best way

3　譯註：problems 爲複數，動詞該用 are。

to be boring is to leave nothing out）[4]。」（法國哲學家伏爾泰〔Voltaire〕）。

仔細閱讀幾次你寫的內容，要毫不留情編輯文稿，無論是修剪（trimming）、潤色（polishing）或銳化（sharpening）[5]。

一看到重複或冗詞就要刪掉。英國作者雷蒙德．莫蒂默（Raymond Mortimer）[6]對美國作家蘇珊．桑塔格（Susan Sontag）的評價也適用於多數作家：「她的新聞報導猶如鑽石，切割之後會更加耀眼[7]。」

4　譯註：有另一種說法：The secret to being boring is to say everything（要讓人無聊，訣竅就是把事情全都說出來）。

5　譯註：讓文句清楚易懂。

6　譯註：他以批評家和文學編輯而聞名於世。

7　譯註：原文是 Her journalism, like a diamond, will sparkle more if it is cut，此處的 cut 是雙關語，有切割和刪減的雙重含義。

第二部分

探究細節

第六章

容易混淆的詞語和可以刪減的內容：個別裁定

本章包含個別單字的裁定（ruling），按字母順序講解。以下列出經常被誤用或容易與其他單字混淆的單字。然而，下列裁決也包括許多用法鬆散或含義甚廣的詞語，但《經濟學人》只會採納這些單字較爲古老的意思；最好將這些視爲風格問題，而非嚴格的正不正確問題。這些裁定的措辭應該可以清楚表明哪些屬於風格，哪個又牽扯正確與否。最後，本章標題中的「可以刪減的內容」（cuttable）是指最好從文稿中刪除並以其他說法代替的字詞。

absent（缺席的／不存在的）

當成形容詞（*their friends were absent*〔他們的朋友缺席了〕），若有必要可當動詞（*he absented himself*〔他缺席了〕）。然而，把這個字作成介系詞是美式用法（*absent new evidence, the jury must acquit*〔由於缺乏新證據，陪審團必須宣告無罪〕），改用 *without*、*in the absence of* 之類的說法。

acronym（首字母縮略字）

嚴格來說，這表一個由其他單字的首字母組成的單字，而且可以唸出來，好比 *radar*（雷達）、*NIMBY*（鄰避運動論者[1]）或 *NATO*（北大西洋公約組織[2]）。*BBC*（英國廣播公司[3]）或 *IMF*（國際貨幣基金組織[4]）之類的一組大寫字母則是 *initialism*（縮寫字／字首語）。

actionable（可起訴的）

這個字的英文解釋是 *giving ground for a lawsuit*（給理由來提起訴訟）。別用它來表示能夠將某事付諸實踐：此時要改用 *practical*（實作的）或 *practicable*（能實行的）。

address（致函／演講）

這個字當然是用於 *address an audience*（向聽眾演講）或 *address* a *letter*（去信），但它被過度使用了。問題可以被回答（*answered*）、議題可以被討論（*discussed*）、問題可以被解決（*solved*）、困難可以被處理（*dealt with*），遇到這些情況時，不必使用 *address*（此時的意思是處理或對付）。

adjectives of propernouns（專有形容詞[5]）

如果專有名詞有形容詞，就要使用這些形容詞，例如：

- 不能寫 the Crimea war，要寫成 the Crimean war（克里米亞戰爭）
- 不能寫 the Spain Inquisition，要寫成 the Spanish Inquisition（西

---

1 譯註：not in my back yard 的首字母縮寫，直譯爲「不得在我後院」論者，表示聲稱支持某項計畫卻反對在自家附近施工的人士。

2 譯註：North Atlantic Treaty Organization 的縮寫。

3 譯註：British Broadcasting Corporation 的縮寫。

4 譯註：International Monetary Fund 的縮寫。

5 譯註：專有名詞的形容詞形式。

班牙宗教裁判所／西班牙宗教法庭）

- 不能寫 the Russia revolution，要寫成 the Russian revolution（俄國革命）
- 不能寫 the France Connection，要寫成 the French Connection"（法國毒品轉運網）

以下例子也是如此：

- 不能寫 *Pakistan* government，要寫成 *Pakistani* government（巴基斯坦政府）
- 不能寫 *Lebanon* civil war，要寫成 *Lebanese* civil war（黎巴嫩內戰）
- 不能寫 *Mexico* problem，要寫成 *Mexican* problem（墨西哥問題）

如果使用形容詞會造成混淆，則可以將專有名詞當成形容詞：*African initiative*（非洲倡議）表明這項提案來自非洲，而 *Africa initiative*（非洲倡議）則表示這項提案與非洲有關。

若遇到美國的地名，只要它的形容詞很常見並且感覺很自然，就使用它，特別是當你要描述特性或文化時，例如：

- *a Texan tradition*（一項德州傳統）
- *Californian cuisine*（加州美食）

然而，在很多情況下，這對居住在那裡的人來說實在是太奇怪了，畢竟他們有 *Texas Rangers*（德州遊騎兵[6]）和 *California dreaming*（加州夢[7]）。

6　譯註：美國職棒隊名。
7　譯註：歌曲名稱。

在政治上，通常會直接使用專有名詞：*Arkansas* Senate race（阿肯色州的參議院競選，不是 *Arkansan*）。

adjective placement（形容詞的位置）

使用形容詞來解釋時要小心，例如：

- *China's southern Guangdong province*（中國南部的廣東省）表明所討論的地方是廣東省南部，而非廣東省北部，最好寫成 *Guangdong province, in southern China*（位於中國南部的廣東省）。
- 你若是寫 *Germany's liberal Free Democrats*（德國自由開明的自由民主黨人），不僅暗示德國的自由民主黨人是自由主義者（這是你的本意），也會說這是一個次群體，有別於非自由開明的自由民主黨人。最好寫成 *the Free Democrats, Germany's liberal party*（自由民主黨人，德國自由開明的黨派[8]）

administration（某屆政府或政府人員／管理／行政）

如果你要用 *administration* 來表示一個國家的政治領導層，最好只用來指實行總統制的國家，尤其是美國。採行議會制的政府可用 *government*，而 *administration* 可以指常任的行政部門。

advertisement, ad（廣告）

不要寫成 *advert*（可當作動詞，表示「引起注意」）。如果一定要縮寫，就用 *ad*。

8　譯註：直譯，這種結構屬於英文的同位格。

aetiology（病因學）

aetiology 是研究因果關係的科學，或研究某個事物的起源，英式英語就是如此拼寫。

affect, effect（影響，效應）

affect 的意思是影響或對某人或某事產生衝擊，換句話說，就是產生一種 *effect*。

動詞另一個意思，就是假裝，例如：*to affect an upper-class accent*（模仿上流社會的口音）。

令人困惑的是，*effect* 也可當成動詞，表示引起某事。

而 *affect* 也是名詞，重音落在第一個音節上，表示某人的感覺和情緒，尤其是透過外觀所表現出來，例如 *a flat affect*（面容平和）。

（另請參閱 **effectively**、**in effect** 和 **effectual** 條目。）

affordable（負擔得起的）

誰負擔得起？當你想要說某物有 *subsidised*（被補貼）、*inexpensive*（價格低廉）或只是 *cheap*（便宜）時，請不要寫成 *affordable housing*（便宜的住房）或 *affordable computers*（負擔得起的電腦）之類的說法。

aggravate（加劇）

當你想要表達 *worsen*（惡化）時，就用這個字，不要把它視爲 *irritate*（刺激）或 *annoy*（使人煩惱）的同義詞。

aggression（侵犯）

aggression 是一種很討人厭的品質，不要把 a *keen* salesman（一位

熱情的銷售員）稱爲 *aggressive*（有侵略性的），除非他把腳伸進門內，不讓你關門。

agree（同意）

要搭配介系詞：things are *agreed on*, *to* or *about*（對某事達成一致的意見[9]），不要只寫 *agreed*。

alibi（不在場證明）

alibi 是指在法庭辯護時，證明某人於案發當時位於別處的事實。這與謊稱（false explanation）不同，但 *alibi* 也有可能是捏造的。

alternate, alternative（交替的，替代的）

alternate 當成形容詞時，意思是 *every other*（每隔一個，*He showers on alternate days*〔他每隔一天會沖澡〕）。當它當成名詞時，表示 *stand-in*（替身）。

alternative 當成形容詞時，表示 *of two or more things*（兩種或兩種以上的東西），或 *possible as an alternative*（可能表示一種替代方案，例如：*They were offered alternative jobs*〔有人請他們做別的工作〕）。

among（……之中）

不要拼成 *amongst*。

9　譯註：這是被動語態，此時 *agreed* 可搭配 *on*、*to*、*about*，三選一。

an（一個）

an 應該擺在以母音開頭或以 *h* 開頭的單字（如果 *h* 不發音）的單字之前，例如：

- *an egg*（一顆雞蛋）
- *an umbrella*（一把雨傘）
- *an mp*（一名國會議員）
- *an honorary degree*（一個榮譽學位）

然而，我們會寫：

- *a European*（一個歐洲人）
- *a hospital*（一間醫院）
- *a hotel*（一家旅館）
- *a university*（一所大學）

此外，這些 *h* 要發音的字前面都會跟著 *a*，例如：

- *a historian*（歷史學家）
- *a historic...*（有歷史意義的……）
- *a historical...*（歷史的……）

analogue, homologue（類似物，同源物）

analogue 具有與其他事物類似的功能（*similar function*）。

homologue 在本質上與其他事物相對應（*corresponds in its nature*，如同鳥的翅膀和海豹的鰭與人類的手臂相互對應），因爲這些有共同的演化起源。

anarchy（無政府狀態）

anarchy 表示法律或政府付之闕如。這種情況可能是和諧的（harmonious），也可能是混亂的（chaotic）。

animals（動物）

有關動物、植物等名稱的拼寫方式，請參閱 **Latin names** 條目。

annus horribilis（多事之秋）

這個說法與 *annus mirabilis*（大吉之年／奇蹟年）相反，用來描述多災多難的一年。它說得明確，但值得注意的是，*annus mirabilis* 最初大致表示相同的意思：它最早是在一六六六年被人使用，那是倫敦大火發生的那一年，也是英國爆發大瘟疫的隔年。

然而，物理學家用 *annus mirabilis* 來描述一九三二年，在這一年，中子（neutron）被發現，正電子（positron）被確認，原子核首次被人工分解。

anon（不久以後）

表示 *soon*（馬上）。

anticipate（預期／採取行動來防止或先發制人）

不要用 *anticipate* 去取代意思更簡單的 *expect*（期待）。用 *anticipate* 來表示在某事之前做某事（好比去避免不良的後果），例如：

They anticipated the attack, setting up minefields and anti-tank equipment.

（他們預料到會有這次的襲擊，於是設置了地雷區和反坦克設備。）

apostasy, heresy, blasphemy（叛教、異端、褻瀆）

如果你拋棄你的宗教，你就犯了 *apostasy*（叛教）。如果那個宗教是你所在社區的主流宗教，而你的信仰與其正統觀念相悖，那麼你犯了 *heresy*（異端／邪說）。對神靈和寶貴的宗教信仰不敬的言論就是 *blasphemy*（褻瀆）。

appeal（上訴，呼籲）

appeal 是不及物動詞（在美國除外），因此可以 *appeal against* decisions（對判決提出上訴）。

appraise, apprise（估價，告知）

appraise 的意思是 *set a price on*（給……定個價），而 *apprise* 表示 *inform*（告知）。

arrant, errant（徹頭徹尾的，周遊的）

這兩個字詞源相似，但意思不同。

arrant 的意思是 *downright*（徹底的）或 *unmitigated*（全然的）。

errant 的意思是 *wandering*（徘徊的）、*off-course*（偏離航向）或 *wide of the mark*（偏離目標）。

因此，「*errant nonsense*」（偏離的廢話）是不正確的，但說這種話可能是下意識的良好自我描述。

assassinate（暗殺）

確切來說，*assassinate* 不僅適用於描述任何古老的殺戮，也適用於謀殺知名人士，此舉通常出於政治目的。請參閱 **execute** 條目。

autarchy, autarky（獨裁，自給自足）

- *autarchy* 表示著絕對的主權
- *autarky* 就是自給自足

avert, avoid, evade（防止，避免，躲避）

- *avert something* 表示 *head it off*（阻止它發生）
- *avoid it* 表示 *keep away from it*（遠離它）
- *evade it* 表示 *elude it*（躲開它）或 *escape it artfully*（巧妙閃躲它）
- 請注意，*tax avoidance*（避稅）是合法的，但 *tax evasion*（逃稅）則不然。

avocation（嗜好）

avocation 表示 *diversion from your ordinary employment*（從日常工作轉移），甚至是一種 *hobby*（嗜好），而不是 *vocation*（職業）的同義詞。

bail, bale（保釋金，大捆）

兩個字的用法分別是：

bale in a hayfield（青草地上的一大捆乾草）

bail from jail（從監獄保釋）

保釋的用法來自「權威」（authority）或「監護」（custody）一詞，與 *bailiff*（掌握裁判權的地方長官，美國的法警）有關。

bail with a pail（用桶子舀出積水）

這個用法是舀出船上的水，乃是多數隱喻用法的來源。因此，我們會說要 *bail out*（金援）陷入絕境的某個人或 *bail out*（紓困）某間公司。

-based（基於……）

如果某個集團在許多個國家開展業務，那麼寫它是 *Paris-based group*（總部位於巴黎的集團）可能沒問題（否則就說 a *group in Paris*〔一個位於巴黎的集團〕）。

但是，請避免 *community-based*（基於社區）、*faith-based*（基於信仰）、*knowledge-based*（基於知識）之類的寫法。

community-based organisation（以社區爲基礎的組織）也許只是 *community organisation*（社區組織）。

faith-based organisation（基於信仰的組織）很可能是 *religious charity*（宗教慈善團體）。

knowledge-based industry（基於知識的產業）需要加以解釋：產業都得仰賴知識。

beg the question（乞求論點）

當你想說 *raise the question*（提出問題）或 *evade the answer*（迴避答案），不要用 *beg the question* 這個說法。

beg the question 就是採納一種論點，至於它站不站得住腳，取決於是否假設該論點要得出的結論爲眞（預設結論爲眞來辯論）。（另請參閱第二章講述借用專業術語的內容。）

bellwether（前導）

注意拼法。*bellwether* 是羊群中的領頭羊，脖子上掛著一個鈴鐺。這個字源自於 *wether*（公羊），與盛行風向（prevailing wind）無關。

between（介於……之間）

有些人堅持認爲要有所區分，談到三個或三個以上的人物或事物時，應使用 *among*，只牽涉兩個時應使用 *between*。這種區別不必要，但使用 *between* 時要小心。

fall between two stools（兩頭落空，直譯：掉到兩張凳子之間），無論有多麼痛，這句話的文法都沒錯。

fall between the cracks（遭人遺忘或不受到注意，直譯：掉到兩條縫隙之間）就是挑戰物理定律[10]。

biannual, biennial, biweekly, bimonthly, bicentennial

biannual 可以表示一年兩次或每兩年一次，不要用這個字。由於 *biennial* 也表示著每兩年一次，最好也避免。

bimonthly（一月兩次或兩個月一次）和 *biweekly*（一週兩次或兩週一次）的意思也同樣含糊不清。

幸運的是，*fortnightly*（兩週一次的／雙週的）意思很清楚。

表示二百週年紀念活動的名詞是 *bicentenary*，它的形容詞是 *bicentennial*。

black（黑色的）

in the black（有盈餘）表示 *in profit*（獲利），相反的說法是 *in the red*（有赤字）。但這種說法也會讓人誤解，所以要避免。

---

10 譯註：兩條縫隙之間是堅實的表面，不可能掉進去，所以是挑戰物理定律，正確的寫法是 fall through the cracks。

blond, blonde（金髮的，金髮碧眼的女人）

blond 和某些英語名詞一樣，既有陽性形式，也有陰性形式[11]。

然而，*blond* 與這些名詞的多數不同的是，它也是形容詞，而且非比尋常的是，當它是形容詞時，保留了陰陽兩性。

用 *blonde* 來表示金髮女郎，用 *blond* 來描述其他事物，包括金髮女郎的頭髮。

blooded, bloodied（純種的／血統優良的／有血的）

blooded 可以表示 *pedigreed*（有血統來源的），也可以表示 *initiated*（初始的，源自於用獵人第一次獵殺動物的血塗抹在獵人臉上的習俗）。

bloodied 表示 *wounded*（受傷的）。

blue and red（藍和紅）

藍紅二色用在討論政治時要小心。

美國的用法 *red*（紅色）代表共和黨，*blue*（藍色）代表民主黨。

但是，其他國家的用法幾乎相反，*red* 的意思是 *left-wing*（左翼）。

bonvivant（講究飲食和社交的人）

不要拼成 *bon viveur*。

both... and（兩者……）

放在 both 後面的介系詞應該在 *and* 後面重複一次。因此，要寫成

11　譯註：blond 用來描述男性，blonde 用來描述女性。例如：He is a blond（他是金髮的）和 She and her sister are both blondes（她和她的姐姐都是金髮女郎）。

both to the right and to the left（既向右又向左）。（請參閱第三章講述平行結構的章節。）

bowdlerisation（刪改）

湯馬斯・鮑德勒（Thomas Bowdler）一八一八年出版的《莎士比亞全集》果斷釋義和刪節原文，旨在供男性在家人面前朗讀這套巨著，免得有人感到被冒犯或尷尬[12]。如此一來，他的名字就被用來表示一種陰險的審查制度。可以用這個字，但不要對自己的文章進行 *bowdlerisation*。

brokerage（經紀／掮客業務）

brokerage 是證券商做的事，不是指 broker 本身。

by contrast, in contrast（對照）

只有在將一件事和另一件事比較時，才用 *by contrast*，例如：

Somalia is a poor country. By contrast, Egypt is rich.

（索馬利亞是貧窮的國家。相比之下，埃及很富裕。）

這表示埃及比索馬利亞富裕，但以其他標準來看，埃及可能很窮。

如果你只想指出差異，就說 *in contrast*，例如：

David Cameron, like Tony Blair, likes to spend his holidays in Tuscany. In contrast, Gordon Brown used to go to Kirkcaldy.

（大衛・卡麥隆和東尼・布萊爾一樣，喜歡在托斯卡尼度假。相較之下，戈登・布朗以前經常去刻科迪度假。）

---

12 譯註：這部刪節版本隱去了不適合婦孺閱讀的內容。

請注意：要寫 in contrast *to*，不是 in contrast *with*。

Canute（克努特國王／妄想阻擋某事的人）

當克努特國王（King *Canute*）下令潮水停止時，是爲了向奉承的侍臣證明他沒有那種權力，潮水無論如何都會來臨。如果把這個名稱當代名詞，那應該用來表示他很謙遜，不要暗示他對自己弄濕腳而驚訝。

career, careen（疾馳，傾側）

當成動詞的 *career* 表示 *gallop*（奔馳）或 *rush*（急速行進）。

career 當名詞時表示匆忙過一生，或生命的一部分是用來工作（job）。

careen 表示將船翻過來（尤其是爲了清理或修理船殼）。

cartel（卡特爾／同業聯盟）

cartel 是控制供應以抬高售價的團體。不要用它來描述舊的 syndicate（辛迪加／財團）或一群生產者（特別是毒販），除非他們做出卡特爾的行爲來集體哄抬價格。

case（情況／實例）

高爾斯說道：「或許沒有一個字能如此隨意被人使用來節省麻煩，從而產生這麼多鬆散無力的文稿。」

通常可以不用 case 這個字，例如：

There are many cases of it being unnecessary（在很多情況下這是不必要的）

最好改成：

It is often unnecessary（這通常是不必要的）

又如：

As is always the case when（就像案例的往常情況一樣）

最好改成：

As always when（一如往常）

例如：

If it is the case that（如果情況是這樣）

最好改成：

If（如果）

又如：

It is not the case（事實並非如此）

最好改成：

It is not so（不是這樣）

Cassandra（卡珊德拉）

不要把 *Cassandra* 當成末日預言家的同義詞。卡珊德拉受到的詛咒是，她的預測總是很準，但從來沒有人信她。

catalyst（催化劑）

它可以加速化學反應，但本身不會改變。不要把它與其中的任何一個化學物混淆。

celibacy, chastity, abstinence（獨身、貞潔、禁慾）

celibate 最初是 *unmarried*（未婚的）意思。

chaste 表示不涉入非法的性行爲（但這也可能表示只跟丈夫或妻子

發生性行爲）。

隨著時代的發展，*chastity* 愈來愈罕見（並且經常被人誤解爲只代表 *abstinence*〔禁慾〕），而 *celibacy* 現在也被視爲是 *abstinence*。撰寫探討這些的文稿時，請用上下文來清楚表達意思。

centred（以某一對象為中心的）

是 centred *on*，不是 centred *around* 或 *in*。

challenge（挑戰）

現代生活似乎除了 *challenge*（挑戰）之外別無他物。每一位總統、每一個部長、每一屆政府、每一家企業、每一處地方的每一個人隨時都面臨挑戰。沒有人必須面對 *change*（變化）、*difficulty*（困難）、*task*（任務）或 *job*（工作）。

各位下次看到有人寫 *challenge* 時，不妨自我挑戰，找到另一個更加具體且比較少被過度使用的字眼。

charge（衝鋒／指控）

把這個字當不及物動詞使用時，要描述公牛、騎兵軍官或之類的人或動物向前猛衝或衝鋒，不要拿它來表示控告或譴責別人。

換句話說，請避免這種寫法：

The writing was abysmal, he charged.（他罵道，說字跡潦草，糟糕透頂。）

要寫上面這種句子時，應該直接讓 charge 接受詞：

He charged his trainees with abysmal writing.（他罵他的學員，說他們字跡潦草，像鬼畫符一樣。）

（請參閱**及物動詞和不及物動詞**條目。）

check, cheque, chequer（支票，方格圖案）

check 當成動詞的意思是 *bring to a halt*（制止）或 *ascertain the accuracy of something*（核對）。

check 當成名詞時，表示 *stop*（停止）或 *rebuff*（拒絕），或國際象棋中的 position（位置，此處特指「被人將軍的局面」，好比 There, you're in check.〔將你一軍。〕）或者桌布上的 *square*（方格）。

cheque 是一種 *order for money*（給予金錢的命令）。

chequer 是由不同顏色的方塊組成的圖案。

因此，*chequered* 的意思是波折重重或多姿多彩，好比 *chequered past*（起起伏伏的過去／盛衰多變的歷史）的委婉說法。

cherry-pick（挑選最有利的一個）

如果你一定得用這個陳詞濫調，請注意，*cherry-pick* 表示精挑細選，不是胡亂選擇。

cherry-picker（活動吊車／移動式升降台）是一種將採摘者（以及清潔工等）抬離地面運往高處的機器。

circumstances（情況）

circumstances 位於物體的周圍，所以是 *in*（不是 *under*）the circumstances。

civil society（公民社會）

如今 *civil society* 頻繁出現，通常與 *community leader*（社區領袖）、*good governance*（善治）、*the international community*（國際社會）和 *social capital*（社會資本）之類也很模糊的概念一起出現。

然而，它可以是一個很有用的詞語，用來統稱介於家庭和國家之間的所有非商業組織。不要把它當成 NGO（non-governmental organisation，非政府組織）的同義詞，因爲這個字經常被人亂用。

co-（共同）

在 *He co-founded the company with Sir Alan*（他與艾倫爵士共同創立了這家公司）或 *He co-wrote "The Left Nation" with Adrian Wulfric*（他與阿德里安·伍爾弗里克共同撰寫了〈左翼國家〉）這類句子中，前綴 *co-* 是多餘的。如果沒提到其他 *co-author*（合著者），*co-wrote* 是用對了。

然而，不要把 *co-author*（甚至 *author*）當成動詞。

避免使用 *co-sleeping*（同睡／與自己的嬰兒或幼兒同床睡覺）這樣的新詞。

coiffed（髮式漂亮的）

是 *coiffed*，不是 *coiffured*。

collectable（值得收藏的）

幾乎任何東西都可以收藏，因此 *collectable* 沒說什麼。你可能想說的是 *valuable*（值錢的）、*popular*（受歡迎的）或 *in demand*（有需求）。

come up with（想出／提出）

不妨用 *suggest*（建議）、*originate*（發起）或 *produce*（生產）。

community（社區／群體／社團／界）

當你指眞正一起行動的人群時，*community* 這個字就很有用。例如，一個 community（無論城鎮、民族或宗教團體）可能會在悲劇發生後團結起來。在別的情況下（請參閱第二章講述尊重和清晰的內容），你可能暗示了不存在的聯合體。而在其餘用法中，這個字是空的。

business community（商界）就是 *businessmen*（商人，他們應該彼此競爭，不是相互勾結）。

intelligence community（情報界）在美國是特別常見的用法，但通常表示 *spies*（間諜。其實，情報界未能上下一心，往往是情報失靈的原因）。

development community（發展社群）大概指 NGO。

international community（國際社會）如果有任何意義，指的是 *other countries*（其他國家）、*aid agencies*（援助機構），或偶爾指的是 *the family of nations*（國際大家庭）。

global community（全球社群）的成員是一個謎，不知道指誰。二〇一三年三月二十二日致《金融時報》（*Financial Times*）的一封信提到的 *criminal community*（犯罪團體）很可能彼此有兄弟情誼。

某位密西西比州立大學（Mississippi State University）的氣象學和氣候學助理教授曾指出有 *tornado community*（龍捲風界）。它們是否也能展現兄弟情誼呢？這就另當別論了。

compare to, compare with（與……類似，與……比較）

根據傳統的規則，*compared to* 表示相似性，例如：

He compared his brother to Groucho Marx.

（他說他的哥哥很像格勞喬・馬克斯。）

而 *compared with* 則用來評估相似性並強調差異，例如：

Compared with Ronald Reagan, George H.W. Bush, though a principled conservative, was seen as squishy on policy and wooden in salesmanship.

（老布希是堅守原則的保守派，但他和雷根一樣，也被認爲施政猶豫不決，宣揚政策很死板。）

這種區別值得觀察。但有些比較既指出相似之處，又能表示區別之處，就像著名的這句話：

Shall I compare thee to a summer's day?

（我該不該將你比作夏日？[13]）

莎翁的答案既是「是」，又是「否」：他的主角「更爲嫵媚且更加溫和」（more fair and more temperate），並且跟夏日不同，不會褪色消逝。在這種情況下，兩種寫法都可以。

compensation（補償）

把 *compensation* 用來表示賠償（amends），尤其是賠償損失。工人會拿 *wages*（報償）、*salary*（薪水）或 *pay*（工資），少數幸運兒還能獲得 *bonuses*（獎金／津貼／分紅）。必要的話，股票選擇權（stock option）之類的權利也可納入 *compensation*，但最好說明你的意思。

compound（加劇／化合物）

如果直接用 *worsen*（惡化）或乾脆寫 *increase*（增加）便能傳達語意，就不要用 *compound*。

comprise（包含／構成）

comprise 被汙染了。最初的用法是，*a whole comprised the parts*（整

---

13 譯註：莎士比亞第 18 首十四行詩的首句，thee 是古英文的 you。

體是由各個部分組成的），例如：

the European Union comprises 27 countries

（歐盟包含27個國家）

然而，到了十八世紀，人們開始反過來使用它，寫成：*the parts comprised the whole*（部分構成了整體）。

不久之後，出現了 *the whole is comprised of the parts*（整體是由各個部分組成的）的句型，這種寫法隨處可見但備受詬病，會這樣寫可能是有人把它和 *is composed of*（由……組成）的結構混淆。

如果你寫 *the EU comprises 27 countries*，某些讀者會感到困惑；如果你寫 *the EU is comprised of 27 countries*，又會讓有些人厭煩。使用 *consists of* 和 *is composed of* 比較保險。

之所以出現這種混亂，原因是多數人不知道 *comprise* 的拉丁字根。這就是爲什麼古老的盎格魯—撒克遜語（請參閱第一章）可以拯救你：各位最好用 *make up*（構成）或 *is made up of*（由……構成）。

contemporary（同時期的／當代的）

這個字表示 *at that same time*（在那個同樣的時期），所以寫到過去事件時，*contemporary prices*（當時的價格）不是今天的價格。

continual, continuous（連續不斷的）

continuous 指某件事不間斷。

continual 允許中間有間斷。如果你的鄰居每晚都播放很大聲的音樂，這就是對你的 *continual* nuisance（頻繁滋擾）。除非他從不把音樂關掉，否則它就不是 *continuous* nuisance（持續滋擾）。

convince（說服）

不要寫 *convince people to do something*（說服人去做某事），也不要寫 *convince people to believe something*（說服人去相信某事）。

這時要用的動詞是 *persuade*（說服），例如：

The prime minister was persuaded [by others] to call a June election; he was convinced of the wisdom of doing so only after he had won.

（首相被人說服了，宣布將在六月舉行選舉；他唯有勝選之後，才能確信這樣是明智之舉。）

core（核心／關鍵）

core 和 key（關鍵的）一樣，也被過度使用，當成時尚的修飾語。

請注意，不要寫 *This is the core problem*（這是關鍵問題）。

coruscate（閃耀）

這個字表示 *sparkle*（閃耀），或 *throw off flashes of light*（發出閃光），不是 *devastate*（破壞）或 *lash*（鞭打，*excoriate*〔抓傷……的皮膚〕才有這個意思），或者被用來指皺紋／皺褶（那是 *corrugate*〔起皺紋〕）。

coruscating 不是 *corrosive*（腐蝕性的）、*bitter*（苦的），也不是 *burning*（灼熱的），*caustic*（腐蝕性的）才是這個意思。

cost-effective（有成本效益的）

cost-effective 聽起來很有權威感，但它是否表示 *good value*（物超所值）、*gives a big bang for the buck*（CP 值很高），或者只是表示 *cheap*（便宜）？

如果是便宜，就說 cheap。

could（能／可以）

could 是 may 或 might 的變體，這個字很有用，例如：

His coalition could (may or might) collapse.

（他的聯盟可能會崩潰。）

但你得小心，*He could call an election in June* 的意思是 *He may call an election in June*（他可能會在六月舉行選舉）或 *He would be allowed to call an election in June*（他會被允許在六月舉行選舉）嗎？

一般來說，最好使用 *may*，這樣更精確。爲什麼？例如這種標題：

Chairman could have embezzled millions

（主席可能挪用數百萬美元）

意思可能是他身居高位，有能力這樣做（但他卻沒有），或者他可能已經（*may have*）挪用公款了。請參閱第三章的 **may 和 might** 條目。

crescendo（漸強）

這是 a *passage of increasing loudness*（音量逐漸增強的一個段落或過程）。不要把它當成 *peak*（峰值）或 *zenith*（頂點）的同義詞，因此，不要寫 *build to a crescendo*（逐漸達到增強的段落）。

crisis（危機）

crisis 是 *decisive event*（決定性事件）或 *turning-point*（轉捩點）(這個字與 *critical*〔關鍵性的／決定性的〕有關係)，但要避免過度使用或誇大。並非所有的事情都是危機。

許多被描述爲 *crisis* 的經濟和政治狀況其實是 *persistent trouble*（持續存在的麻煩），儘管令人不快，卻可以長期忍受。

critique（評論）

最好用 *offer a critique* 或類似的寫法。請注意，不要把這個字當動詞，寫成 *critique*，但如果其他寫法不行，*to critique* 是可以接受的。

它跟 *to criticise*（批評）不同，批評是給予負面評價，而不是提出深思熟慮的評論。

current（當前的）

current 與 *contemporary* 類似，可以表示 *at that time*（當時），例如：

the rumour was current that the president was corrupt

（當時傳言總統腐敗）

但也可以泛指 *relating to today*（與今天有關）。

爲了避免混淆，討論現在的事情時，請用 *today's prices*（現在的價格）之類的說法。

data（資料／數據）

data 原本是複數，單數形式爲 *datum*，源自拉丁文，但現在沒有人會用 *a datum*（會寫成 *a piece of data*〔一項數據〕）。

這個世界充滿數據，多數的人不會關心單一的數據，他們想到的是大量的資訊。

因此，對許多人來說，*data* 就像之前的 *agenda*（議程／待辦事項）、*candelabra*（枝狀大燭臺）和 *stamina*（耐力）一樣，已經從原本的複數變成單數。其實單數用法已經超越複數用法，早就廣爲使用。

a piece of data 的寫法毫無爭議，單從這點來看，就能清楚知道，即使堅持舊式寫法的人也將 data 視爲單數：*a piece of* 的結構只能搭配單數名詞，好比 *a piece of popcorn*（一顆爆米花）或 *a piece of pie*

（一塊餡餅）。請注意，它不能與複數名詞一起使用，例如 *a piece of raisins*、*a piece of cupcakes*。

你要談論蒐集到的觀察結果時，請使用複數，例如：

Data from NOAA's weather stations indicate that...

（來自美國國家海洋暨大氣總署氣象站的資料表明……）

然而，你若是談論概念或整體，請使用單數，例如：

Data is the new oil.

（資料是新的石油。）

Data is more important than physical inventory.

（資料比實體庫存更重要。）

The data held by Google is equivalent to a stack of printed paper reaching the Moon.

（將 Google 持有的資料列印出來，然後將紙張疊起來，其厚度可到達月球。）

deal（買賣）

請注意，不要寫 *deal* drugs, horses, weapons，要寫 *deal in* drugs, horses, weapons（買賣毒品、馬匹、武器）。

decimate（大量殺戮）

用 *decimate* 來表示摧毀某物的多數部分。使用 *annihilate*、*wipe out* 或其他寫法來表示徹底摧毀。

degrees（學位）

大學授予 *degree*。美國高中頒發 *diploma*（結業或畢業文憑／證書）。

deprecate, depreciate（貶低，貶值）

deprecate 就是爭論或反對，因此表示貶低或輕視某個事物。

depreciate 就是價值下滑。

different（不同的）

用 *different from*，不要用英式的 *different to* 或美式的 *different than*。

dilemma（左右為難／兩難）

請注意，不要這個字來表示尷尬。

dilemma 最初表示爲對手提供兩種選擇的爭論（the *horns* of the dilemma〔困境之角，表示進退兩難〕），而這兩種選擇都是不利的。因此，*dilemma* 讓人在兩個後果同樣嚴重的選項之間做選擇。

disconnect（脫節／切斷）

這是動詞 *disconnect* 時髦名詞化形式，暗示過去建立的聯繫現在已經切斷，如同中斷的通話。

然而，那些使用 *disconnect*（更常見的是 *total disconnect*）的人，通常不是想用它來描述連接中斷，而是描述沒有連接：

The San Francisco Fed's economic projections show a total disconnect from the real world.

這句話最好寫成：

The San Francisco Fed's economic projections have no connection with the real world。

（舊金山聯邦儲備銀行的經濟預測與現實世界脫節。）

discreet, discrete（謹慎的，分離的）

discreet 的意思是愼重的（circumspect）或審愼的（prudent）。

discrete 則表示分離的（separate）或截然不同的（distinct）。

記住英國劇作家奧斯卡・王爾德（Oscar Wilde）的這句話：

Questions are never indiscreet. Answers sometimes are.

（提問絕對沒有不謹愼的，但回答有時卻不愼重。）

disinterested, uninterested（公正無私的，不感興趣的）

disinterested 就是公正的（impartial）。

uninterested 的意思是感到無聊的（bored）。

記住英國歷史學家喬治・麥考萊・特里維廉（G.M. Trevelyan）的這句話：

Disinterested curiosity is the lifeblood of civilisation.

（無私的好奇心是文明的命脈。）

dived（下潛）

dive 的過去式和過去分詞是 dived，不是 dove（有關這類英式和美式寫法的差別，請參閱第十章）。

down to（由……決定）

down to earth（腳踏實地／務實的），沒問題。但寫成 *Occasional court victories are not down to human rights*（偶爾在法庭勝訴和人權無關）（《經濟學人》的寫法）可以嗎？

這時要用 *caused by*（由……造成）、*attributable to*（歸因於……）、*the responsibility of*（責任在於……）或 *explained by*（由……解釋）。

driver（司機）

driver 曾是手握方向盤的傢伙，如今卻是各種變革的幕後推手（通常會寫成 *key driver*〔關鍵推手〕），譬如：

Women are the drivers of positive change.

（女性是積極變革的驅動者。）

如果指人，不妨使用 *agent*（動作者）。

假如你在談論一種力量，例如：

the key driver of growth in the fourth quarter

（第四季度成長的關鍵推手）

請嘗試 *source*（來源）或 *cause*（原因）。

due process（正當的法律程序）

due process 是個術語，一三五五年首度在英國被人使用，但非美國人可能無法理解其中的意思。它有兩種形式：

一是 *substantive due process*（實質上的正當程序），表示政府在做任何影響公民權利的事情時必須採取理性和相稱行動的義務。

二是 *procedural due process*（程序上的正當程序），這就有關於公平程序。如果你要用這個說法，意思必須清楚。另有更好的說法，比如 *legally*（合法的）或 *in accordance with the law*（依法）。

due to（因為）

due to 修飾名詞，因爲 due 是形容詞。因此，你可以寫：

The cancellation, due to rain, of...

（因爲下雨而取消……）

雖然它現在經常當成副詞，用來修飾動詞：

It was cancelled due to rain

（因爲下雨而取消）

但最好改用 *because of*、*on account of* 和 *owing to*。

effectively, in effect, effectual（有效地，實際上，有效的）

用 *effectively* 來表示 *with effect*（有效果），通常是正面效果，例如：

The prime minister dealt with the latest crisis effectively.

（首相有效處理了最新的危機。）

如果你指的是 *in effect*，就說：

Owing to inflation, the 2% pay increase was in effect a 1% pay cut.

（由於通貨膨脹，2% 的加薪其實是 1% 的減薪。）

請注意，這句話的後半段不要寫成 *was effectively a 1% pay cut*。

effectual 表示 *carried out with the intended effect*（達到預期的效果），例如：

The emergency measures were effectual.

（緊急措施是有效的。）

elite（精英）

這個字曾經指的是 *chosen group*（一群被選中的人）或 *the pick of the bunch*（一群東西的精華），但現在幾乎帶有貶義。人們常說選民厭倦了精英，但他們究竟厭倦誰呢？有錢人？跑遍世界的高階主管？政客？學者？演員或引領文化品味的人物？

探討民粹主義（populism）的文章通常是在討論不知道該將怒氣發洩在誰身上的選民。但你應該要說得更具體一點。不要未指明誰，就拿 *elite* 充數，對他們表示不滿。

enclave, exclave（飛地／嵌入別國領域內的領土）

enclave 是指完全被外國領土包圍的一塊領土，例如賴索托（Lesotho）、納戈爾諾卡拉巴赫（Nagorno-Karabakh）等。

exclave 屬於另一個國家，卻與那個國家分離，例如俄羅斯的卡里寧格勒（Kaliningrad）或西班牙的休達（Ceuta）和美利雅（Melilla）。

有些地方可能兩者兼具。如果你聚焦於孤立的領土，可以用 *enclave*。如果你的重點擺在母國，那麼 *exclave* 是更好的選擇。

endemic, epidemic, pandemic（地方病，流行病，大流行病）

endemic 是指在某個地方或人群中流行或普遍存在，例如：

Malaria is endemic in some tropical climates.

（瘧疾流行於某些熱帶氣候地區。）

epidemic 表示在特定時期於某個人群中流行，例如：

America's opioid epidemic takes thousands of lives each year.

（美國流行類鴉片藥品，這種藥品每年奪走數千人的生命。）

pandemic 指的是像 Covid-19 在全球爆發的情況。

enormity（窮凶惡極）

enormity 通常是指 *crime*（犯罪）或 *monstrous wickedness*（令人髮指的惡行）。若想表示某物的巨大規模，就用 *magnitude*：

The magnitude of his misdeeds became clear only after his death.

（直到他去世之後，大家才清楚知道他生前所犯的罪行有多麼嚴重。）

environment（環境）

通常可以刪掉這個字，好比 *the business environment*（商業環

境）、*the work environment*（工作環境）之類的寫法。請換個說法，例如 *conditions for business*（商業情況）、*at work*（上班）。有時可用 *surroundings*。

epicentre（震央）

epicentre 是指下方某物（通常是地震）中心上方且位於表面（通常是地球表面）的那個點。用作比喻的話，可以把它擴展到某些大動亂或災難的中心，但不要趕時髦，將它當成 *centre*（中心）的同義詞。

相較之下，*hypocentre*（爆心投影點／震源[14]）是表面（通常是地球表面）上位於某物（通常是爆炸）下方的地方。

eponymous（同名的）

這是 *eponym*（名祖）的形容詞。所謂 *eponym*，就是姓名被用來命名某個事物的人或物。因此，赫倫（Hellen）是古希臘人（the Hellenes）的 *eponymous ancestor*（名祖祖先），尼努斯（Ninus）是尼尼微（Nineveh）的 *eponymous founder*（名祖創建者），而第四代三明治伯爵（fourth Earl of Sandwich）是三明治的 *eponymous inventor*（名祖發明者）。

很多人會說：

John Sainsbury, the founder of the eponymous supermarket

（約翰・塞恩斯伯里是這家跟他同名的超市的創辦人）

但不要這樣寫，後半段要寫成：

of the supermarket bearing his name

（約翰・塞恩斯伯里創辦了這間以他的名字來命名的超市……）

14 譯註：地震發生的處所叫「震源」。作者解釋時取第一個意思。

ethnic and racial groups（族群）

一般來說，要用人們在日常對話中會拿來描述自己的詞語。

people of colour（有色人種）很難聽，應該避免使用，因爲它將不同的群體混爲一談。這個字基本上就是 *non-white*（非白人）的同義詞。這個字將人們定義爲他們所不是的人，但報導白人占多數的國家中的不平等情況時，這可能是最好說法，因爲欠缺多數人所享有的特權正是問題所在。

在美國，*black*（黑人）比 *African American*（非裔美國人）更好，但 African American 仍然很常聽到。

談到原住民時，盡量談論具體的部落。當你提到總體時，應該將多數的澳洲原住民稱爲 *Aboriginal people*（Aborigine 要大寫，不要用 *Aborigines* 或 *Aboriginals*），形容詞是 *Aboriginal*。然而，這個詞並不包括 *Torres Strait Islanders*（托雷斯海峽群島的島民）。

在加拿大，這些族群包括 *First Nations*（第一民族）、*Métis*（梅蒂人）和 *Inuit*（因紐特人）。避免使用 *Eskimo*（愛斯基摩人），這是外來者所取的名稱，不過有些群體仍在使用它。當然也不要使用跟雪有關的陳腔濫調。

在美國，*Native American*（美洲原住民）和 *Indian*（印第安人）都是可以接受的。但爲了避免與印度人混淆，第一次提到他們時使用 *Native Americans*，以後則交替使用這兩個詞語。

撰寫有關美國講西班牙語的人及其後裔的文章時，請用 *Latino*（拉丁裔）或 *Hispanic*（西班牙裔）當成通用術語，但盡量具體說明，例如：*Mexican-American*（墨西哥裔美國人）。請注意，許多拉丁美洲人（好比來自巴西的人）不是 *Hispanic*。

在英國，*Asian*（亞洲人）主要指來自印度次大陸的移民及其後裔。

許多人愈來愈不喜歡這種說法，外國人可能會認爲它指的是來自亞洲各地的人，所以使用時要小心。

African 可能是亞洲人、歐洲人或非洲黑人的後裔。如果你特別指後者，請寫 *black African*（非洲黑人）。

在南非，*Afrikaner*（阿非利卡人）主要是白人，他們的祖先是荷蘭移民，講 *Afrikaans*（阿非利卡語／南非荷蘭語），這種語言源自荷蘭語，但兩者又有區別。南非的混血兒是 *Coloured*（有色人種，其中有許多人也講阿非利卡語）。

Anglo-Saxon（盎格魯—撒克遜）在其他語言中很常見，但它不是 *English-speaking*（說英語的）的同義詞，甚至也不是 *British*（大不列顛的／英國人的）同義詞。*Anglo-Saxon capitalism*（盎格魯－撒克遜資本主義）並不存在。

把伊朗使用的語言稱爲*Persian*（波斯語，不是*Farsi*〔法爾西語[15]〕）。

Fleming（佛蘭芒人）說 *Dutch*（荷蘭語，不是 *Flemish*〔佛蘭芒語〕[16]）。

ethnic（族裔）是一個很有用的詞，指的是國家或種族，甚至是介於兩者之間的某種定義不明確的事物。但不要害怕使用 *race*（種族）和 *racial*（種族的），因爲這是最準確的字眼。拉丁裔美國人（American Latino）被認爲是可以屬於任何種族的族裔。美國黑人（Black

---

15 譯註：字典通常把 Farsi 譯成「波斯語」，此處譯成「法爾西語」來區隔。Persian 一詞據說在十六世紀中葉首次出現在英語，波斯語母語人士把它稱爲 Parsi 或 Farsi。Farsi 是阿拉伯語拼法，因爲標準阿拉伯語沒有「p」音素。此處省略變音符號。

16 譯註：佛蘭芒人是比利時的兩大主要民族之一，屬於日耳曼的分支，佛蘭芒語以前被視爲獨立語言，現在被證實是帶有比利時口音的荷蘭語。

American）有不同族裔，但一般認爲他們屬於同一個種族。[17]

euthanasia, euthanise（安樂死）

euthanasia 是 *assisted dying*（協助死亡[18]），*assisted dying* 是更好的術語，不過 *euthanasia* 能有變體。但要避免使用動詞 *euthanise*。動物可能會被 *put to sleep*（安睡）。人類則會 *helped to die*（被幫助去赴死，或根據情況使用更具體的描述）。

evangelical, evangelistic（福音派的）

evangelical 與 *Gospel*（福音）有關，因此在新教徒（Protestant[19]）中，指的是相信《聖經》是唯一權威文本和毫無錯誤的教會。唯有名稱中帶有 *Evangelical* 的教會或該教會的會眾才能在第一個字使用大寫；其餘的人是 *evangelical*。

evangelistic 的意思是傾向於宣揚某事／傳福音（evangelising），也就是講道（preaching），但講的不一定是跟宗教有關。

ex-

ex-（還有 *former*〔先前的／前者〕）：要當心。

communist ex-member 指的是這位共產黨員失去了席位；*ex-communist member* 指的是這位共產黨員失去了黨員資格。

---

17 譯註：美國區分種族時，傾向於根據具體特徵來歸類，亦即基於外觀（膚色和五官）來區分。族裔則是比較柔性的分類方式，通常根據文化背景來區分。

18 譯註：就是協助自殺（assisted suicide），或者稱爲陪伴自殺（accompanied suicide）。

19 譯註：指十六世紀宗教改革後不受天主教或東正教管轄的教派，意指抗議（protest）羅馬天主教禮儀的信徒。這個術語可譯爲具有歷史含義的「抗議宗／誓反教」，或者表達重返使徒信仰精神的「更正教／復原教」，如今譯爲「新教」，偶爾通稱「基督教」。

exception that proves the rule（反證規則的例外）

這句諺語源自一條古老的法律格言：

The exception confirms the rule in cases not excepted.

（例外證實了沒有例外情況下的規則。）

例如，「星期天禁止停車（*No parking on Sundays*）」，週日的禁令暗示其他日子可以停車的規則。

不要用這個說法表示 *the existence of an exception affirms the validity of the rule*（有例外就確定規則有效）。

execute（處決）

execute 就是 *put to death by law*（依法處死）。不要把它當成 *murder*（謀殺）的同義詞。*extra-judicial execution*（法外處決）[20] 本身就自我矛盾。（另請參閱 **assassinate** 條目。）

exhausting, exhaustive（令人精疲力盡的，徹底的）

第一個是 *tiring*，第二個是 *thorough*。

existential（存在主義的）

existential 表示 *of or pertaining to existence*（與存在有關的）。根據邏輯，它可能表示預測存在。這個字有時用在 *existential threat*（生存威脅）或 *existential crisis*（生存危機）等短語，作者希望用它來表示對某某（例如以色列）生存的威脅，或者讓人質疑某些事物（例如北約）爲

---

20 譯註：指對於未經刑事訴訟程序的人士執行死刑，常見於人權報告。另有其他說法，譬如 extra-judicial killing 或 extralegal killing。

何存在的危機。別用它來表示 *grave*（嚴峻的）或 *serious*（嚴重的）。

experience（經驗）

一定要累積 experience（不可數名詞），甚至 experiences（複數），但不要在文章中使用 *user experience*（使用者體驗）、*customer experience*（客户體驗）和 *dining experience*（用餐體驗）之類的短語。

factoid（仿真陳述／訛傳）

這起初是很多人認爲屬實的事情，但其實並不是眞的。-oid 後綴（表示「有……的形式」）是關鍵：*spheroid*（橢球體）不完全是 *sphere*（球體），而 *deltoid* muscle（三角肌）的形狀只是大致像大寫的希臘字母 *delta*（Δ）[21]。如果你指的是 *an amusing fact*（一則趣聞），那就直接這樣寫。如果你要表示 *urban legend*（都市傳聞），這樣會比 *factoid* 更清楚。

fed up（受夠了／厭煩的）

是 *fed up with*，不是 *fed up of*。

bored（厭倦的）也是如此，要寫 *bored with*，不是 *bored of*。

fellow（同類／傢伙）

當成獨立名詞時，意思就清楚了，把它放在 *countryman*（同胞）、*classmate*（同學）和其他已經暗示同夥的名詞之前根本不必要：各位要寫成「Friends, Romans, fellow countrymen（各位朋友，各位羅馬人，各

---

21 譯註：小寫爲 δ。

位同夥同胞[22])」嗎？

feral（野生的／野性）

這個字可以表示野蠻或未開化的，但最好用來描述曾被馴服或馴化（domesticated）但現在卻變野的植物、動物和兒童等等。

ferment, foment（發酵，煽動）

這兩個字不相關，但有時可以當成及物動詞來互換。*ferment* 的意思是 *cause fermentation*（使發酵）、*agitate*（煽動）、*excite*（激發），或者是 *foment*。*foment* 表示是促進、刺激或鼓動（通常是麻煩的事情）。

fewer than, less than（少於）

對於通常可以計數的單一物品，使用 *fewer*，別用 *less*，例如：

fewer than seven samurai（不要寫成 *less than seven samurai*）

（少於七名武士）

less 用來表示大量的東西：

The pessimist retorted that a glass half empty has no less water than a glass half full.

（悲觀的人反駁，說半空的杯子裡的水並不比半滿的杯子裡的水少。）

不是數字都得用 *fewer*。要寫 *less than £200*（少於 200 英鎊）、*less than 700 tonnes of oil*（少於 700 公噸的石油）、*less than a third of*

---

22 譯註：這句話出自莎士比亞的悲劇《凱撒大帝》（*Julius Caesar*）中安東尼（Mark Antony）演講的第一句，原文爲：Friends, Romans, countrymen, lend me your ears（各位朋友，各位羅馬人，各位同胞，請你們聽我說）。

Americans（少於三分之一的美國人），因爲這些是測量出的數量或比例，不是單一物品。對於時間、距離和其他以連續方式測量的事物也要用 *less*；*in less than six weeks*（不到六週），*less than six feet tall*（身高不滿六英尺）。

在名詞前使用 *one less* 是可以接受的，例如：

boron has one less electron than carbon

（硼比碳少一個電子）

單獨使用 *one fewer* 也行，例如：

He had not 100 problems, but one fewer

（他的問題不是 100 個，而是比 100 少一個[23]）

One fewer 要放在 *than* 的前面，例如：

the party won 16 seats, one fewer than at the last election

（該黨贏得 16 個席位，比上次選舉少一席）

fief（領地／封地）

是 *fief*，不是 *fiefdom*。

first, second, third（第一、第二、第三）

列舉觀點時要這樣寫，別用 *firstly*、*secondly*、*thirdly*。

flatline（處於低潮／沒有起色）

有些人用這個動詞來表示 *no longer growing*（不再生長），就像變

---

23 譯註：就是九十九個問題（99 problems），這個諷刺說法出自美國饒舌歌手傑斯（Jay-Z）的同名歌曲，意思是問題一大堆（having a lot of problems）。

平緩的曲線一樣。有人用它來表示 *to die*（死亡），就像心電圖顯示病患心跳停止了。

這兩件事情根本不一樣，所以最好避免使用這個動詞（它也是個陳腐的詞）。

flaunt, flout（炫耀，藐視）

flaunt 的意思是 *display*（展示）。

flout 則表示 *disdain*（輕視）。

這兩個字帶點漫不經心的感覺。如果你輕視（flout）這種區別，你就會展示（flaunt）自己的粗心大意。

fold（乘以／……倍）

只在表示增加時使用 *-fold*。請注意，指出減少時不要用這個寫法。

forego, forgo（放棄）

forgo 表示 *do without*（沒有……也行／摒棄）；它放棄了 *e*。根據 *forego* 的拼法，這個字的意思是 *go before*（先行）。

foregone conclusion（先前的結論）已是定局；*forgone conclusion*（被放棄的結論）就不存在。

forensic（法醫的）

forensic 指 *pertaining to courts of law*（與法庭有關的，羅馬人是在 *forum*〔公共集會場所〕開法庭），或者說得更廣泛一點，就是 *application of science to legal issues*（將科學應用於法律問題）。

forensic medicine（法醫學）就是 *medical jurisprudence*（醫學法理學）。

不要用 *forensic* 來表示 *very detailed*（極爲詳細的）。

former(ex-)（前）

請參閱 **ex-** 條目。

former and latter（前者和後者）

盡量避免使用 *the former* and *the latter*。讀者會被迫停下來並往前找字，這樣寫可不好。

founder, flounder（受挫，艱苦掙扎）

如果你 *flounder*，你就是苦苦掙扎，不知所措。

倘若你 *founder*，你就是跌倒（如果你是一匹馬）、倒塌（如果你是一棟建築）或沉沒（如果你是一艘船）。

Frankenstein（法蘭根斯坦）

你可能只會以比喻的方式使用這個字（可能以類似 *Frankenfood*〔科學怪人食品，基因改造食品的舊稱〕的 *Frankencliché*〔法蘭根斯坦陳腐詞〕來使用）。然而，如果你是指這本小說（《科學怪人》），會發現 *Frankenstein* 不是那隻怪物，而是創造它的科學家。

free（免費的）

free 可當成形容詞或副詞，因此不需要寫 *for free*，例如：

someone gets something *free* or *for nothing*

（有人免費得到了某物）

fresh（新的）

fresh 是新聞文體中被過度使用的詞，表示 *new* 或 *more*。在某次海嘯襲擊之後過了大概兩個月，《經濟學人》寫道，*A few hundred fresh bodies are being recovered every day*（每天都有新的數百具屍體被發現）。請慎用這個字。

fulsome（過分恭維的／諂媚的）

這個古老的字以前只表示 *copious*（大量的）或 *wholehearted*（全心全意的），通常擺在 *praise*（讚美）或 *tribute*（致敬）之類的單字前面。但幾個世紀以來，許多人逐漸認爲它帶有 *immodest*（不謙虛）、*exaggerated*（誇張的）或 *insincere*（不眞誠的）的貶義。別用這個字，除非上下文能清楚傳達你的意思。

gay（同性戀的）

描述某人的性取向時，最好使用他們稱呼自己的術語：*gay*（男同性戀，只當成形容詞，別把它當名詞）；*lesbian*（女同性戀）、*bisexual*（雙性戀）或 *straight*（異性戀）。

gay 不僅指男性，因此有 *gay marriage*（同性〔志〕婚姻）、*gay pride*（同志驕傲）等說法。

把 *homosexual*（同性戀的）拿來表示行爲和傾向，不要用它來指人。因此，*homosexual liaison*（同性戀聯絡）或 *homosexual act*（同性戀行爲），可以由不認爲自己是同性戀的人來做。

gender and sex（社會學性別和生物性別）

gender（性）的第一個英語意思是用在文法上，適用於單字，不能

套用到人。*gender* 在拉丁語或德語等語言中十分重要，每個普通名詞都有陽性（masculine）、中性（neuter）或陰性（feminine）之分，這點常讓英語使用者困惑。舉例來說，德語的Mädchen表示女孩，卻是中性的。

在二十世紀下半葉，gender 有了另一層意義。女性主義者（feminist）用它來指涉基於性別差異的社會和文化期望。大家談論「男性化」（masculine）或「女性化」（feminine）行爲時，談的是 gender，不是 sex，因此就有了 *gender studies*（性別研究）、*gender role*（性別角色）、*gender bending*（性別扭轉）等等說法。

到底用哪一個字，有時候要根據流行用法來決定。幾乎每個國家和公司都存在 *gender pay gap*（性別薪資差距，不是 *sex pay gap*）。其實，如果 *sex* 會被理解爲性交，有時會顯得很刺眼，但討論生物學時，要敢用這個字。

對於職位名稱，使用那些已經變得中性和自然的通用說法，比如 *police officer*（警察）和 *firefighter*（消防員）。在學術界，*chair of the history department*（歷史系主任）是標準稱號。但在其他領域，用 *chairman* 和 *chairwoman* 會比較好（不要用 *chairperson*）。

至於其他的頭銜，*actress*（女演員）和 *ballerina*（芭蕾舞伶）並不比 *baroness*（男爵夫人[24]）或 *queen*（女王）更卑微。如果知道某人偏好另一種稱呼，那就用它。

gentlemen's agreement（君子協定）

不要拼成 *gentleman's agreement*。

24 譯註：或者本人享有相當於男爵爵位權利的貴婦。

geography（地理學）

geography 是研究地球表面和住在其上人民的科學。不要用它來表示 *place*（地點，*She has built a portfolio of directorships in different industries and geographies*〔她建立了一份管理者清單，清單橫跨不同的行業和地區〕）。這個字的形容詞是 *geographical*。

get（獲得）

get 是適應性很強的動詞，比 *obtain*（獲得）、*receive*（接收）或其他拉丁語的字更好用，但有人用得太隨便：不要寫 *get sacked*（遭到解雇）或 *get promoted*（獲得升遷）。

People *are sacked* or *are promoted*（人是被解雇或獲得升遷），以及 *a prizewinner getting to shake hands with the president*（獲獎者能與總統握手）也一樣，要寫成 He *gets the chance to*（有機會）或 *is allowed to*（被允許）。

girn, gurn（抱怨，扮鬼臉）

用 *girn* 表示 *complain*（抱怨），用 *gurn* 表示 *pull a face*（扮鬼臉）。

good in parts（部分是好的）

曾有一位牧師看到整顆壞掉的雞蛋時說了這句話。他當時只是不想失禮。

gourmet, gourmand（美食家，貪吃者）

gourmet 是 *connoisseur*（〔食品〕鑑賞家）；*gourmand* 就是 *glutton*（好吃貪杯的人）。

governance, government（治理，政府）

governance 已經用來表示一般治理體系或結構。*government* 就是在特定地方的這種情況的具體例子。

grisly, gristly, grizzly, grizzling（可怕的，多軟骨的，大灰熊，發牢騷）

grisly 是可怕的。*gristly* 就像學校的軟爛燉菜。*grizzly* 是一種熊，也是表示灰色的老字，但 *grizzled*（灰色的）更適合表示這個意思。*grizzling* 就是嘟囔抱怨（grumbling）。

halve（使減半／把……二等分）

halve 是及物動詞。因此，deficits can *double*（赤字可以加倍），但不能寫成 deficits can *halve*，必須是 deficits can *be halved*（赤字可以被減半）或 deficits can *fall by half*（赤字可以下降一半）。

healthy（健康的）

這個字（在醫學和生物學界之外）被過度使用。如果你認爲某個東西 *desirable*（值得追求）或 *good*（很棒），不妨直說。如果一家公司目前有很好的（但不是驚人的）利潤或成長，請改用 *robust*（蓬勃的）、*strong*（強勁的）或 *impressive*（令人印象深刻的）。

heave, heaved, hove（拋，舉起）

heave 的過去分詞是 *heaved*。（過去式的 *hove* 是古語或當成航海用語[25]）。*hove* 的意思是 *swell*（膨脹）、*rise*（升起）、*loiter*（閒逛）或

25 譯註：heave to 表示「停船」，這個短語的過去式和過去分詞通常使用 hove。

linger（徘徊），但已經過時了，請改用 *hover*（盤旋）或 *float*（飄浮）。

heresy（異端／邪說）

請參閱 **apostasy** 條目。

historic, historical（有歷史意義的，歷史上的）

historic 最好用來描述可能在歷史上具有重要意義的（*notable in history*）物體、事件和時代等等（順道一提，記者經常能夠迅速判斷出這一點，眞是讓人難以置信）。*historical* 應該用來表示與過去有關，或者歷史的學術研究。

hoard, horde

聚藏的寶藏（*hoards*）不是移動的人群（*hordes*）。

Hobson's choice（霍布森的選擇／別無選擇）

Hobson's choice [26] 不是兩害相權取其輕。要嘛接受，要嘛放棄，要嘛根本沒得選。請參閱 **dilemma** 條目。

hoi polloi（民眾／老百姓）

希臘語的意思爲「廣大群眾」（"the many"）。「hoi」表示定冠詞 *the*，所以精通古典文學的讀者會認爲 *the hoi polloi* 夾帶冗詞。然而，很多人認爲，*Hoi polloi were waiting outside*（民眾在外面等候）看起來很

---

26 譯註：霍布森是十七世紀英國的馬店老闆，不允許租馬的主顧挑馬，只許他們租離廄門最近處輪到的馬匹，是故引申爲沒有**選擇餘地的選擇**。

奇怪，所以最好別用這個短語。如果你想嘲笑 *the masses*（群眾），或者嘲笑將無產者（prole）視爲 *hoi polloi* 的紈絝（褲）子弟（toff），請換個字。

holistic（全面性的）

如果你想將一個人或一門學科當成整體來考量（就像一所大學的全面性的錄取流程〔*holistic admissions process*〕，考慮的不僅是學科成績），用 *holistic* 是可以接受的。然而，假使你打算在其他語境使用它，請從全面性的角度去研究英語詞彙，看看是否有其他單字可用。如果你想表達的意思是 *wide-ranging*（廣泛的），何不用這個字。

home（家）

當你讀到 *she had seven homes in four continents*（她在四大洲有七個家），你一定會狐疑，心想是否每一個都是她眞正的家（home），而不僅是一棟房子（*house*）。*home* 是一個通用詞語，有些只是公寓（flat）或小木屋（chalet），此時意思可能很模糊。如果可能，請準確寫出那是 *house*、*shack*（棚屋）或 *castle*（城堡）：家是心之所繫的地方（home is where the heart is）。

home in（朝向／集中注意力於）

這個短語跟磨刀沒關係，所以它不等於 *hone in on*[27]。你會 *home in on* something（朝向某個東西逕直飛去），就像信鴿（homing pigeon）一樣。

27 譯註：hone 表示磨練和磨刀。

homogeneous, homogenous（均質的，同質的）

homogeneous 的意思是 *of the same kind or nature*（有相同的種類或性質），有五個音節和第二個字母 e，幾乎就是你想要的字。（*homogenous* 有類似的意思，因有這兩個字有共同的字源，它是 *homogenetic*〔同質的〕或 *homologous*〔同源的〕的近義詞。）

homosexual（同性戀的）

homosexual 源自希臘語 *homos*（相同），而不是拉丁語 *homo*（男人）。因此，它適用於女性和男性。但請各位用它來指行為或吸引力，不是拿它來指人，而這些人可能會（也可能不會）認為自己是同性戀（請參閱 **gay** 條目）。

hopefully（但願，真希望）

許多權威人士一致認為，反對用 *hopefully* 來表示 *it is hoped that*（希望……）的觀念已經過時了。然而，《經濟學人》雖然會滿懷希望來撰寫一篇文章，卻不會寫 *Hopefully, it will be finished by Wednesday*（但願它能在週三之前完成），即使這句話沒有文法錯誤。不妨想想其他的寫法，好比 *With luck*（運氣好的話）、*if all goes well*（如果一切順利）、*it is hoped that...*。

hypothermia, hyperthermia（體溫過低，體溫過高）

hypothermia 是冬天導致老年人死亡的元凶。如果你說成 *hyperthermia*，那些老人就是被中暑給帶走了（*carried off by heat stroke*）。

immanent, imminent（內在的，迫在眉睫的）

immanent 的意思是 *pervading*（普遍的）或 *inherent*（固有的），起源於神學。你可能想要的是 *imminent*，這個字表示 *threatening*（威脅的）或 *impending*（即將發生的）。內在的神（immanent God）可不一定會再次降臨。

immolate（將……當成祭品殺死）

immolate 表示 *sacrifice*（獻祭），通常（但不一定）是透過焚燒，但讀者看到 *self-immolation*，都能理解這就是自焚。

important（重要的）

如果某件事很重要，請說明原因以及對誰很重要。請謹慎使用這個字，不要寫 *this important house*（這棟重要的房屋）、*the most important painter of the 20th century*（二十世紀最重要的畫家），這類說法沒有解釋原因，顯得沒頭沒腦。

impracticable, impractical（不能實行的，不切實際的）

如果某件事是 *impracticable*，就是無法完成（*cannot be done*）。假如它是 *impractical*，就不值得嘗試（*not worth trying to do it*）。另請參閱 **practicable, practical** 條目。

inchoate（才開始的／不完全的／未發展完善的）

inchoate 的意思是 *not yet fully developed*（尚未完全發育）。它不同於 *incoherent*（不連貫的／無條理的，儘管這兩個字拼法類似）或 *chaotic*（混亂的）。

indicted（被起訴的／被控告的）

使這個字的時候要小心。你可能想把某人稱爲 *indicted war criminal*（被起訴的戰犯），但這個人最終可能會被宣判無罪（acquitted）。在這種情況下，從法律的觀點來說，他根本不是戰犯（war criminal），而幫他打誹謗官司的律師可能很快就會提醒我們這件事。此時最好寫成 *indicted for war crimes*（被人以戰爭罪行起訴）。

individual（個體／個人）

當名詞的 *individual*，偶爾會是 *chap*（傢伙）、*bloke*（傢伙）或 *guy*（傢伙）不錯的口語表達方式。

例如英國小說家佩勒姆．格倫維爾．伍德豪斯(P.G. Wodehouse)寫道：

*In a corner, Parker, a grave, lean **individual**, bent over the chafing-dish, in which he was preparing for his employer and his guest their simple lunch.*

（帕克面色嚴肅，身材削瘦，在角落裡彎腰面對著暖鍋，爲雇主和客人準備簡單的午餐）。

如果隨意用它來表達單數的 *person* 或複數的 *people*，就會顯露官僚口吻，例如俄亥俄州衛生部（Ohio Department of Health）的法規：

***Individuals** desiring to function as operators using instruments listed under paragraph(A)(3) of rule 3701-53-02 of the Administrative Code shall apply to the director of health for permits on forms prescribed and provided by the director of health.*

（個體若希望操作《行政法規》第 3701-53-02 條第 (A)(3) 款所列的儀器，應使用衛生局長規定和提供的表格向衛生局長申請許可證。）

initial, initially（起初的，起初地）

最好改用 *first*、*at first*（首先）。

interesting（有趣的）

寫 *interesting* 就像寫 **important**（請參閱這個條目）和 *funny*（有趣的）一樣，做出了讀者可能不會認同的假設。說某些事實和故事很有趣，結果往往不是這樣，例如：

Interestingly, my father-in-law was born in Dorking.

（有趣的是，我的岳父出生在多琴。）

如果某件事確實很有趣，你可能不需要指出來。

investigations（調查）

要寫 investigations *of*，不要用 investigations *into*。

ironically（具有諷刺意味地）

講究語言規範的人喜歡說，如今 *ironically* 一詞的用法與諷刺（irony）沒什麼關係。諷刺的是（Ironically），他們往往說錯了。

irony 源自表示 *dissimulation*（掩飾）的希臘字，原意爲佯裝無知的蘇格拉底式論道，後來變成一種修辭手段，用來挖苦或諷刺，想表達的意思和字面意思是相反的（*a figure of speech, used sarcastically or satirically, in which the intended meaning is the opposite of the literal meaning*）。

伴隨而來的衍生意義就是：礙於命運或出於運氣，事件產生了矛盾的結果，帶有嘲諷意味（*a contradictory outcome of events involving mockery by fate or fortune*）。這就是它現在常見的用法。這沒什麼不對，但不要用

這個字來表示 *surprisingly*（令人驚訝地）或 *coincidentally*（碰巧）。

Islam, Islamism, jihadist, mujahideen（伊斯蘭教，伊斯蘭主義，聖戰士，聖戰者）

Islamic 表示與 *Islam*（伊斯蘭教）有關；它等於當形容詞的 Muslim（穆斯林的），最適合討論宗教時使用。當你要提到一種聲稱以 *Islam* 爲基礎的政治意識形態時，請使用 *Islamist*，不要用 *Islamic*。別將伊朗稱爲 the *Islamic Republic*（伊斯蘭共和國[28]）。阿富汗（*Afghanistan*）、茅利塔尼亞（*Mauritania*）和巴基斯坦（*Pakistan*）也是伊斯蘭共和國；其他國家也在憲法中提到伊斯蘭教。

Islamism 包含各類觀點，從在摩洛哥執政且追求憲政主義的公正與發展黨（Justice and Development Party），到埃及被逐出的穆斯林兄弟會（Muslim Brotherhood）[29]、加薩的哈馬斯運動（Hamas movement）、蓋達組織（al-Qaeda，又譯基地組織）和熱愛血腥的伊斯蘭國（Islamic State）。

在政治光譜最溫和一端，你可以談論 *political* or *moderate Islamist*（政治或溫和的伊斯蘭主義者）。（突尼西亞復興運動〔Ennahda〕的成員現在想自稱爲穆斯林民主人士〔*Muslim democrat*〕。）

在政治光譜更極端的一端，你可以談論 *radical*, *militant* or even *violent Islamist*（激進、好戰，甚至崇尚暴力的伊斯蘭主義者）。對於那些將暴力聖戰視爲核心信仰的人，例如蓋達組織，把他們稱爲 *jihadist*（聖戰士，詳情見下文）。

---

28 譯註：前面有定冠詞 the，表示世界上只有伊朗這個伊斯蘭共和國。根據外交部資訊網，伊朗全名是伊朗伊斯蘭共和國（Islamic Republic of Iran）。

29 譯註：埃及政府在一九四八年正式宣告穆斯林兄弟會爲非法組織。

指*Islamic State*時不要用定冠詞[30]，它的意識形態在伊斯蘭世界中算是異類。如果可以，要以某種方式來限定它的名稱，例如：*the jihadists of Islamic State*（伊斯蘭國聖戰士）」或*the Islamic State group*（伊斯蘭國群體）。

同理，將伊斯蘭國於二〇一四年在伊拉克和敘利亞建立的短暫實體稱爲*"caliphate"*（哈里發國，需要加引號）或*would-be caliphate*（準哈里發國[31]）。

阿拉伯語*jihad*是*striving*（奮鬥）的意思。對現代穆斯林來說，*jihad*可能是發動軍事戰爭去傳播伊斯蘭教（*military war to propagate Islamism*），亦即將伊斯蘭教當成一種宗教、政治和社會意識形態來傳播（刀劍的聖戰）。或者它可能表示爲淨化個人和提升道德而從事的精神奮鬥（*spiritual struggle*，對抗自己的聖戰）。或者它可能只是表示行正道（*doing right*）、改善社會和遵守道德（舌頭或手的聖戰）。

*jihad*是所有穆斯林的義務，但對多數人來說，它是一種非暴力責任。因此，如果你想表示聖戰（*holy war*），不要用這個字。要明確指出上下文討論的是哪一種*jihad*。

參與*jihad*的人是*mujahid*（聖戰者，複數爲*mujahideen*）或*jihadist*（聖戰士，比*jihadi*更好）。在實務上，這些術語如今通常用來指參與武裝鬥爭（*armed struggle*）的穆斯林，但*mujahideen*可能只是爲了某個志業而戰的穆斯林戰士（Muslim *militants fighting for a cause*），而*jihadist*通常是用武力傳播伊斯蘭教（*fighting to spread Islamism by force*）。

---

30 譯註：就是寫成 the Islamic State。

31 譯註：由單一最高宗教和政治領袖哈里發（caliph）領導的伊斯蘭國。

issues（問題／議題／〔報刊的〕期或號）

《經濟學人》每週都會出版一期（*issue*）雜誌，但你若自認爲對《經濟學人》有 *issues*（have *issues* with *The Economist*），你可能是說你想抱怨（*complaint*）、有怒氣（*irritation*），或者收不到雜誌（*delivery difficulties*）。如果你不認同（*disagree* with）《經濟學人》的觀點，你可以提出異議（*take issue* with）。不要將 *issue* 當成 *problem*（問題）的同義詞。

jejune（幼稚的，不成熟的）

jejune 的意思是 *insipid*（乏味的）、*unsatisfying*（讓人不滿意的）、*lacking in substance*（缺乏實質內容）。它源自拉丁語 *jejunus*，意爲 *fasting*（禁食）、*barren*（貧瘠的）或 *unproductive*（收益很少的），跟法語 *jeune*（表示 *young*〔年輕的〕）無關。

jib, gibe, gybe

jib（名詞）：*sail*（帆）或 *boom of a crane*（起重機的旋臂）。

jib（動詞）：*balk*（猶豫）或 *shy*（害羞）

gibe（名詞）：*taunt*（嘲諷）

gibe（動詞）：*scoff*（譏笑）或 *flout*（藐視）

gybe（動詞）：*alter course*（改變路線）

請注意，不要用 *jibe*。

judgment call（主觀判斷）

最好改用 *judgment*（判斷）或 *matter of judgment*（判斷的情況／關乎判斷的事情）。

key（關鍵）

這個被過度使用的字是名詞，和大多數名詞一樣，可以修飾另一個字（例如：*the key ministries*〔關鍵部門〕）。然而，不要把它當成獨立的形容詞，例如：*The choice of running-mate is key*（選擇競選夥伴是關鍵）。

lag（滯後）

如果你把 *lag* 當及物動詞，你可能正在給管道或閣樓加防凍保暖層。然而，只要任何未能跟上領先者的東西，無論是成長率、第四季利潤或其他什麼，就是 *lagging behind*（落後，當不及物動詞）。

lama, llama（喇嘛，美洲駝）

lama：僧侶（priest）。

llama：野獸（beast）。

last（最後的）

要表示 *most recent*（最近的），例如 *last issue of The Economist*（《經濟學人》的上一期），最好用 *last week's*（上週的）或 *the latest issue*（最新一期）。

二〇二三年的 *last year*（去年）就是二〇二二年；如果你指的是截至撰寫本文之前的 12 個月，請寫 *the past year*（過去的一年）。*the past month*（過去一個月）、*past week*（過去一週）、*past ten years*（最近十年，不是 last *ten years*）也是如此。

最好避免 *last week* 的寫法；讀者在文章發表幾天之後讀到這些文字時可能會困惑。最好標示日期，或者用 *recently*（最近）。

某位下議院議員曾經詢問約翰・菲爾波特・柯倫（John Philpot Curran，1750-1817）是否聽過他的最近一次的演講（last speech，可指最後一次的演講）。柯倫回答：「我希望聽過。」

Latin names（拉丁名稱）

需要使用動物、植物等等的拉丁名稱時，應遵循標準。因此，對於所有位階高於病毒的生物，用斜體寫出雙名（binomial name，二名），並將第一個單字（屬〔genus〕）的首字母大寫：*Turdus turdus*，歌鶇（songthrush）。*Squamocnus brevidentis*，這是一種紐西蘭的紅色海參，名叫 strawberry sea cucumber。這項規則也適用於 *Homo sapiens*（智人）以及 *Homo economicus*（經濟人[32]）等用途。第二次提到時，屬可能會縮寫（譬如：*T. turdus*）。

對於某些物種，例如恐龍，僅使用屬來代替俗名：*Diplodocus*（梁龍）、*Tyrannosaurus*（霸王龍／暴龍）。另有 *Drosophila*（果蠅），這是一種遺傳學家青睞的果蠅（fruit fly）。*Escherichia coli*（大腸桿菌）也同樣受到遺傳學家的青睞，但第一次提到時會通稱 *E. coli*。

Latin phrases（拉丁短語）

一般來說，最好翻譯它們（通常不難）。不要寫 *per capita*（每人），要用 *per person*。不要寫 *per annum*（每年），要換個方式，寫成 *per year*、*each year* 或 *annually*。

lay, lie（躺下，說謊）

lay 是及物動詞，意思是放置某物，譬如：*carpet*（地毯）、*trap*（陷

---

32 譯註：又稱作「理性經濟人假設」，亦即假定人有「理性」行爲，會考量成本和效益之後，才會選取決策。

阱）、*bet*（賭注）或a *bunch of keys*（一串鑰匙）。但*lay*也是動詞*lie*（躺）的過去式：「*As I Lay Dying*（當我躺著慢慢死亡）」。你可能會 *lay your head upon someone's shoulder*（把頭靠在某人的肩膀上），而她可能正在躺著是 *lying down*，如果你說 *She was laying there*，則表示她即將產卵。

放置某物：*I lay, I laid, I have laid*

斜倚：*I lie, I lay, I have lain*

說謊：*I lie, I lied, I have lied*

legacy（遺產）

通常用 *legacy*（曾經表示 *a bequest of personal property*〔個人財產的遺贈〕）來修飾某個東西，而這個東西比它最初相關的東西有更長的壽命。因此，去世的音樂家可透過 *legacy band*（傳承樂隊）來流傳千古，奧運也負有 *legacy obligation*（傳承義務）。如果你在這些句子中用 *legacy*，意思一定要清楚，不然就換另一個單字。

leverage（槓桿作用）

如果你無法避開 *leverage* 這個字，請解釋一下它的含義。從嚴格的財務角度來看，它當成名詞時，可能表示 *the ratio of long-term debt to total capital employed*（長期債務與總資本投入的比率）。然而，請注意，*operating leverage*（營運槓桿）和*financial leverage*（財務槓桿）是不同的。

LGBT+（Lesbian〔女同性戀〕、Gay〔男同性戀〕、Bisexual〔雙性戀〕和 Transgender〔跨性別〕的首字母縮略字）

提到女同性戀、男同性戀、雙性戀、跨性別和其他身分的權利倡導者時，可以使用 *LGBT+* 當成總稱。避免提到 *LGBT+ community*（或任何其他的社群，請參閱 **community** 條目），因爲某一特定議題的倡導者無法代表所有人。由於 *LGBT+* 是範圍很廣的術語，通常要指出特定的人群，這樣才最精準。

like, unlike（像，不像）

like 支配（govern）[33] 名詞和代名詞。許多人也用它來支配介系詞和動詞，好比 *like in America*（就像在美國），*like I was saying*（就像我說的）。然而，寫作時最好改用 *as*：*as in America*、*as I was saying*。

like 有一個很好用的反義詞 *unlike*，在非正式的情況可以使用 *unlike when I was a child*（不像我小時候）這樣的短語。*as* 沒有否定的反義詞，必須徹底重組句子，才能在印刷品中表達相同的想法。

以下是美國詩人奧頓．納許（Ogden Nash）的諷刺詩句，足以幫助各位記住老派的 *as*：

> *Like the hart panteth for the water brooks I pant for a revival of Shakespeare's "Like You Like It".*
> *I can see tense draftees relax and purr*
> *When the sergeant barks, "Like you were."*
> *–And don't try to tell me that our well has been defiled by immigration; Like goes Madison Avenue, like so goes the nation.*
> 我的心切慕復興莎士比亞的《皆大歡喜》，如鹿切慕溪水 [34]。

---

33 譯註：這是文法術語，表示它會影響後面單字的形式。

34 譯註：出自《詩篇》四十二篇第一行，《欽定本》的英文爲 As the hart panteth for the water brooks, so panteth my soul for Thee, O God；《皆大歡喜》的原名爲 As You Like It。

中士咆哮：「恢復原狀。」[35]

我看到緊張的新兵放鬆心情，發出呼嚕聲。

別跟我説我們的泉源[36]已被移民汙染；麥迪遜大道如何，國家亦是如何。[37]

如果你發現自己在寫 *She looked like she had had enough*（她看起來好像已經受夠了）或 *It seemed like he was running out of puff*（他似乎精疲力竭了），你應該把 *like* 換爲 *as if* 或 *as though*。

然而，如果你想表示 *authorities who are like Fowler and Gowers*（像福勒和高爾斯這樣的權威），寫成 *authorities like Fowler and Gowers* 完全沒有問題，可以替代 *authorities such as Fowler and Gowers* 的寫法。*such as* 可引入例子，*like* 則表示相似之處，兩者的意思有重疊之處。

likely（很可能的）

在英式英語中，*likely* 仍然主要被當成形容詞。請注意，避免使用狀語結構（adverbial construction）[38]，例如：

- 不要用 *He will likely announce the date on Monday*，要改用 *He is likely to announce the date on Monday*（他可能會在週一宣布日期）

---

35 譯註：as you were 是軍事口令，意爲「恢復先前的姿勢或狀態」。當士兵被下令「立正」（attention）以後，指揮官若喊「as you were」，士兵便可回到先前的「稍息」（at ease）姿勢。

36 譯註：此處暗示語言的泉源，the well of English undefiled 就是「純正（未受汙染的）英語的泉源」，指詩人喬叟（Chaucer）。

37 譯註：此句仿效 As Maine goes, so goes the nation，表示「緬因州如何，國家便如何」。這句話曾是美國政治格言，表示緬因州享有總統選舉領頭羊州的聲譽。

38 譯註：狀語是修飾、限制或説明其他字詞的單詞、短語或子句，通常描述時間、地點、方式、原因或程度。

- 不要用 *The price will likely fall when results are posted Friday*，要改用 *The price will probably fall when results are posted Friday*（週五公布結果時，價格可能會下跌）

literally（真正地）

literally 的許多前身（好比 *really*、*truly* 和 *very*）最初的意思是「in truth or reality（其實或實際上）」（根據《牛津英語詞典》對 *very* 的解釋），但現在只是加強語（intensifier）。*literally* 仍然保留「not figuratively（不是比喻）」的意思，並且是唯一能表達這種意思的單字。除非發生了非常古怪的事情，否則不要寫 *it was literally raining cats and dogs*（眞的下起了傾盆大雨）[39]。

loaded words（既定觀點的詞語）

在特定的語境下，某些詞語帶有可能不是普遍認同的假設：**affordable**（請參閱該條目）、**important**（請參閱該條目）、*(in) appropriate*（適合／不適合）、**interesting**（請參閱該條目）、*matters*（譬如：*"This matters"*〔這很重要〕）、*relevant*（有關的）、**sustainable**（請參閱該條目）。如果事情很有趣或相關，請說明原因以及和誰有關。

locate（確定……的位置）

無論 *locate* 出現何種形式，通常可以換掉它，例如：

- *The missing scientist was located* 表示 he was *found*（失蹤的科學家被人找到了）

---

39 譯註：這句話會讓人以爲天上眞的掉下狗和貓。

- *The diplomats will meet at a secret location* 表示 they will meet *in a secret place*（這些外交官會在一個秘密之處碰面）或 meet *secretly*（秘密碰面）
- *A company located in Texas* 就是 *a company in Texas*（德州的一家公司）

logistics（後勤）

透過公路、鐵路和航空來配送貨物的學問。

luxurious, luxuriant（奢華的，茂盛的）

luxurious 表示 *indulgently pleasurable*（縱情享樂）。*luxuriant* 的意思是 *exuberant*（茂盛的）或 *profuse*（充沛的）。

你若是在街上看到留著濃密鬍鬚（*luxuriant beard*）的人，這個人未必過著奢華的生活（*luxurious life*）。

majority（大多數）

以下是 *majority* 的用法和動詞一致性的規則：它是抽象意義時爲單數；當它表示構成大多數的元素時，應使用複數，例如：

A two-thirds majority is needed to amend the constitution（修憲需三分之二多數同意）

但是：

A majority of the Senate were opposed（多數參議員反對）。

media（媒體）

如果情況允許，先用 *press*。如果一定要用 *media*，別忘了它是複數。

mendacious, mendicant（虛僞的，乞討的）

mendacious 的意思是 *lying*（說謊）。*mendicant* 表示 *beggar*（乞丐）或 *begging*（乞討的）。

meta-（元……）

前綴 *meta-* 源自希臘語，意爲 *with*（與……一起）、*beyond*（超越）或 *after*（之後），長期以來一直用於科學名稱之前，用來表示《牛津英語詞典》所稱的性質相同但處理的是更深層次問題的高級科學（例如，metachemistry〔超化學〕、metaphysiology〔超生理學〕）。《牛津英語詞典》指出，這是形上學（metaphysics，被誤解爲超越物質的科學）的類比。

哲學家已經擴展這個字的用法，故有 *metalanguage*（元語言，亦即關於語言的語言）、*metatheorem*（元定理）和任何有意識的自指（self-referential）[40] 事物。

電腦鬼才愛上了這個字，創造出 *meta-element*（Meta 元素）、*metadata*（元資料）、*metatag*（元標籤）以及臉書母公司的名稱 Meta。但請不要跟隨潮流，將 *meta-* 添加到任何名詞，讓它看起來很唬人。

mete, meet（施加，適當的）

你可以 *mete out punishment*（施加懲罰），但如果懲罰與罪行相稱，那麼這項懲罰就是 *meet*（適當的）。

---

40 譯註：自我指涉（self-reference）簡稱自指，這是邏輯學的概念，說白的一點，某個東西在描述自己，就是「自我指涉」。

meter, metre, metrics（儀表，公尺，度量）

meter 是測量儀器。*metre* 是長度單位。*metrics* 是測量理論或詩歌韻律結構的研究，別把它當成 *figure*（數字）、*number*（數字）或 *measurement*（測量值）的誇張詞語，例如湯馬斯·梅茨將軍（General Thomas Metz）談論在伊拉克被擊斃的叛亂分子人數：「I can't take the metrics I'm privileged to and work my way to a number in [that] range（我無法利用我有權獲得的測量值來得出〔該〕範圍內的數字）」。

migrate（遷徙）

當不及物動詞，表示鳥類、動物和人類從一個地方遷移到另一個地方。如果談論的是複製電腦文件或官僚搬遷辦公室，要用及物動詞，寫成 *move* them（移動它們／他們）。

military（軍事的）

別將 *military* 當成名詞，要寫 *the army*（軍隊）或其他軍種。（並且千萬要避免使用美式說法 *served in the military*〔在軍隊服役〕，如果你談論的是一個人，通常可以用具體的軍種來代替。）然而，現代部隊整合之後，在某些情況下幾乎難以避免 *the military* 這個總稱。要先判斷可否這樣使用，看看是否可以用 *armed forces*（武裝部隊〔通常指海陸空三軍〕）代替。

mitigate, militate（減輕，妨礙）

mitigate 是 *mollify*（減輕）、*temper*（使緩和）或 *help to excuse*（有助於原諒）；*militate* 表示 *tells (against)*（反對）。

momentarily（短暫地）

用它來表示*for a moment*（持續片刻）。如果你要說*in a moment*（過一會兒），就用*soon*（立即）。

monopoly, monopsony（壟斷，買方壟斷）

*monopolist*是唯一的銷售者；唯一的購買者是*monopsonist*。

moot（有爭議的，〔因不大可能發生而〕無需考慮的）

*moot*在英式英語中的意思爲*arguable*（可爭辯的）、*doubtful*（有疑問的）或*open to debate*（有待辯論的）。美國人用它來表示*hypothetical*（假設的），亦即*of no practical significance*（沒有實際意義的）。如果用這個字，請按照英式英語的含義，要確認它的意思在上下文中很清楚。話雖如此，通常最好重新表達你的意思。

mortar（迫擊砲／研缽）

如果不是指用杵搗碎草藥等東西的容器，*mortar*就是指用來投擲砲彈、炸彈或救生索的火砲。不要寫*He was hit by a mortar*，除非他眞的被整台迫擊砲打中，但這不大可能，所以要寫成*hit by a mortar shell*（他被砲彈擊中）。

move（移動／提議）

如果你想說*decision*（決定）、*bid*（出價）、*deal*（交易）、*action*（行動）或更精確的意思，請不要使用名詞的*move*。但要使用動詞的*move*，不是要*relocate*（搬遷）。

multiple（多種的）

你寫 *there were multiple offers*（有多個建議）時，你是指 *a number of*、*several* 或 *many* ？如果是，請使用這三個的其中一個。

named after（以……命名）

是 *named after*，不是 *named for*。

nauseate, nauseous（令人噁心，噁心的）

nauseous 會讓撰寫寫作風格書的作家感到噁心（nauseate）。自十七世紀初以來，這個字既表示 *causing nausea*（引起噁心），也表示 *prone to experiencing nausea*（容易感到噁心）。但如今絕大多數人都用它來表示 *feeling nausea*（感到噁心）。

用 *nauseating* 來表示讓人噁心（sick-making）。使用 *nauseous* 或（如果感覺會有歧義）*nauseated* 來表示 *feeling sick*（感覺身體不舒服）。

noisome（令人厭惡的）

noisome 的意思是對眼睛或鼻子是 *noxious*（有害的）、*harmful*（有害的）或 *offensive*（令人不快的），但對耳朵來說就是 *noisy*（吵雜的）。

none, neither, nor（無，既不，也不）

嘗試將 *none* 搭配單數動詞一起使用，尤其是要表明的每個項目都得單獨考慮時：*None of these options was acceptable*（這些選項都讓人無法接受）。然而，當一群人被視爲整體時，複數是可以接受的，例如：

None of his friends are coming.

（他的朋友都不會來。）

none 被修飾之後也需要採用複數形式，例如：

Almost none of her ministers were willing to stand up to her.

（她管著幾位部長，但幾乎沒有人願意挺身去反抗她。）

Neither a nor b（或 *either*）確實需要單數一致，除非 *b* 是複數。因此，動詞要與最接近它的元素一致，例如：

Neither the Frenchman nor the German has done it.

（法國人和德國人都沒有這樣做過。）

但是：

Neither the Dutchman nor the Danes have done it.

（荷蘭人和丹麥人都沒有這樣做過。）

nor 的前面不應有 *and*，但你開始寫一個句子時，不必遵守這點。

number (singular or plural)（數字〔單數或複數〕）

關於單數或複數動詞一致，請記住：

The number is staggering...（這個數字是驚人的……）或 *The number is* unimpressive...（數字是稀鬆平常的……）。在這兩句話中，*number* 等同於 *figure*，因此使用單數動詞。

然而，a number 的後頭要接複數動詞，你要寫 *A number are* opposed.（有一些人是反對的。）或 *A number are* upset.（有一些人是惱火的。）

one

盡量避免用 *one* 當成人稱代名詞（personal pronoun）。通常會使用 *you*。

only（僅有的）

使用 *only* 時，盡量讓它靠近被它限定的詞語，以免產生歧義：

- *They discussed Taiwan only briefly*（他們只是簡短討論了台灣，表示時間不長）
- *They discussed only Taiwan briefly*（他們只有討論台灣時很簡短，表示花很長的時間討論其他的話題）
- *They only discussed Taiwan briefly*（他們只有簡短討論台灣，表示沒有討論其他的話題）
- *Only they discussed Taiwan briefly*（只有他們簡短討論了台灣，表示其他人沒有這樣做）

onto

on 和 *to* 緊密相連時，它們應該連用，好比 *He pranced onto the stage*（他昂首闊步，踏上舞台）」。然而，如果句子的意思使得 *on* 與前一個單字的距離比較靠近，或者讓 *to* 與後一個單字的距離比較靠近，此時就應把它們分開，例如：

- *He pranced on to the next town.*

  （他昂首闊步，走向下一個城鎮。）

或者：

- *He pranced on to wild applause.*

  （他昂首闊步，朝著熱烈的掌聲走去。）

ophthalmology, optometry, optics（眼科學，驗光，光學）

ophthalmology 是醫學的一個分支，主要研究如何保持或恢復眼睛的健康。你要配眼鏡時，*optometry* 是測量眼睛的折射力（refractive power)，或者水晶體／晶狀體（lenses）的折射力。*optics* 是研究光的科學。

不要用 *optics* 來美化單純的字眼，像 *impression*（印象）或 *appearance*（外觀），例如：

The optics of wearing a designer dress to a disaster site could be unfortunate.

（穿著名牌服裝前往勘災，可能會讓人觀感不佳。）

overseas（海外的）

只想表示 *abroad*（國外）或 *foreign*（外國的）時，不要用 *overseas*。

oxymoron（矛盾修辭法／逆喻）

oxymoron 通常是刻意爲之，乃是爲了達到修辭效果，例如：

- *bitter-sweet*（苦樂參半）
- *cruel kindness*（殘酷的溫柔）
- *friendly fire*（友軍誤傷）
- *open secret*（公開的秘密）
- *sweet sorrow*（甜蜜的悲傷）

若想表示無意中將兩個矛盾的字眼擺在一起的情況，不妨使用 *contradiction in terms*（術語自相矛盾）。

palate, pallet, palette（上顎，墊子／運貨板，調色盤）

palate 是口腔的頂部（或品嚐美饌和飲品的能力，就是味覺）。

pallet 是睡覺的床墊或供堆高機使用的木製框架。

你會在 *palette* 上面混合顏料。

parse（語法分析）

*parse*的意思是*describe a word's part of speech, case, number, gender*（描述一個字的詞性、格、數、性），或 *describe the structural relationships of a sentence*（描述一個句子的結構關係）；如今在新聞文體（請參閱第二章〔陳腔濫調的〕新聞文體）中，這個字常用來表示 *analyse*（分析）。除非你真正指的是嚴密的語言分析，否則選擇一個更簡單的字。

peer（同儕）

同儕並非同時代人（contemporary）、同事（colleague）或對應者（counterpart），而是 *equal*（同等重要的人或物）。

picaresque, picturesque（以流浪漢和無賴的冒險事蹟為題材的，風景如畫的）

picaresque 的意思是 *roguish*（頑皮的）或 *knavish*（無賴的），通常用於冒險活動，最初是出現在小說。*picturesque* 表示像圖畫一樣美麗，或者在圖畫中很美麗。

populace（平民／大眾）

對許多人來說，這個字的意思是 *common people*（普通人，請參閱 **hoi polloi** 條目）。如果你要指每個人，請使用 *population*。

positive（正面的／積極的／肯定的）

不要過度使用這個字，偶爾用別的字。

positive meeting 很可能是 *fruitful*（成果豐碩的）會議。

positive result 可能是 *encouraging result*（令人鼓舞的結果）。

除非是在討論醫學，否則 *positive diagnosis*（正面的診斷）是很糟糕的寫法。

possessives（所有格）

a friend of Dave's（戴夫的一位朋友）是可以的，就像說 *a friend of mine*（我的一位朋友），因此也可以說 *a friend of Dave's and Sam's*（一位戴夫和山姆的朋友）。也可以說 *a friend of Dave*，或者 *a friend of Dave and Sam*。然而，不能說 *Dave and Sam's friend*。如果你想要用這種結構，必須說 *Dave's and Sam's friend*，但這樣很囉嗦。然而，如果 *Sam & Dave* 是一對音樂組合，或者他們以這個名字表演，你可以說 *Sam & Dave's records*（戴夫和山姆的唱片）。（請參閱第二章假所有格的內容。）

possessives (comparing)（所有格，比較）

將所有格與所有格比較時要小心：*The Belgian economy is bigger than Russia* 應該寫成 *Belgium's economy is bigger than Russia's*（比利時的經濟規模大於俄羅斯的經濟規模）。

《經濟學人》的一則廣告宣稱：

Our style and our whole philosophy are different from other publications

應該寫成：

Our style and our whole philosophy are different from other publications'

或者寫成：

Our style and our whole philosophy are different from that of other publications

（我們的風格和整體理念不同於其他的出版物）

power, energy（功率、能量）

power（功率）是指 *energy*（能量）傳輸的速率，通常以 *watt*（瓦特）（以及 *megawatt*〔百萬瓦〕、*gigawatt*〔千兆瓦／吉瓦〕等）爲單位進行測量。太陽能發電場或核反應爐會根據它們在特定時間照亮街道和給家庭供熱的功率來評等。

energy 衡量的是一段時間內所施加的 *power*，因此在這些情況下以 *watt-hour*（瓦時）、*megawatt-hour*（百萬瓦時）等爲單位進行衡量（另請參閱第七章講述縮寫的內容）。這些是分別使用一瓦特或一百萬瓦電力一小時所消耗的能量。

practicable, practical（切實可行的，實用的）

practicable 的意思是 *feasible*（可行的）。

practical 表示 *useful*（有用的）或 *handy*（有用的）。

（另請參閱 **impracticable, impractical** 條目）

pre-（在……之前）

pre- 通常是不必要的，例如：*pre-announce*（預先宣布）、*precondition*（預先調節）、*pre-board*（預先登機）、*pre-ordered*（預先訂購的）、*pre-packaged*（預先包裝的）、*pre-prepared*（預先準備的）、*pre-cooked*（預先烹調的）。

如果 *pre-* 似乎有點用處，請嘗試使用諸如 *already* 或 *earlier* 這樣的字眼，例如：

Here's one I cooked earlier

（這是我先前煮好的東西）

pre-owned 是 *second-hand*（二手的）。另請參閱 **reshuffle, resupply** 條目，以及第二章講述冗詞贅字的內容。

precipitate, precipitous（急速的，陡峭的）

precipitate（形容詞）的意思是 *rash*（魯莽的）、*hasty*（草率的）或 *headlong*（輕率的）。

precipitous 表示 *sheer*（陡峭的）或像 *precipice*（懸崖峭壁）一樣。《經濟學人》曾報導（二〇〇九年七月二十五日），說 *trade fell precipitately*（貿易量草率下降），但不大可能這樣。

presently（目前／不久）

presently 在英國表示 *soon*，而在美國表示 *now*，所以請用 *soon* 或 *now* 來代替它。

press, pressure, pressurise（施壓，壓力，增壓）

在飛機上 *pressurise*（增壓）是必要的，但爭論或交戰時，該施展勸說（persuasion）手段時就別用這個字，此時要用的字是 *press*（施壓，*pressure* 只能當名詞）。

prevaricate, procrastinate（搪塞，拖延）

prevaricate 的意思是 *evade the truth*（逃避事實）；*procrastinate* 的意思是 *delay*（拖延）。俗話說：「拖延就是浪費時間（Procrastination is the thief of time）」，如果是王爾德，這句話就得說成：punctuality is the thief of time。[41]

process（過程）

process 通常是不必要的。有些作家從工業的角度看待他們的文章：*education*（教育）成了 *education process*；*consultation*（諮商）成了 *consultation process*；*election*（選舉）成為 *electoral process*；*development*（發展）成為 *development process*；*writing*（寫作）成為 *writing process*。

話雖如此，*peace process*（和平進程）是可以的，因為它通常迥異於實際的和平。

prodigal（浪子）

如果你是 *prodigal*，這並不表示你會 *welcomed home*（回家受到歡迎）、*forgiven*（被人原諒）或不受責備就被帶回家。《聖經》中的那個兒子之所以被稱為回頭的浪子（prodigal son），因為他先前是 *wasteful*（浪費的）和 *reckless*（魯莽的[42]）。

profession（職業）

按照慣例，*profession* 是指法律（law）、醫學（medicine）和會計（accounting），這些行業要求成員接受一定程度的訓練，通常會透過考試來檢測他們，另有負責監管的機構。記者和銀行家不同於業餘人士，他們做事是為了賺錢，所以在某種意義上可以說是專業的

---

41 譯註：I am always late on principle, my principle being that punctuality is the thief of time.（我的原則是總是得遲到，我的原則就是，準時就是浪費時間）。

42 譯註：耶穌在《路加福音》十五章講道時的比喻。這位浪子回頭前先向父親悔改：「我得罪了天，又得罪了你；從今以後，我不配稱為你的兒子。」他父親認為這位兒子是死而復活，失而又得，所以理當歡喜接納他。

（*professional*）；然而，他們不能算是某種 *profession* 的成員，最好說他們屬於一種 *trade*（行業）。

propaganda（宣傳）

propaganda（單數）是指 *a systematic effort to spread doctrine or opinions*（有系統地傳播教條或觀點）。它不是 *lie*（謊言）的同義詞。

protagonist（主角）

protagonist 是指 *chief actor or combatant*（主要演員或戰鬥人員）。如果你要指一次交戰或行動中的幾個人，那麼只有一個人可以成爲 *protagonist*。

pry（撬開／打探）

使用 *prise*（撬開），除非你的意思是 *peer*（端詳）或 *peep*（窺視）。

raise, raze（升高，將……夷為平地）

raise 的意思是 *lift*（升起）。*raze* 的意思恰恰相反：*lay level*（將其夷爲與地面齊平）或 *erase*（抹去），不必說成 *razed to the ground*。

rebut, refute（反駁，駁斥）

rebut 的意思是 *meet in argument*（辯論時言詞交鋒）。*refute* 的力度更大，表示 *disprove*（駁倒）。不該將這兩個字當成 *deny*（拒絕）的同義詞。

red and blue（紅和藍）

請參閱 **blue and red** 條目。

redact（刪除）

redact 的意思是 *obscure*（使模糊）、*blot out*（遮掩）、*obliterate*（覆蓋／毀掉）。只能根據合法／嚴格的意義來使用它。

redolent（散發出……強烈氣味的）

redolent 的意思是 *smelling of*（聞起來有……味道），*fragrant*（芳香的），所以別寫 *redolent of the smell of linseed oil*（散發亞麻仁油的氣味）。

reduce, diminish, lessen, shrink（減少，減弱，變小，縮小）

這些字不能互換。*reduce* 是及物動詞，後面必須接名詞。*diminish* 和 *shrink* 可以是及物動詞，也可以是不及物動詞，*lessen* 也是如此，但它通常當成及物動詞來使用。

regime, regimen（政體，攝生法）

regime 是一種管理體系。把 *regimen* 用來表示飲食和運動的養生療程。

relationship（關係）

relationship 是一個很長的字，通常最好用 *relations* 來代替。*The two countries hope for a better relationship* 表示 *The two countries hope for better relations*（兩國希望彼此關係更好）。

relatively（相對地）

當你眞正想表達的是與別的東西有關時才用這個字：*If you are used to London, Berlin is relatively inexpensive.*（如果你習慣了倫敦的物價，你就會感覺柏林的物價相對較低。）如果你的意思是 *fairly*（尚／還／

相當)、*somewhat*(有點),那就直說。

report(報導/彙報)

是 *report on*,不是 *report into*。

reshuffle, resupply(重新洗牌,重新供給)

shuffle(洗牌)和 *supply*(供給)就可以了。

revert(回復)

revert 的意思是 *return to*(返回)或 *go back to*(回到),譬如:*The garden has reverted to wilderness*(花園又成了一片荒煙蔓草)。它並不表示 *come back to* 或 *get back to*(回覆),譬如:*I'll give you an answer as soon as I can*(我會盡快給你答案)。

rock(岩石)

在英國,*rock* 太大,扔不了;抗議者丟的是 *stone*(石頭)。

same(同樣的)

經常是多餘的。如果句子包含 *on the same day that*(同一天),請改用 *on the day that*(那天)。

sanction(制裁)

不要將 *sanction* 當成動詞來表示 *impose sanctions on*(實施制裁),因爲它的傳統含義是相反的,表示 *approve*(准許)或 *bless*(祝福/使有幸得到)。如果你想要使用動詞,不妨用 *penalise*(懲罰)、*punish*

（處罰）等字眼。

scale, scalable（規模，可擴增的）

愈來愈難以避免用行話 *scale*（動詞）及其形容詞 *scalable* 來描述創新、正在成長的公司、開發解決方案之類的觀念。但替代說法還是有的，而且可能說得更清楚：不妨說：if something can be *rolled out quickly*（快速推出）、*grown sustainably*（持續成長）、*produced in large quantities cheaply*（以低廉的成本大量生產）等等。

scotch, Scotch, Scottish, Scots（刻痕於，蘇格蘭語／人〔的〕，蘇格蘭人的，蘇格蘭英語〔方言〕）

scotch 的意思是 *slash*（砍、劈）或 *disable*（使傷殘），而不是 *destroy*（摧毀）。例如《馬克白》（*Macbeth*）這句話：「We have scotch'd the snake, not killed it（我們只是砍傷了蛇，沒有殺死牠）。」

形容詞 *Scotch* 可能用來形容 *whisky*（威士忌）、*beef*（牛肉）或 *egg*（雞蛋）等產品。但指人的話要用 *Scottish*（蘇格蘭人的，形容詞）或 *Scots*（蘇格蘭人，名詞）。*Scots* 也是當地方言的名稱，因蘇格蘭詩人羅伯特・伯恩斯（Robert Burns）而出名（不僅是指 *Scottish English*〔蘇格蘭英語〕）。凱爾特語被稱爲 *(Scottish) Gaelic*〔（蘇格蘭）蓋爾語〕。

scot-free 一詞的意思是免於懲罰（punishement，*scot* 最初是指 fine〔罰款〕），而非不用蘇格蘭英語。

second-biggest, etc（第二大之類的說法）

Second-biggest（*third-oldest*〔第三老的〕等等）：落筆之前先想一想。*Apart from New York, a Bramley is the second-biggest apple in the world. Other than home-making and parenting, prostitution is the third-oldest profession.*

（除了紐約[43]，布拉姆利蘋果是世界上第二大的蘋果。除了持家和養育子女之外，賣淫是第三古老的職業。）

這些應該寫成：

Apart from New York, a Bramley is the biggest apple in the world.

（除了紐約，布拉姆利蘋果是世界上最大的蘋果。）

其他的改法也類似這樣。

secret, secretive（祕密，祕而不宣的／遮遮掩掩的）

地點、會議或文件可以是 *secret*，但只有人或人使用的方法是 *secretive*。

sensual, sensuous（肉慾的，愉悅感官的）

sensual 的意思是 *carnal*（肉體的）或 *voluptuous*（性感的）。

sensuous 表示與美感有關，沒有任何淫蕩或好色（lasciviousness）的意思。

sequestered, sequestrated（僻靜的，被扣押的）

sequestered 的意思是 *secluded*（與世隔絕的）。

sequestrated 表示 *confiscated*（被沒收）或 *made bankrupt*（破產）。

shrug（聳肩）

意思是 *draw up the shoulders*（把肩膀聳起來），所以不要寫：*She*

---

43 譯註：紐約的暱稱是大蘋果（The Big Apple）。

shrugged her shoulders。（請參閱第二章講述冗詞贅字的內容。）

silicon, silicone（矽，矽膠）

silicon 是一種常見的元素，可用來製造半導體，使電路變得更小。*silicone* 是矽的化合物，最廣為人知的用途是用於製造橡膠工具和人造的身體部件。

simplistic（過於簡單化的）

最好改用 *simple-minded*（頭腦單純的）、*naive*（天真的）。

singular or plural?（單數或複數？）

propaganda（宣傳）看起來是複數，但其實不是。*billiards*（〔尤其只用三顆球的〕撞球）、*bowls*（保齡球）、*darts*（投飛鏢）和 *fives*（壁手球〔類似手球〕）也都是單數。

law and order（法治／守法循序）就像 *hue and cry*（喊捉聲／吶喊）和 *ham and cheese*（火腿起司）一樣，都是單數概念，需要使用單數動詞。

此外，*media*（媒體）是複數。*whereabouts*（行蹤）和 *headquarters*（總部）也是複數。即使以城鎮、國家或大學命名的球隊看起來是單數，他們也是複數：*England were bowled out for 56*（英格蘭隊[44]出局，獲得 56 分〔有 56 個跑位〕）。

另請參閱 **data** 條目，它既是單數，也是複數。

---

44 譯註：板球是一項使用「板」和「球」的運動，目的是爭取比對手獲得更多的「得分」（run，或稱「跑位」）。在板球運動中，bowl out 表示擊中三柱門讓打擊手出局。若球隊被 bowl out，表示該隊的每位球員都必須停止擊球並離開球場，已經沒有人可以打擊。換句話說，通常就是 11 名隊員有 10 名出局，此時就是全隊出局。

以下說法的名詞要用單數：

- *chemical companies*（化學公司，不是 *chemicals*）
- *drug traffickers*（毒品販子，不是 *drugs*）
- *pension systems*（退休金制度，不是 *pensions*）

但以下寫法得使用複數：

- *arms-trader*（軍火商）
- *drinks group*（飲料集團）
- *groundsman*（運動場管理員）
- *sales force*（銷售人員）

不要以爲投票都是在 *elections*（選舉，複數形式）中完成。如果像美國一樣，同一天會舉行幾場投票（總統選舉、參議院選舉、眾議院選舉等等），那麼使用 *elections* 是正確的。歐洲議會的選舉也應該是複數（elections）。但在英國，國會選舉投票通常是單獨舉行，亦即在一次 *general election*（大選／普選）投票。

The opposition demanded an election（反對派要求舉行選舉）通常比 *The opposition demanded fresh elections* 更好。

如果寫 *The next presidential elections are due in 2025*（下屆總統選舉將於二〇二五年舉行），表示那一年將舉行不只一次的總統選舉。

skyrocketed（飛漲的）

rocketed 已經夠生動了，別用 *skyrocketing*。

slither, sliver（滑行，薄片）

slither 當成名詞時，意思是 *scree*（碎石）。它當成動詞時，表示 *slide*（滑動）。如果你指的是 *slice*（切片），那麼你要的單字就是 *sliver*。

smart（時髦的／衣冠楚楚的）

在英式英語中，*smart* 的意思是 *well dressed*（衣著得體），但 *smart sanction*（精巧制裁）、*smart weapon*（智慧武器）、*smartphone*（智慧型手機）以及所有類似的東西，我們現在已經擺脫不掉了。

其實，*smart* 這個詞已被過度使用，如果你只是指（人）是 *clever*（靈巧的）或 *elegant*（優雅的），不妨直說。

socialise（交際）

socialise 在英國的原本意思是讓某人準備好融入社會，社會科學家借用這種用法來討論如何（舉例來說）教孩子他們的社會角色，無論好與壞。然而，美國人用 *socialise* 來表示 *getting together for a drink*（聚在一起喝兩杯）。

soft-spoken（聲音柔和的）

如果你的聲音很輕柔，就是 *soft spoken*，不是 *softly spoken*。

soi-disant（自稱的）

*soi-disant*的意思是*self-styled*（自封的），而不是*so-called*（所謂的）。

specific（特定的）

不要用這個字的單數來表示 a *detail*（一項細節）；a *specific*（一種特效藥）是指 *medicine*（藥物）或 *remedy*（療法）。但複數形式 *specifics* 可以指細節。

stanch, staunch（止住，忠實的）

看看這句：

Stanch the flow, though the man be *staunch* (*stout*).

（此人身強力壯，但仍要止血。[45]）

這些單字在英語中意思差很大，卻有共同的字根。

stentorian, stertorous（大聲的，打鼾的）

stentorian 的意思是 *loud*（響亮，就像特洛伊戰爭中的戰士斯騰托耳〔Stentor〕的宏亮聲音）。*stertorous* 是指 *characterised by a snoring sound*（以打鼾聲爲特徵，源自拉丁文 *stertere*，意爲打鼾〔snore〕）。

straight, strait（直的，狹窄的）

straight 的意思是 *direct*（直接的）或 *uncurved*（不彎曲的）；*strait* 的意思是 *narrow*（狹窄的）或 *tight*（緊繃的）。之所以寫 *straight and narrow*（正直坦蕩），是因爲 *strait and narrow* 帶有冗詞。

strait-laced（古板的／拘謹的人）往往 *straight-faced*（繃著臉／面無表情）。

strategy（戰略）

在軍事背景下，*strategy* 戰略與 tactics（戰術，請參閱該條目）有所區別。你用戰術進行戰鬥，用戰略贏得戰爭。但在其他情況下，尤其

---

45 譯註：though 帶領的子句中出現 be 動詞，這是古老的寫法，欽定版聖經的《哥林多後書》就有 But though I be rude in speech, yet not in knowledge（我的語言雖然粗俗，我的知識卻不粗俗）。Staunch 表示忠實的，也可表示堅固的，但作者用括號加了 stout（結實的／粗壯的），讓意思更明確。

是在商業領域，*strategy* 被過度使用，通常只是一項計畫（*plan*）。

-style（某某風格的）

不要寫 *German-style supervisory boards*（德國式的監事會）、*EU-style rotating presidency*（歐盟式的輪值主席）。解釋一下你的意思。

subcontract（轉包）

如果你雇用某人做某件事，你就是在承包（*contracting*）這項工作；只有當承包商要求別人去做某項工作時，這項工作才被轉包／分包（*subcontracted*）。

sustainable（永續的）

sustainable business（永續企業）是不會破產的。

sustainable-energy business（永續能源企業）正嘗試利用藻類等來獲取能源。

sustainable farming（永續農業）在生產過程中不耗盡地力。

swath, swathe（大塊田地，條帶）

swath 最初是指 *area covered by the reaper's scythe*（收割者的鐮刀所覆蓋的區域），引申爲 *broad sweep of land*（廣闊的土地）。

swathe 是 a *band of linen*（一條亞麻帶），可以用來包裹小孩等等。長期以來，*swathe* 一直是 *swath* 的另一種拼寫，因此許多人以相同的方式發音這兩個詞（與 *bathe*〔浸泡／洗〕押韻）。它們之間的差異幾乎消失了，因此表示這兩個意思時都使用 *swathe*。

systemic, systematic（影響全身的／全面的，有系統的）

systemic 表示 *relating to a system or body as a whole*（與整個系統或身體相關）。

systematic 的意思是 *according to system*（按照系統）或 *methodical*（有條理的）。

table（把……提交討論／暫緩審議）

別把 *table* 當成及物動詞來使用。

在英國，*table* 表示 *bring something forward for action*（提出某件事來採取行動）。

在美國，它的意思正好相反，表示 *shelve*（擱置）。

tactics（戰略）

無論是在戰鬥或政治中，這個字表示 *day-to-day techniques*（日常運用的技巧），與表示長期計畫的 **strategy**（請參閱該條目）相對應。

terrorist（恐怖分子）

請謹慎使用這些單字。當你提到非國家行動者（non-state actor）在有組織的恐嚇體系中爲了達到政治目的而訴諸暴力時，最好使用 *terrorism*（恐怖主義）而不是 *terror*（恐怖活動）。*terrorist* 就是採取這類手段的人。要寫 *suspected terrorist*（被懷疑是恐怖分子的人），而不是 *terrorist suspect*（採取恐怖手段的嫌疑人）。

並非所有的暴行都是恐怖主義。恐怖主義並不僅針對其直接受害者，其目的是傳播恐懼，以遂行政治目的（即使這些目標可能看起來不一致）。使用修飾語可以釐清字義：*jihadist terrorism*（聖戰恐怖主義）、

white-supremacist terrorism（白人至上恐怖主義）。

state-sponsored terror（國家支持的恐怖活動，不是 *terrorism*）是一個可以接受的術語，指的是旨在震驚和恐嚇民眾的暴力行爲。法國大革命期間的 *The Terror*（恐怖統治）[46] 就是明顯的例子。

testament, testimony（遺囑，證詞）

testament 是 *will*（遺囑），*testimony* 是 *evidence*（證據）。這兩個字長得很像，所以 *testament* 經常出現在 *testimony* 的位置，足以證明（*testimony* to）很容易誤用它們。

the

定冠詞 the 使用需要有所區別。《牛津英語詞典》給了 23 條定義，並附上數十個子詞條。《經濟學人》使用這個字時有點特殊。

我們將巴克萊（Barclays）稱爲 *a* British bank（一家英國銀行），而非 *the* British bank（英國銀行[47]），因爲英國還有其他的銀行，而定冠詞 the 的用途之一就是界定。如果國王有很多個兒子，第一次提到某個兒子時不該寫 *the son of the king*（國王的兒子）。

然而，*the* 也用於已經提過的東西，或者眾所周知的東西，可以假定讀者知道。因此，大家都期待你寫 *Ford, the car company*（福特這家汽車公司……），結果你卻寫 *Ford, a car company*（福特，一家汽車公司……），讀起來就很怪。

遇到這種情況時，可以在第一次提到時添加一項描述：

46　譯註：法語爲 La Terreur，指法國大革命時大規模處決反革命者的時期。

47　譯註：此處無法翻譯，the 隱含的意思是「英國只有這家銀行」，或者「大家都知道我提的是這家英國銀行」。

Ford, America's second-biggest car company

（福特，美國第二大汽車公司……）

或者，如果你探討的對象確實可能爲讀者所知，請在第一次提及時不用識別字眼，並在第二次提及時使用同義詞，例如：

Ford announced that it would open a new plant in Spain. America's second-biggest car company wants to expand its electric-car business in Europe...

（福特宣布將在西班牙開設新廠。這家美國第二大汽車公司希望擴展它在歐洲的電動車業務……）

有時不一定要加上定冠詞：*Maximilien Robespierre, the leader of the Committee of Public Safety*（公共安全委員會領導人馬克西米連．羅伯斯比爾）比 *Maximilien Robespierre, leader of the Committee of Public Safety* 更可取，但在這種情況下，*Robespierre* 之後並不一定要加 *the*。

然而，*Leaders of both mainstream parties*（兩大主流政黨的領袖）與 *The leaders of both mainstream parties*（兩大主流政黨的這些領袖）的意義稍有不同。

throe, throw（劇痛，投擲）

throe 是 *spasm*（痙攣）或 *pang*（劇痛[48]）。*throw* 是 *the act of casting or hurling through the air*（將物體拋向空中或向空中投擲）。在板球場上，*last throws*（最後擲球）是可以的，但在戰場上，*last throes*（臨死前的劇痛）更有可能發生（或透過隱喻衍生，讓人聯想到死亡時的痙攣〔death spasms〕）。

48 譯註：throe 只能當複數使用，寫成 throes，spasm 或 pang 可當單數或複數使用。

times(x)（是……的幾倍）

請各位要小心。不要寫 *three times more than (higher than) x*（高於 x 的三倍）。它的傳統意思是 *four times as much as x*（x 的四倍，在原本的數字上加三倍），但太多讀者會認爲是 *three times as much as x*（x 的三倍）。

爲了避免混淆，要寫：

gas prices are nine times what they were at this time last year

（汽油價格是去年同期的九倍）

（有關基本比率和合理比較的說明，請參閱第四章。）

tortuous, torturous（曲折的，備受折磨的）

tortuous 的意思是 *winding*（蜿蜒的）或 *twisting*（扭曲的）。*torturous* 表示 *causing torture*（折磨）。

tragedy, travesty（災難／悲劇，拙劣的模仿／嘲弄／歪曲）

travesty（最初）是指 *disguise*（僞裝／掩飾），（如今）表示 *absurdly inadequate representation of someone or something*（對某人或某事荒謬而不充分的表現），好比 *a travesty of justice*（對正義的嘲弄[49]）。

tragedy 是 *dramatically sad event*（讓人十分悲傷的事件）。

transgender（跨性別）

在適當的情況下，可先將變性爲男性的人稱爲 *transgender man*，將變性爲女性的人描述爲 *transgender woman*。第二次提到這些人時，

---

49 譯註：常指一樁案件的判決讓人感覺司法體系不公不義，荒謬至極。The trial was a travesty of justice（這次審判是對正義的嘲弄）。

就寫成 *trans man* 和 *trans woman*，中間留一個空格。

transitive and intransitive verbs（及物動詞和不及物動詞）

有些動詞是不及物動詞（沒有直接受詞，譬如：*She slept*〔她睡著了〕），有些動詞是及物動詞（有直接受詞，譬如：*He saw her*〔他看見了她〕）。有些兼具兩者（譬如：*They ate*〔他們吃了〕或 *They ate dinner*〔他們吃了晚餐〕）。

有些及物動詞會逐漸轉向不及物動詞的用法，可能是一時流行而已。避免使用左邊的用法，要採納右邊的用法：

避免使用的用法	可以採納的用法
He committed to doing better	*He committed himself to doing better* （他努力做得更好）
The stocks depleted by half	*The stocks were depleted by half* （庫存消耗了一半）
He delivers	*He delivers what he promises* （他兌現了自己的承諾）
Bonuses reduced this year	*The board reduced bonuses this year* （董事會今年減少分紅）
The growth rate halved	*The growth rate fell by half* （成長率下降了一半）

另一方面，有些動詞不應該當成及物動詞。它們應該接介系詞或被另一個動詞取代，例如：

- *They agreed a new deal* 改成：

  They agreed on a new deal

（他們達成了一項新協議）

- *The snow collapsed the roof* 改成：
  The roof collapsed under the snow
  （屋頂因爲積雪而塌陷）
- *We want to grow the business* 改成：
  We want to make the business grow
  （我們希望業務成長）
- *Students are protesting the cuts* 改成：
  Students are protesting against the cuts
  （學生抗議削減開支）
- *He appealed the ruling* 改成：
  He appealed against the ruling
  （他對裁決提出上訴）
- *The speaker progressed the bill* 改成：
  The speaker advanced the bill
  （議長提出了這項法案）
- *Wage growth has lagged inflation* 改成：
  Wage growth has lagged behind inflation
  （薪資成長趕不上通貨膨脹）
- *Reserves totalled 10bn barrels* 改成：
  Reserves amounted to 10bn barrels
  （儲存量達 100 億桶）
- *The passengers disembarked the plane* 改成：
  The crew disembarked the passengers
  （機組人員讓乘客下飛機）

- *The government targeted aid at the poor* 改成：
  The government directed aid to the poor
  （政府援助窮人）

transpire（暴露）

transpire 最初表示穿過表面的屏障（對蒸氣來說），或是呼氣（對動物來說）。然後它的意思變成塞繆爾・詹森（Samuel Johnson）這句話：「*to pass from secrecy into light*（從秘密走向光明）」；後來又變成 *happen*（發生）的誇張同義詞。除非你指的是實體意義，否則請用 *come to light*（浮出水面）或 *happen*。

troika（三人一夥／三頭政治）

troika 指的是 *Russian vehicle drawn by three horses abreast*（由三匹並排而行的馬拉著的俄羅斯車輛），如今卻莫名其妙流行起來。在不可避免的情況下可以用它（例如在歐元區危機期間被廣泛提到的國際貨幣基金組織〔IMF〕、歐洲央行〔European Central Bank〕和歐盟委員會〔European Commission〕的三駕馬車〔troika〕）。

然而，當 *trio*（三人一組）或 *threesome*（三人一組）也可以表達同樣的意思時，不要使用這個字。

trooper, trouper（騎兵，老演員／可靠的人）

trooper 是 *cavalry soldier*（騎兵）。一些其他非騎兵部隊也採用騎兵軍階。

然而，如果有 *old* 爲前綴，你要的就是 *trouper*（老演員），亦即 an old *member of a theatrical company*（劇團的老團員），或者可能是個 *good sort*

（好人）。

try to, try and（嘗試）

選 *try to*，不要用 *try and*，這樣寫太隨便。

twinkle, twinkling（閃耀，閃爍）

短語 *in the twinkling of an eye*（一眨眼之間）表示 *in a very short time*（過了很短的時間）。

Before he was even a twinkle in his father's eye

（在他於父親眼中閃耀之前）

這句話表示：

Before (perhaps just before) he was conceived

（就在他〔即將〕被懷上之前／在他還未出世的時候）。

因此，若用在更寬的範圍，例如：

Before the Model T was even a twinkle in Henry Ford's eye

（甚至在 T 型車於亨利．福特眼中閃耀之前）

這句話可能表示：

Before Henry Ford was even thinking about a mass-produced car

（在亨利．福特還沒有考慮大規模生產一款汽車之前）

use and abuse（使用和濫用）

use and abuse：這兩個字被大量使用和濫用。人是吸食（*take*）毒品，不是使用（*use*）毒品。

drug abuse（藥物濫用）就是 *drug taking*（服用藥物），除非是濫用（misuse）處方藥（prescription drug）。

venal, venial（腐敗的，輕微的）

venal 的意思是 *unprincipled*（沒有原則）、*capable of being bribed*（能夠被賄賂的）、*subject to corrupt influences*（受到腐敗影響的）等等。

venial 是基督教可寬恕的一類罪行，等級低於 *mortal sin*（彌天大罪）。*venal* 和 *venial* 經常被混淆，弄錯了可能是一種 *venial sin*（小罪），但無論如何都不要犯。

venerable（德高望重的／令人尊敬的）

venerable 的意思是 *worthy of reverence*（值得尊敬的）。不要用來表示老（old）的意思。

verbal, oral（文字上的，口頭的）

除點頭和眨眼的協議，所有協議都是 *verbal*（文字上的）。如果你指的是沒有寫下來的，請將其描述爲 *oral*（口頭的）。

via（經由／透過）

拉丁文 *via* 的意思是 *by way of*（通過），英語也是，因此可以這樣說：

He flew to hell via Atlanta, but he booked his journey through [not *via*] *an ecclesiastical travel agent, whom he reached by driving along* [not *via*] *a road paved with good intentions.*

（他經由亞特蘭大飛往地獄，但他藉由一家基督教旅行代辦業者預訂了行程，而他是沿著一條充滿善意的道路駛到代辦業者那裡。[50]）

-ward, -wards（朝向）

當它構成形容詞的一部分時，後綴 *-ward* 不應該帶有 s，例如：

- a *backward somersault*（向後翻觔斗）
- an *eastward glance*（向東一瞥）

若是當成副詞的一部分，*-ward* 或 *-wards* 都可能是對的。如果可以選擇，英式英語通常傾向於使用 *-wards*，例如：

- *he went backwards*（他向後走）
- *onwards and upwards*（向前和向上）
- *towards the house*（朝著房子）

while（當）

不是 *whilst*。

wiggle, wriggle（扭動，蠕動）

一定要寫成 *wiggle your hips*（扭動你的臀部），但如果你需要空間來做這件事或做其他事情，那就是 *wriggle room*（迴旋空間／餘地）。

words ending both -ed and -t（以 -ed 和 -t 結尾的單字）

該用 *burned* 或 *burnt*？*dreamed* 或 *dreamt*？*dwelled* 或 *dwelt*？*leaped* 或 *leapt*？*learned* 或 *learnt*？*smelled* 或 *smelt*？*spelled* 或

---

50 譯註：這句話改寫自：The road to hell is paved with good intentions.（通往地獄的道路充滿了善意。）這句著名諺語表示空有良好的意圖但不遵循的話是沒有意義的。此外，美國確實有名爲 hell 的地方。

spelt？*spilled* 或 *spilt*？*spoiled* 或 *spoilt*？

現代英式英語允許這兩種寫法。有些人認爲以 -ed 結尾的過去式或分詞表示時間流逝得更慢，例如：

And therefore when her aunt returned, Matilda and the house were burned

（因此，當她的姑母回來時，瑪蒂爾達已葬身在被燒毀的房子中）

或許表示這起事件比 *He burnt his fingers*（他燒傷了手指）發展還要慢。但涉及 *learning*（學習）和 *spelling*（拼字）時，就不存在這種區別。

隨著時間的推移，*-ed* 的版本可能會消失，就像自十九世紀以來，*meaned*（mean〔表示〕的過去式）已經消失了一樣。但目前來看，這兩種版本都沒有錯。

其他彼此競爭的過去式和分詞也是如此：*bereaved, bereft*（失去親人）；*beseeched, besought*（懇求）；*cleaved, cleft*（劈開）；*kneeled, knelt*（跪下）。

然而，在探討法律的情況中以及在諸如 *He pleaded for his life*（他懇求饒他一命）之類的語境中，請使用 *pleaded*，不要用 *pled*。請參閱第九章探討美式用法的內容。

words ending -ee（以 -ee 結尾的單字）

以下單字都可以使用：

- *absentees*（缺席者）
- *bargees*（駁船船長）
- *bootees*（編織嬰兒鞋）
- *employees*（員工）

- *evacuees*（撤離者）
- *detainees*（被拘留者）
- *devotees*（奉獻者）
- *divorcees*（離婚者，男性或女性）
- *jamborees*（大型聚會）
- *levees*（防洪堤）
- *licensees*（售酒執照持有者）
- *payees*（收款人）
- *referees*（裁判）
- *refugees*（難民）
- *trustees*（受託人）

請注意：

- 不要用 *attendees*，要寫成 those attending（出席者）
- 不要用 *draftees*，要寫成 conscripts（應徵入伍者）
- 不要用 *enrollees*，要寫成 participants（參與者）
- 不要用 *escapees*，要寫成 escapers（逃脫者）
- 不要用 *indictees*，要寫成 the indicted（被起訴者）
- 不要用 *mentees*，要寫成 the mentored（被輔導者）
- 不要用 *retirees*，要寫成 the retired（退休者）
- 不要用 *returnees*，要寫成 people sent back or going home（被遣送回國或回家的人）
- 不要用 *standees*，要寫成 standing passengers（站立的乘客）
- 不要用 *tutees*，要寫成 the tutored（被輔導者）

worth（有……價值）

worth 一詞位於總數、測量或數量後頭時，前面的單字需要加一個撇號，例如：

- *a lifetime's worth of dashed hopes*（一生希望破滅）
- *three months' worth of exports*（三個月的出口量）

請注意：*$25m-worth*（價值 2500 萬美元）除外。

wrack, rack, wreak, wrought（破壞，折磨，造成破壞或傷害，精煉的）

wrack 是一個古老名詞，意爲 *vengeance*（復仇）、*punishment*（懲罰）或 *wreckage*（殘骸）(譬如：*wrack and ruin*〔破損／糟糕透頂〕)。它當成動詞時，可以表示 *devastate*（摧毀）。

它與 *rack*（架子）無關，*rack* 就是烤麵包會用到的架子。這種東西曾經被用來拉伸人以折磨人。因此，如果你指的是折磨之類的事情，你要用的是 *racked* (*with pain, guilt*, etc)（受到痛苦、罪惡感之類的折磨）。*rack* your brains（絞盡腦汁），直到大腦給出你需要的東西。你不會想摧毀（*wrack*）大腦，那可不是鬧著玩的。

因爲戰爭、乾旱等都會折磨人或造成破壞，所以 *racked by war*（飽受戰爭折磨）或 *wracked by war*（飽受戰爭破壞）都是可以接受的，這取決於你想要表達的意思。

wreak 是指 *bring about*（帶來）或 *inflict*（施加）東西，這類東西包括：*damage*（損害）、*destruction*（破壞）或 *havoc*（浩劫／災害）。它的過去式和過去分詞是 *wreaked*（不是 *wrought*，這是 *work* 的另一種過去式，譬如：*wrought iron*〔鍛鐵〕，亦即加工過的鐵。）

第七章

爲雞毛蒜皮的事傷腦筋：標點符號和字詞用法

要想編寫可讀且一致的文章，需要注意關鍵細節，包括許多通用規則以及某些《經濟學人》內部撰文風格的獨特元素，本章會逐一探討。

標點符號

撇號

以 s 結尾的單數單字或名稱後頭，使用正常所有格結尾 's：

- *boss's*（老闆的）
- *caucus's*（幹部會議的）
- *Delors's*（德洛爾的）
- *St James's*（聖詹姆斯的）

不以 s 結尾的複數之後也是這樣使用：

- *children's*（兒童的）
- *Frenchmen's*（法國人的）
- *media's*（媒體的）

以 s 結尾的複數名詞使用結尾 *s'*，好比：

- *Danes'*（丹麥人的）

- *bosses'*（老闆的）
- *Joneses'*（瓊斯的）

接單數動詞的複數名稱也是如此，例如：

- *Reuters'*（路透社的）
- *Barclays'*（巴克萊銀行的）

雖然 *the United States*、*the United Nations*、*the Philippines* 等詞語在其他方面都是單數，它們都使用複數所有格撇號，例如：

Who will be the United States' next president?

（誰將成爲美國的下一任總統？）

請注意：

- *People's* = of (the) people（人民的）
- *Peoples'*= of peoples（諸多民族的）

盡量不要把 *Lloyd's*（勞合社，保險市場）當成所有格；就像 *Christie's*（佳士得）和 *Sotheby's*（蘇富比）一樣，這樣會衍生難題。最好把特洛伊戰爭主角[1]的弱點描述爲 *Achilles heel*（阿基里斯腳踝）。有些所有格很難看，無論如何都得避免。*Congress's* 和 *Texas's* 就是這類例子。

請注意：不要對十年期的寫法加撇號，是 *the 1990s*（1990 年代），不是 *the 1990's*。

此外，以下的短語也需要加撇號：

- *two weeks' time*（兩週時間）
- *six months' leave*（六個月假期）
- *a year's subscription*（一年訂閱）

---

1 譯註：古希臘神話英雄阿基里斯（Achilles），他參與了特洛伊戰爭，號稱「希臘第一勇士」。

- *ten years' experience*（十年經驗）

單字若牽扯 *worth* 這個字眼，當它前面有接總和、數量或其他測量值時，前面的單字也要加撇號。

- *three months' worth of imports*（三個月的進口量）
- *a manifesto's worth of insincerity*（一份虛僞做作的宣言）

括號

這種符號可用來插入簡短的解釋，或給讀者補充資訊。通常要避免將長句放入括號。不要過度使用它，以免文字卡頓不連貫。

如果整個句子都在括號內，將句號放在裡面。若非如此，句號要擺在括號外面。[2]

在直接引文中插入文字時可用方括號，例如：

"Let them [the poor] eat cake."

（讓他們〔窮人〕吃蛋糕。）

使用普通括號表示括號內的單字屬於原文的一部分。然而，可以縮短引文時，最好不要使用方括號，例如：

She said that the poor could "eat cake".

（她說窮人可以「吃蛋糕」。）

也可以重新改寫：

Of the poor, she said "Let them eat cake."

（她提到窮人時，說道：「就讓他們吃蛋糕。」）

2　譯註：如果外加訊息是獨立的句子，標點符號都要放在括號內，句首也要大寫：Tom thinks he has won the lottery. (He is mistaken, however.)（湯姆以爲中了樂透。〔其實他搞錯了。〕）如果外加訊息是在句子之內，把標點符號放在括號外，而且句首要小寫。Tom thinks he has won the lottery (fat chance).（湯姆以爲中了樂透〔門兒都沒有〕。）

冒號

請記住，應該使用冒號來「交付前面單字已經開發票的貨物（to deliver the goods that have been invoiced in the preceding words）」（福勒〔H.W. Fowler〕），例如：

They brought presents: gold, frankincense and oil at $100 a barrel.

（他們帶來了禮物：黃金、乳香和每桶 100 美元的油。）

在整個引述的句子前使用冒號，但不要在句子中間開始的引述文字前加上冒號，例如：

She said: "It will never work." He retorted that it had *"always worked before"*.

（她說：「這絕對行不通。」他出言反駁，說這種方法「以前都很有效」。）

逗號

別忘了逗號表示停頓，但並非每個人都會在相同的位置停頓。

英國作家比美國作家更常省略可以不用的逗號。通常不必在句首的短語後面加逗號，例如表示時間的片語：

That night she took a tumble.

（她摔倒的那晚。）

On July 1st the country will hold elections.

（該國將在七月一日舉辦選舉。）

句首副詞也是如此：

Suddenly he realised he was seeing unnecessary commas everywhere.

（他突然驚覺隨處可見多餘的逗號。）

然而，較長的段落之後需要讓讀者換氣，所以要加一個逗號：

When day broke and she was able at last to see what had happened, she discovered she had fallen through the roof and into the Big Brother house.

（天亮時，她終於能夠看清楚先前發生了什麼。她發現自己從屋頂掉進了「老大哥」的房子裡。）

在較短的句子中，當 *but* 改變文句方向時，也需要使用逗號：

He won the election, but with a reduced majority.（他贏得了選舉，但勝差卻縮小了。）

在句子中間插入文字時，要用兩個逗號，或者完全不加逗號。上一句話的原文是（這樣寫是對的）：

Use two commas, or none at all, when inserting something in the middle of a sentence

請注意，不要把它寫成：

Use two commas, or none at all when inserting... 或者 *Use two commas or none at all, when inserting...*。

把美國州名當成地址的一部分時，一定要加逗號（但經常被人省略）：

Kansas City, Kansas, proves that even Kansas City needn't always be Missourible

（堪薩斯州的堪薩斯市證明，即使是堪薩斯市也不一定總得位於密蘇里州[3]）（奧頓．納許〔Ogden Nash〕）

The University of California, Los Angeles（加州大學洛杉磯分校）和其他類似的校園也需要逗號，這是定義校名的內容。

3　譯註：本句出自納許的〈春天來到默里山〉（"Spring Comes to Murray Hill"），這是他生平第一首奠定自身風格的詩，結果獲得《紐約客》（*The New Yorker*）採納，從此展開寫詩生涯。納許爲人幽默，爲了配合前一行的末字押韻，便替下一行發明一個字典查不到的單字，Missourible 就是如此，呼應前一句的 incurable。此外，堪薩斯州的堪薩斯市和密蘇里州的堪薩斯市是兩個獨立的城市，但這兩者與其他城市和郊區共同構成堪薩斯市大都會區（the Kansas City Metropolitan area）。

Mary, Queen of Scots（蘇格蘭女王瑪麗一世）也是如此，逗號後頭的頭銜是她一定要用的。

如果子句以括號結尾（這並不罕見），括號後面應該跟一個逗號。上一句的英語原文是：If the clause ends with a bracket, which is not uncommon (this one does), the bracket should be followed by a comma。各位可從中一窺端倪。

逗號可以改變句子的意思，例如：*Mozart's 40th symphony, in G minor*（莫札特的 G 小調第 40 號交響曲）。

逗號表示他的第 40 號交響曲是用 G 小調譜寫。如果沒有逗號：*Mozart's 40th symphony in G minor* 則暗示他先前用 G 小調創作了 39 首交響曲。

《經濟學人》通常不使用連續逗號（serial comma），換句話說，不會在條列物項時在最後一項前面的 *and* 加上逗號：

She ordered one bourbon, one scotch and one beer.

（她點了一杯波旁威士忌、一杯蘇格蘭威士忌和一杯啤酒。）

然而，最後一項本身包含 *and* 時，一定要加逗號：

He ordered coffee, toast, and steak and eggs.

（他點了咖啡、吐司，以及牛排加蛋。）

此外，如果會造成混淆或讀起來很荒謬時，也可以加逗號。

以下的致謝詞是編造的，但唸起來很爆笑：

I'd like to thank my parents, Ayn Rand and God.

（我要感謝我的父母、艾茵・蘭德和上帝。[4]）

---

4 譯註：*my parents, Ayn Rand and God* 可以從同位格的角度來解讀，結果讓人誤以爲 Ayn Rand 和上帝是作者的雙親。

（這些句子也可以重新排序，但這樣做可能會改變重點或節奏，不是寫作者原本想要的。）

破折號

你可以將長破折號成對使用來代替括號，但每個句子不能有兩對長破折號。在理想的情況下，每個段落也不要超過一對。你可以在句末使用一個破折號，最後來要點花樣，但不要玩過頭。

請記得：

"Use a dash to introduce an explanation, amplification, paraphrase, particularisation or correction of what immediately precedes it. Use it to gather up the subject of a long sentence. Use it to introduce a paradoxical or whimsical ending to a sentence. Do not use it as a punctuation maid-of-all-work."

「使用破折號來引入解釋、擴充文句、釋義、詳細說明或更正前面的內容。用它來概括長句的主詞。用它來爲句子引入一個矛盾或異想天開的結尾。不要把它當成一個標點符號，好似一位萬能的女傭（maid-of-all-work）。」（出自高爾斯〔Sir Ernest Gowers〕著作《簡明用詞》〔*Plain Words*〕）

句號

多用句號。它們通常比冒號、分號和破折號更可取。如果一個句子太長或太複雜，把它分成兩個或更多個比較簡短的句子。

（請注意，《經濟學人》不會將逗號與 *Mr*、*Ms*、*Dr*、*eg*、*ie* 等字眼搭配使用。如果你不甚明白，請參閱這些詞語的單獨說明。）

連字號

哪些單字應該連在一起、用連字號連接或彼此分開，沒有固定的規則可依循。習慣會隨著時間而改變，美式英語比英式英語更容易接納複合詞（compound word）。美國人在一九五〇年代把 *week-end* 的連字號拿掉，但英國人一直將它保留到一九六〇年代（法國人借用這個英語詞語時仍保留連字號）。

牛津大學出版社（Oxford University Press）的風格手冊寫道：「如果你太認眞看待連字號，你肯定會發瘋。」連字號的用法有千百種，難以形成嚴格的規則。雖然連字號可能會讓人抓狂，但你必須使用它們。

以堪薩斯州普拉特（Pratt）的報紙頭條爲例：

"*Students get first hand job experience*"

（〈學生獲得第一手工作經驗〉）

沒有連字號，意思便模棱兩可，不禁令人莞爾[5]。

你可能第一手了解某些事情（know something *first hand*），但是要將兩個字變成第三個字的單一修飾語時，中間要加連字號，寫成 *first-hand knowledge*（第一手知識）。

一般來說，盡量避免將連字號放在由一個單字和一個短前綴所組成的單字中，因此請遵循以下的寫法：

asexual（無性生殖的）
biplane（雙翼飛機）
declassify（解密）
prepay（預付）
realign（重新排列）
redirect（重新定向）

5　譯註：這是《普拉特論壇報》（*The Pratt Tribune*）的標題。若不加連字號，Students get first hand job experience 表示「學生初次體驗打手槍」。若加上連字號，Students get first-hand job experience 表示「學生獲得第一手工作經驗」。

disfranchise（剝奪公民權）
geopolitical（地緣政治）
neoclassicism（新古典主義）
neoliberal（新自由主義的）
neonatal（新生兒的）
overeducated（受教育過度的）
preoccupied（專注的）
preordained（命中註定的）
reopen（重新開放）
reorder（重新安排 / 添購）
subhuman（非人的）
underdone（未煮熟的）
upended（顛倒的）
tetravalent（四價的）

依此類推。

然而，這樣形成的長單字和不熟悉的文字組合，特別是如果它們又將好幾個子音連在一起，此時加上連字號可能會比較好，以下是建議的寫法：

- *cross-reference*（相互參照，但要寫 *crossfire*〔交叉火力〕）
- *over-governed*（管制過度的）
- *under-secretary*（副部長 / 次長 / 副國務卿）

然而，如果用連字號把 *antidisestablishmentarianism*（反對政教分離的學說）連接起來，就會讓它失去意義。

分隔相似或相同的字母

由於兩個不同音節的相同字母可能會被讀作屬於同一個音節，而且有些會看起來很奇怪，因此要將它們分開，例如：

- *book-keeping*（簿記，但要寫 *bookseller*〔書商〕）
- *coat-tails*（燕尾 / 後擺）
- *co-operate*（合作）

- *unco-operative*（不合作的）
- *pre-eminent*（出類拔萃的）
- *pre-empt*（先發制人，但要寫 *predate*〔把……的日期填得早於實際日期〕、*precondition*〔前提〕）
- *re-emerge*（重新出現）
- *re-entry*（重新進入）
- *re-use*（重新使用，但要寫 *rearm*〔重整軍備〕、*rearrange*〔重新安排〕、*reborn*〔再生〕、*repurchase*〔回購〕）
- *trans-ship*（轉運）

例外情況包括：

- *overreach*（超越／伸得過長）
- *override*（否決／推翻／撤銷）
- *overrule*（否決／駁回）
- *skiing*（滑雪）
- *underrate*（低估）
- *withhold*（扣留）

由介系詞動詞構成的名詞

- *bail-out*（紓困）
- *build-up*（積累／吹捧）
- *call-up*（徵召）
- *get-together*（聚會）
- *lay-off*（解雇）
- *pay-off*（還清）
- *round-up*（概要／聚攏）

- *set-up*（設定）
- *shake-up*（重組）
- *stand-off*（對峙，但要寫 *fallout*〔放射性落塵〕、*handout*〔講義〕、*lockout*〔閉廠／停工〕、*turnout*〔出席人數〕）

羅盤的方位

- *north-east(ern)*（東北）
- *south-east(ern)*（東南）
- *south-west(ern)*（西南）
- *north-west(ern)*（西北）
- *mid-west(ern)*（中西）

混血兒

Greek-Cypriot（希臘賽普勒斯人）、*Irish-American*（愛爾蘭裔美國人）……無論名詞或形容詞，都要加連字號。

包含 maker 的單字

對於描述 *maker* 的字，有一個通則（但不是鐵律）：如果前綴有一個或兩個音節，則不用連字號將其連接起來形成一個單字，但前綴若有三個以上的音節，則需要加連字號。因此，你要這樣寫：

- *carmaker*（汽車製造商）
- *chipmaker*（晶片製造商）
- *peacemaker*（和平締造者）
- *marketmaker*（造市者[6]）

6　譯註：幫助市場創造流動性而買賣大量特定資產的市場參與者，通常是大型銀行或機構。

- *troublemaker*（麻煩製造者）

但以下這些字要加連字號，屬於例外：

- *candlestick-maker*（燭台製造者）
- *holiday-maker*（度假者）
- *tiramisu-maker*（提拉米蘇製作者）。
- *policymaker*（政策制定者）

對於其他以 *-er* 結尾且與 *maker* 類似的單字，通常不要插入連字號，例如：

- *builder*（建造者）
- *dealer*（經銷商）
- *driver*（司機）
- *grower*（種植者）
- *owner*（物主）
- *player*（玩家）
- *runner*（跑者）
- *seeker*（尋找者）
- *trafficker*（販運者）
- *worker*（工人）

但有些前綴，特別是單音節的前綴，可以用來組成單一的詞語，例如：

- *coalminer*（煤礦工人）
- *foxhunter*（獵狐者）
- *householder*（房主）
- *landowner*（地主）

- *metalworker*（金屬加工工人）
- *muckraker*（揭發醜事者）
- *nitpicker*（吹毛求疵的人）
- *shipbroker*（船舶經紀人）
- *steeplechaser*（障礙賽跑選手）

最好還是將某些組合寫成兩個單字，例如：

- *insurance broker*（保險經紀人）
- *crossword compiler*（填字遊戲製作者）
- *tuba player*（大號演奏者）

請參閱第十章的參考，查看《經濟學人》使用連字號、合起來和分開的單字的完整列表。

引號

在引文中的引文使用單引號，所以要寫成：

"When I say 'punctual', I mean five minutes early," said the assistant on the phone.

（助理在電話裡說：「當我說『準時』的時候，我的意思是提前五分鐘。」）

對於引號和標點符號的相對位置，規則很簡單：如果引用的材料是一個完整的句子，則標點符號放在裡面。例如：

"I'm sorry I was late," he said.

（他說道：「很抱歉，我遲到了。」）

如果引號內的文字不是完整的句子，標點符號就擺在外面：

The interviewer muttered that it was "no problem", but sat down with a face that indicated that it was indeed a problem.

（面試官嘟囔說「沒問題」，但坐下來時卻露出一臉有問題的表情。）

一段引文若先被斷開，然後又在 he said 之類的字眼後出現後續的文字，此時問問自己，中斷的地方是否應該加上標點符號。如果答案是肯定的，則在引號內加一個逗號，所以要寫成：

"If you have quite composed yourself," he said, "let's begin."

（他說道：「如果你平靜下來了，我們就開始吧！」）

然而，如果引述文字是連續的，並且在斷開處沒有標點符號，則逗號應位於引號的外面，所以要寫成：

"I assure you", he stuttered, "that this has never happened before."

（他結結巴巴地說：「我向你保證，這種事從來沒有發生過。」）

倘若引文是一整句話，句子中的引文前面需要加上逗號、冒號或諸如 *that*（*if*、*because*、*whether* 等等）之類的詞語。引文中的第一個單字的首字母也要大寫，所以要寫成：

Unimpressed, he responded, "Make sure that it doesn't become a habit."

（他不以為然，說道：「可別老是這樣。」）

如果引用的字詞不是完整的句子，則不需要逗號或大寫：

Unimpressed, he responded that it shouldn't "become a habit".

（他不以為然，說可別「老是這樣」。）

假使要引用一個完整的句子，並在前面加上 *that*、*because* 等字，則引號前不需要逗號，但引用的第一個單字的首字母仍需大寫：

He briskly replied that "Once I have the job, it certainly won't."

（他爽快回答：「一旦我得到這份工作，我肯定不會這樣的。」）

問號

除非是包含用引號框起問題的句子，問號通常位於句尾，例如：

Where could he get a bite, he wondered?

（他想知道哪裡可以吃飯？）

分號

應使用分號來標記比逗號長但比句號短的停頓，但不要過度使用。

當列舉的項目本身包含逗號時，請使用分號，所以要寫成：

They agreed on only three points: the ceasefire should be immediate; it should be internationally supervised, preferably by the AU; and a peace conference should be held, either in Geneva or in Ouagadougou.

（他們只針對三點達成共識：應立即停火；應受國際監督，最好由非洲聯盟接管；以及應該在日內瓦或瓦加杜古舉行和平會議。）

數字

寫句子時，絕對不要劈頭就用某個數字，要用文字寫出那個數字。

一般來說，從 11 開始都使用數字：

- *first to tenth centuries*（一世紀至十世紀）
- *20th century, 21st century*（二十世紀、二十一世紀）
- *20th-century ideas*（二十世紀的思想）
- *in 100 years*（100 年後）
- *a 29-year-old man*（一名 29 歲的男子）
- *a man in his 20s*（一名 20 多歲的男子）

- *20th anniversary*（20 週年）
- *two and a half years later*（兩年半之後）
- *40-xx*（40 某某）、*40-fold*（40 倍）、*the 1940s*（一九四〇年代），諸如此類。請注意，要寫 *four-fold*（四倍）。

Thirty Years War（三十年戰爭[7]）屬於例外。

包含小數點（*decimal point*）的數字也使用數字，例如：4.25。如果上下文是技術內容或講究精確，或兩者兼之，分數也可能要用數字，例如：

Though the poll's figures were supposed to be accurate to within 1%, his lead of 4¼ points turned out on election day to be minus 3½ .

（民意調查的數字應該精確到 1% 以內，而他原本領先 4¼ 個百分點，但到了選舉日，卻反而落後 3½ 個百分點。）

當精確度不那麼重要，但又無法準確算出分數時，用文字表達可能更好：

Though the animal was sold as a two-year-old, it turned out to be two and a half times that.

（雖然這隻動物被販賣時號稱只有兩歲，但其實牠的歲數是這個數字的兩倍半。）

分數應該用連字號連接（例如：*one-half*、*three-quarters* 等等）。此外，除非它們與分數相連（例如：8½、29¾），否則即使數字大於十，也應該用文字拼寫出來：

7　譯註：昔日歐洲持續三十年的宗教和政治衝突，主要發生在神聖羅馬帝國境內，多數歐洲列強都牽涉其中。

He left a tenth of his estate to his wife, a twentieth to the church and a thirtieth to charity.

（他將十分之一的財產留給妻子，二十分之一奉獻給教會，三十分之一捐給慈善機構。）

不要比較分數與小數（所以不要寫：*The rate fell from 3¼ % to 3.1%*〔利率從 3¼% 下降到 3.1%〕）。

分數可能比小數更精確（⅓ 包含無限多個數字，*3.33* 忽略大部分的數字），但讀者可能不會這麼認爲。因此，用分數來表示概略的數字（*A hectare is about 2½ acres*（一公頃約爲 2½ 英畝），用小數來表示更精確的數字，例如：

The retail price index is rising at an annual rate of 10.6%.

（零售價格指數以每年 10.6% 的速度上漲。）

然而，請尊重所有的數字。這通常表示不要使用超過小數點一位的精度，並且通常要四捨五入。

從一到十的簡單數字以文字表示，但下列情況除外：

- 提到頁數
- 以百分比表示（例如：*4%*）
- 以一組數字的形式出現，其中的某些數字大於十，例如：*children between 8 and 12*（8 至 12 歲的兒童）。

提到粗略或修辭數字（好比 *a thousand curses*〔一千個詛咒〕）時，有時可以使用文字而不用數字。

- a *billion*（十億）是 a thousand million（一千個百萬）
- a *trillion*（一兆）是 a thousand billion（一千個十億）
- a *quadrillion*（一千兆）是 a thousand trillion（一千個兆）

使用 *5,000-6,000*、*5-6%*、*5m-6m*（不是 *5-6m*）和 *5bn-6bn*。但要：

- *sales rose from 5m to 6m*（不要寫成 *5m-6m*，銷售額從 500 萬增長到了 600 萬）
- *estimates ranged between 5m and 6m*（不要寫成 *5m-6m*，估計範圍落在五公尺到六公尺之間）

請注意：

- 5000 到 6000 美元：*$5,000-6,000*（不要寫成 $5,000-$6,000 或 $5-6,000）
- 500 萬到 600 萬美元：*$5m-6m*（不要寫成 $5m-$6m）
- 50 億到 60 億美元：*$5bn-6bn*（不要寫成 $5-6bn）

當 *to* 是 *ratio*（比率）的一部分時，通常最好將所有內容拼寫出來，不要使用破折號或連字號，所以要寫：

They decided, by nine votes to two, to put the matter to the assembly, which voted, 27 to 19, to insist that the ratio of vodka to tomato juice in a bloody mary should be at least one to three, though the odds of this being so in most bars were put at no better than 11 to 4.

（他們根據九票對二票的結果，決定將此事提交大會。大會以 27 票對 19 票的結果，堅持要求血腥瑪麗中伏特加和番茄汁的比例至少要一比三，但在大多數的酒吧中，要調出這種比例的血腥瑪麗，機率不超過 11 比 4。）

比率當成形容詞時，可以使用數字和連字號，但唯有其中一個數字大於十時才行，所以要寫：

- *a 50-20 vote*（50 票對 20 票的投票結果）
- *a 19-9 vote*（19 票對 9 票的投票結果）

否則請拼出數字並使用 *to*：

- *a two-to-one vote*（二比一的投票）

- *a ten-to-one probability*（十比一的機率）

不要用連字號代替 *to*，除非是數字：

He received a sentence of 15-20 years in jail.

（他被判處 15 年到 20 年的有期徒刑。）

但要寫：

He promised to escape within three to four weeks.

（他放話說將在三到四週內越獄。）

對於數字，請使用 *a person* 或 *per person*、*a year* 或 *per year*，不要用 *per caput*（人均）、*per capita*（人均）或 *per annum*（每年）。

在大多數非美國語境中，使用公制單位：

- *hectare*（公頃）比 *acre*（英畝）好
- *kilometre*（或 *km*，公里）比 *mile*（英里）好
- *metre*（公尺）比 *yard*（碼）好
- *litre*（公升）比 *gallon*（加侖）好
- *kilo*（公斤）比 *lb*（磅）好，*tonne*（公噸）比 *ton*（噸[8]）好

諸如此類。

對於美國讀者，請使用美國人更熟悉的測量單位（但請記住，美國的品脫〔pint〕、夸脫〔quart〕、加侖〔gallon〕等比英制單位要小）。

無論選擇哪種表示方式，在首次使用時，都應該以另一種單位給出同等值：

It was hoped that after improvements to the engine the car would give 20km to the litre (47 miles per American gallon), compared with its present average of 15km per litre.

8　譯註：噸，英制單位，等於 1016 公斤；美制單位，等於 907.18 公斤。

(人們希望，引擎改良之後，這輛車的油耗是每公升汽油可行駛 20 公里〔每美式加侖 47 英里〕，而目前的平均油耗爲每公升 15 公里。)

請記住，現在只有很少國家會以英式加侖出售汽油（*petrol*）。在美國，汽油是以美式加侖出售；在其他地方，汽油通常以公升爲單位出售。

使用符號 % 代替 *per cent*（百分比）。但要寫 *percentage*（百分比／率），不要混用而寫成 *%age*（但在大多數的情況下，*proportion*〔比例〕或 *share*〔份額〕更可取）。

從 4% 下降到 2% 是下降了兩個百分點（percentage point），或者下降了 50%，不是降低了 2%。

不要使用毫無意義的精確數字或不可知的統計數據來增加寫作分量，譬如：*178,000 manganese nodules lie at the bottom of the Sargasso Sea*（藻海底部有 17 萬 8000 個錳核）。

更糟的是，不要用 *up to*（高達）之類的字眼去修飾數字來掩飾你的無知。廣告商經常宣稱他們產品的壽命 *lasts up to 80% longer*（可延長 80%）。

標題和說明文字

標題和說明文字給寫作定調：讀者最常讀的就是它們。因此，使用標題和說明文字來吸引讀者，不要排斥它們。這就表示你要：

1.（在適當的情況下）善用機智，不是亂寫雙關語；
2.（在適當的情況下）行文清楚，不是裝熟（稱呼別人時，要用姓氏，不用直呼其名）；
3. 用字要原創，不用陳腔濫調。

作家和編輯辛勤耕耘之後，經常會毫不思索，從腦海丟一個眾所周知的流行語，或者一部電影或一首歌曲的名稱。如果你發現自己正在搜尋以下的詞語，請思考再三：

- *xx2.0*（某某 2.0）
- *xxredux*（某某再起）
- *back to the future*（回到未來）
- *bridges too far*（奪橋〔或某某〕遺恨）
- *could do better*（還可以做得更好，探討教育時特別愛用）
- *deal or no deal*（一擲千金／交易大決戰）
- *empires striking back*（帝國大反擊）
- *French connections*（法國販毒網／霹靂神探）
- *Italian jobs*（偷天換日）
- *f-words*（好友戀習簿[9]）
- *flavours of the month*（風靡人物／一夕爆紅）
- *hearts and minds*（心與智）
- *mind the gap*（記憶月台）
- *new kids on the block*（街頭頑童）
- *perfect storms*（超完美風暴／天搖地動）
- *$64,000 questions*（關鍵問題／百萬富翁[10]）
- *shaken, not stirred*（用搖的，不要攪拌[11]）

9　譯註：f-word 就是 fuck 的禮貌性說法。*The F Word* 是一部二〇一三年上映的浪漫喜劇電影，台灣譯爲《好友戀習簿》。

10　譯註：《64,000 美元問答》（*The $64,000 Question*）是美國的一檔遊戲節目，參賽者可答題得獎金，最後一個問題的最高獎金爲六萬四千美元，故名。

11　譯註：《007》系列電影男主角詹姆士龐德的經典台詞：Vodka Martini, Shaken, not stirred.（伏特加馬丁尼，用搖的，不要攪拌。）

- *somebody rules, ok*（某某頂呱呱[12]）
- *southern discomfort*（南方痛苦[13]）
- *thirty-xx*（三十某某）
- *windows of opportunity*（稍縱即逝）
- *where's the beef?*（牛肉在哪裡？[14]）
- *taxing times*（稅務時刻，攸關稅務事宜[15]）

某位《經濟學人》的讀者在二○○四年投書時寫道：

先生，本週雜誌的標題出自好多部電影的名稱，包括："As Good As It Gets"（《愛在心裡口難開》）、"Face-Off"（《變臉》）、"From Russia With Love"（《第七號情報員續集》）、"The Man Who Planted Trees"（《種樹的牧羊人》）、"Up Close and Personal"（《因爲你愛過我》）和 "The Way of the Warrior"（《武士之道》）。另外還有 "The Iceman Cometh"（《急凍奇俠》）、"Measure for Measure"（《一報還一報》）、"The Tyger"（《老虎》）和 "War and Peace"（《戰爭與和平》），更不用說老牌影劇 "Howard's Way"（《霍華德之路》）。
這是一場競賽嗎？還是你的文字編輯需要多出去走走？

千萬要謹慎。（另請參閱第二章探討隱喻和新聞文體的內容。）

12 譯註：rule OK 是俚語，表示 is the best。
13 譯註：這個唱片標題暗指酒精飲料品牌 Southern Comfort（南方安逸）。
14 譯註：源自溫娣漢堡（Wendy's）的廣告詞，意思是「賣點在哪裡？」
15 譯註：taxing 有負擔沉重和累人的意思。

縮寫

除非縮寫或首字母縮略字是大家非常熟悉的，這時才會比完整形式被人更頻繁使用（例如：*AIDS*、*BBC*、*CIA*、*EU*、*FBI*、*HIV*、*IMF*、*NATO*、*NGO*、*OECD*、*UN*、*UNESCO*），或者完整形式無法說明含義（例如：*AWACS* [16]、*DNA*），否則在首次出現時應全寫，所以要寫 *Trades Union Congress*（工會大會），不是 *TUC*。

如果不知道讀者是否熟悉某個組織，請解釋他們所做的事情。首次提到之後，盡量不要重複縮寫太多次；因此，請寫 *the agency*（該機構），不要寫 *the IAEA*（國際原子能總署），請寫 *the party*（該黨），不要寫 *the KMT*（國民黨），以免滿篇都是大寫字母。

倘若文中之後不會再提到某個組織，首次提到它時用全寫，不要寫它的首字母縮寫，否則不僅行文受阻，也讓人頭腦混亂。

如果縮寫可以發音（例如：*NATO*、*UNESCO*），則通常不需要加定冠詞。除了公司，其他組織通常要在名稱的前面加 *the*（*the BBC*、*the KGB*、*the NHS* 和 *the UNHCR* [17]）。

可以發音且由單字而非只有首字母組成的縮寫應該用大小寫字母拼出來：

- *Cocom*（輸出管制統籌委員會）
- *Frelimo*（莫三比克解放陣線黨）
- *Kfor*（北約駐科索沃維和部隊）
- *Legco*（香港特別行政區立法會）

16　譯註：空中警戒與管制系統／空中預警機，airborne warning and control system（AWACS）。

17　譯註：聯合國難民署，Office of the UN High Commissioner for Refugees（UNHCR）。

- *Mercosur*（南方共同市場）
- *Nepad*（非洲發展新夥伴關係）
- *Renamo*（莫三比克全國抵抗）
- *Sfor*（穩定部隊）
- *Unicef*（聯合國兒童基金會）
- *Unisom*（優尼舒[18]）
- *Unprofor*（聯合國保護部隊）
- *Seals*（海豹部隊，美國海軍的特種部隊）
- *Trips*（《與貿易有關之智慧財產權協定》）

通常每個單字不需要有一個以上的大寫字母，除非這個單字是專有名詞：

- *ConsGold*（聯合金礦公司[19]）
- *KwaZulu*（夸祖魯）
- *McKay*（麥凱）
- *MiG*（米格）

寫郵政地址時不要將 *street*、*avenue* 等字縮寫，還要寫出所有必要的逗號：

The president lives at 1600 Pennsylvania Avenue, Washington, DC, and seems to enjoy it.

（總統住在華盛頓特區賓夕法尼亞大道 1600 號，他似乎很享受這裡的生活。）

請注意，不要把以下的單字縮寫：*mile*（英里，但可以寫 *mph*〔英

18 譯註：若是 United Nations Operation in Somalia（*Unosom*），則是聯合國駐索馬利亞和平行動。

19 譯註：Consolidated Gold Fields。

里／小時]）、*nautical mile*（海里）、*yard*（碼）、*foot*（英尺）、*inch*（英寸）、*metre*（公尺）、*gallon*（加侖）、*acre*（英畝）、*hectare*（公頃）、*tonne*（公噸）、*ton*（噸）、*pint*（品脱）、*ounce*（盎司）、*bit*（位元）、*byte*（位元組）、*hertz*（赫茲）和這些字的倍數，好比 *terabyte*（兆位元組）、*megahertz*（百萬赫）等等（圖表除外，可以縮寫）。

但是 *kilogram*（公斤，不是 *kilogramme*）和 *kilometre*（公里）可以縮寫爲 *kg*（或 *kilo*）和 *km*。每小時行駛的英里數是 *mph*（miles per hour的縮寫），每小時行駛的公里數是*kph*（kilometres per hour的縮寫）。

用 *m* 表示 *million*（百萬）、用 *bn* 表示 *billion*（十億），以及用 *trn* 表示 *trillion*（兆）。

對於 *kg*、*km*、*lb*（絕對不要寫 *lbs*）、*mph* 和其他測量單位，請使用小寫字母。對於 *ie* 和 *eg*，也請使用小寫字母，而它們的後面都應接逗號。這些小寫縮寫與數字一起使用時，應緊跟其後，中間沒有空格（*11am*、*4.30pm*、*15kg*、*35mm*、*100mph*、*78rpm*），*AD*（西元）和 *BC*（西元前）也應如此（*76AD*、*55BC*）。然而，兩個縮寫連用時必須分開：*60m b/d*（每日產油量 6000 萬桶）。

以人名命名的科學單位在完整書寫時不要大寫：*watt*（瓦特）、*joule*（焦耳）、*hertz*（赫茲）、*sievert*（西弗，輻射劑量單位）等等。

以下列出了倍數和分數單位，包括它們的前綴（*kilo-*）、它們的倍數或分數（千）以及它們的縮寫（*k*）。請拼出 peta-、exa-、micro-、pico- 和 femto- 的單位，因爲大多數讀者都不熟悉這些單位的前綴。

- *kilo-*（千）*k*
- *mega-*（百萬）*M*
- *giga-*（十億）*G*

- *tera-*（兆）*T*
- *peta-*（10^{15}）
- *exa-*（10^{18}）

分數由以下部分組成：

- *milli-*（千分之一）*m*
- *micro-*（百萬分之一）
- *nano-*（十億分之一）*n*
- *pico-*
- *femto-*

我們將百萬分之一公尺寫成 a *micron*（微米），不是 a *micrometre*。

人名或以其名字命名的公司中的首字母（*Initial*）需要用句號（首字母和名字之間有空格，但首字母之間沒有空格），因此是 *A.D. Miller*、*F.W. de Klerk*。一般而言，請遵循個人、公司和組織書寫自身名稱的慣例。

當某個屬的拉丁名稱在第二次提及時縮短為一個首字母（例如，*H. sapiens*〔智人〕）時，後面也應該跟一個句號。（請參閱第六章 **Latin names** 條目。）

請注意：

- 不要使用 *Prof*，要用 *Professor*（教授）
- 不要使用 *Sen*，要用 *Senator*（參議員）

應該在下列場合用 &（amperstand，表示 and 的符號）：

1. 當它們是公司名稱的一部分時，例如：*AT&T*（美國電話電報公司，American Telephone & Telegraph 的縮寫）、*Pratt & Whitney*（普萊特和惠特尼，簡稱普惠）；
2. 兩個名稱連接在一起形成一個單位的選區，例如：*The area thus became the Pakistani province of Kashmir and the Indian state of Jammu & Kashmir*（該地區因此成爲巴基斯坦的喀什米爾省以及印度的查謨和喀什米爾邦）；
3. 用於 *R&D*（研發，research and development 的縮寫）和 *S&L*（房屋互助協會，savings and loan association 的縮寫）。

各位也要記住，*DAB* [20] 的 *D* 代表數位（digital），所以不要寫 *DAB digital radio*。同理，*HIV*（Human Immunodeficiency Virus 的縮寫）的 *V* 代表病毒（virus），不要寫成 *HIV virus*。

議會議員（*Members of Parliament*）爲 *MP*S：蘇格蘭議會議員（*Members of* the *Scottish Parliament*）的縮寫爲 *MSP*S；以及歐洲議會議員（*Members of the European Parliament*）的縮寫爲 *MEP*S。威爾斯議會的成員（*Members of the Welsh Senedd*）其縮寫是 *MS*S。

名字後面的 *junior* 和 *senior* 不用縮寫，以小寫拼出：*Donald Trump junior*（小唐納・川普）、*Hank Williams senior*（老漢克・威廉斯）

20 譯註：數位音訊廣播（Digital Audio Broadcasting，縮寫 DAB），某些國家用於電台廣播的數位技術。

日期

保持一致。《經濟學人》以月、日、年依序書寫，中間不加逗號：

July 5th（七月五日）

Monday July 5th（七月五日星期一）

July 5th 2015（二〇一五年七月五日）

July 27th-August 3rd 2015（二〇一五年七月二十七日至八月三日）

July 2022（二〇二二年七月）

1996-99（一九九六至一九九九年）

2002-05（二〇〇二至二〇〇五年）

1998-2003（一九九八至二〇〇三年）

1990s（一九九〇年代）

表達六月十日到十四日時，不要寫 *on June 10th-14th*，而要寫：*between June 10th and 14th*。如果部長要在十二月十四日到十五日開會兩天，請寫：*on December 14th and 15th*。明確地給出日期，不要用 *last week*（上個星期）、*next week*（下個星期）和 *this week*（這個星期）、*last month*（上個月）或 *next month*（下個月）。

請注意，在接近年底的文章中，避免使用 *this year*（今年）、*next year*（明年）等字眼。

對於全球性事件或不與單一地點相關的事件，避免提及 *summer*（夏季）、*winter*（冬季）等，因爲季節依南北半球而有所不同。（討論單一國家時，提季節是可以接受的，但最好更精確一點。）

日期若要加上 AD（西元）或 BC（西元前），應寫成一個單字且中間不帶連字號：*76AD*（西元 76 年）、*55BC*（西元前 55 年）。

貨幣

除了以全名寫出的貨幣（見下文），請先寫貨幣的縮寫，然後加上數字。貨幣不會以小寫字母表示，除非它們以單字的形式出現於不提數字的文本：

"Out went the D*-mark, in came the euro"*

（〈德國馬克退出，歐元興起〉）

英國

- *pound*（英鎊），縮寫爲 *£*
- *pence*（便士），縮寫爲 *p*
- *1p*、*2p*、*3p*，依此類推，直到 *99p*（不是 *£ 0.99*）
- *£ 6*（不是 *£ 6.00*），*£ 6.47*
- *£ 5,000-6,000*（不是 *£ 5,000-£ 6,000*）

美國

- *dollar*（美元）縮寫 *$*，這個字通常夠用；唯有各種貨幣混用時（見下文）才使用 *US$*
- *cent*（美分）要拼出來，除非屬於一個更大的數字：*$4.99*

其他英文稱爲 dollar 的貨幣

A$ Australian dollars 澳幣

C$ Canadian dollars 加幣

NT$ Taiwanese dollars 新臺幣

NZ$ New Zealand dollars 紐元

HK$ Hong Kong dollars 港幣	S$ Singaporean dollars 新幣[21]
M$ Malaysian dollars 馬來西亞元[22]	Z$ Zimbabwean dollars 辛巴威元

歐洲

- *euro*（歐元），複數是 *euros*，縮寫爲 €
- *cent*（歐分）要拼出來，除非屬於一個更大的數字：*€ 10*、*€ 10.75*。
- *DM*（德國馬克）、*BFr*（比利時法郎）、*drachma*（德拉克馬）、*FFr*（法國法郎）、*Italian lire*（義大利里拉）、*IR£*（*punt*，愛爾蘭鎊）、*markka*（芬蘭馬克）、*Asch*（阿希）、*Pta*（比塞塔）和其他已被取代的貨幣，而它們可能會出現在歷史參考文獻。
- DKr Danish krone（丹麥克朗，複數爲 kroner）
- IKr Icelandic krona（冰島克朗，複數爲 kronur）
- NKr Norwegian krone（挪威克朗，複數爲 kroner）
- SFr Swiss franc（瑞士法郎），SFr1m（100 萬瑞士法郎，不是 1m Swiss francs）
- SKr Swedish krona（瑞典克朗，複數爲 kronor）

其他貨幣的金額均以全名寫出，數字在前：

- 巴西：real（雷亞爾），100m reais（1 億雷亞爾）
- 中國：yuan（元），100m yuan（1 億元，yuan 不寫成 renminbi）（見下文）

---

21 譯註：新加坡元，簡稱新元或新幣，舊稱坡幣。

22 譯註：一九七五年以前的稱呼，目前稱爲馬來西亞令吉（Malaysian ringgit）。

- 印度：rupee（盧比），100m rupees（1 億盧比）
- 奈及利亞：naira（奈拉），100m naira（1 億奈拉）
- 西班牙與其前殖民地：peso（披索），100m pesos（1 億披索）
- 南非：rand（鍰），100m rand（1 億鍰，rand 不寫成 rands）
- 土耳其，Turkish lira（土耳其里拉），100m liras（1 億土耳其里拉）
- 但日本例外，yen ¥（日圓），¥1,000（不寫 1,000 yen）
- 俄羅斯有 rouble（盧布），沒有 ruble。
- 委內瑞拉有 bolívar（玻利瓦），複數爲 bolívares。

中國

使用 *yuan*（元），儘管這只表示 *money*。（*renminbi*〔人民幣〕意爲 *the people's currency*〔人民的貨幣〕，它描述元就如同 *sterling*〔英國貨幣，指英鎊〕描述 pound〔英鎊〕，根本沒必要。）

頭銜（人物）

最重要的原則是尊重他人。這通常表示要用對方採用的頭銜來稱呼他們。但我們的首要目標是表達清楚。有些頭銜會誤導人（義大利的畢業生都是 *Dr*），我們不想造成混淆。第二個目標是讓字句可讀；德國人可能會堆疊頭銜，有很多像 *Herr Professor Doktor Schmidt*（施密特博士教授閣下）這樣的稱呼，但在英語中，與其正式表達，不如簡單明瞭。

文中首次提及的人名，不要使用 *Mr*、*Ms* 或 *Dr*，即使在正文中也是如此（絕對不要出現在標題、說明文字或提示）。說 *Barack Obama*（巴拉克．歐巴馬）或 *David Cameron*（大衛．卡麥隆）就夠了。但此後對所有在世的人，都應在他們的名字前加上 *Mr*、*Ms* 或其他頭銜。

對於不爲大眾所知的女性，預設稱呼是 *Ms*，這比 *Miss* 或 *Mrs* 更好。

學術頭銜

對於擁有博士學位、在大學擔任學者或從事研究並且因其專業知識而出現在你的文本中的人，請使用 *Dr*。其他擁有博士學位的公眾人物應稱爲 *Mr* 或 *Ms*。

Dr 也用來第二次提及執業醫生（但按照傳統，英國的外科醫生使用 *Mr*、*Ms*、*Mrs* 之類的稱呼）。

使用 *Professor*（〔正〕教授，不是 *Prof*）的頭銜時，對象只能是英國具有該級別的教授或美國及別處正教授級別的教授，因爲美國的 *assistant professor*（助理教授）和 *associate professor*（副教授）相當於英國的 *lecturer*（講師）和 *reader*（高級講師／準教授）。

神職人員頭銜

要以適當的頭銜稱呼被授予聖職的神職人員，但不需要完整的尊稱（不需要寫 *His Holiness*〔宗座／聖座〕、*His Eminence*〔最可敬的樞機〕、the *Right Reverend*〔尊敬的主教〕等等）。

在某些教派中，神職人員會繼續使用世俗姓氏。有些人則會放棄姓氏，只用領銜（titular，名義上的）名字，而這可能與出生證明的名字不同。

在天主教中，教宗只用他選擇的名字，例如 *Pope Francis*（教宗方濟各），文中第二次提及時可以簡稱爲 *Francis*（方濟各）。

對於樞機主教、總（大）主教和主教（重疊的類別），文中首次提及時，應在姓名前加上頭銜：*Cardinal Pietro Parolin*（彼得羅．帕羅林樞機主教)。文中第二次提及時，使用頭銜加姓氏：*Cardinal Parolin*（帕羅林樞機主教）、*Archbishop Martin*（馬丁總主教）、*Bishop Smith*（史密斯主教)。如果樞機主教同時也是總主教，則使用 *Cardinal*。對一般的神父來說，文中第二次提及時要稱爲神父，好比 *Father Smith*（史密斯神父)。

在東正教（Orthodox）和科普特基督教（Coptic Christianity）中，姓氏被省略，以領銜名字爲主。例如，*Patriarch Kirill*（宗主教〔牧首〕基里爾，莫斯科)、*Patriarch Bartholomew*（宗主教巴爾多祿茂，君士坦丁堡[23])、*Archbishop Dimitrios*（宗主教迪米特里奧斯，前北美東正教高級教士)、*Pope Shenouda*（教宗謝努達，埃及科普特基督教大主教）等。對於普通神父，文中首次提到時會寫出姓名，然後第二次提到時會用 *Father* 加上名字，例如 *Father Alexander*（亞歷山大神父)(不要用姓氏)。

對於英國國教（聖公會〔宗〕）教徒、聖公會教徒和其他有主教的改革宗教會（reformed church，例如，信義會／路德會)，第二次提及時使用 *Archbishop Smith*（史密斯總主教）或 *Bishop Smith*（史密斯主教)。對一般的神職人員，*Mr*、*Ms* 或 *Mrs* 是最好的稱呼。這也適用於那些通常沒有主教並淡化神職人員獨立性的非英國國教新教徒（nonconformist Protestant)：第二次提及時是 *Mr*、*Ms* 或 *Mrs*。

如果其他宗教領袖有自己的頭銜，則應給予適當的稱呼，並在第二次及後續提及時重複該頭銜。*Ayatollah Hossein-Ali Montazeri (Ayatollah*

---

23 譯註：Constantinople，今土耳其伊斯坦堡（Istanbul）的舊名。西方學者通常將基督教治下（公元三三〇年至一四五三年）的該城稱爲君士坦丁堡，而將此後伊斯蘭教統治的城市稱爲伊斯坦堡。如今，君士坦丁堡之名仍然被東正教沿用，當地教會首領是東正教名義上地位最高的領袖，稱作君士坦丁堡普世牧首／宗主教。

Montazeri)（阿亞圖拉海珊—阿里・蒙塔澤里）、*Rabbi Lionel Bloom (Rabbi Bloom)*（拉比萊昂內爾・布魯）、*Sri Sri Ravi Shankar (Sri Sri Ravi Shankar)*（詩麗・詩麗・若威・香卡），諸如此類。

軍事頭銜[24]

第一次提到軍官時，要給出他們全部的軍階和名字，所以要寫 *Lieutenant Commander Pete Mitchell says that...*（海軍少校彼得・米契爾說……）

第二次（或之後）提及時，各個軍階都會縮短，且僅使用姓氏。例如：

第一次提及	第二次（或之後）提及
Lieutenant General (John Jones) （約翰・瓊斯）中將	*General (Jones)*
Major General 少將	*General*
Brigadier General 准將（英國沒有這個軍銜）	*General*
Lieutenant Colonel 中校	*Colonel*
Lieutenant Commander （海軍）少校	*Commander*

24 譯註：作者此處是指可以省略軍事頭銜，例如將 Lieutenant General 或 Major General 稱爲 General。中文亦是如此，好比我們可以將某人稱爲「某某少將」，爾後稱他爲「某某將軍」。然而，有些作者會在第一次提到對方軍銜時就會使用簡稱，所以翻譯 General 時要留意，避免不加思索便譯爲「上將」，因爲對方可能是「中將」或「少將」，請詳查清楚。處理 Lieutenant 這個軍職時也得留心。

第一次提及	第二次（或之後）提及
Vice Admiral （海軍）中將	*Admiral*
Rear Admiral （海軍）少將	*Admiral*
1st Lieutenant 中尉	*Lieutenant*
2nd Lieutenant 少尉	*Lieutenant*

當你把退役高級軍官視爲軍事專家來引用對方話語時，第一次提到時可以寫 *Eric Springer, a retired air force colonel, says...*（退役空軍上校埃里克·斯普林格說……）隨後再次提到他時，把他稱爲 *Colonel Springer*。一定要用 *retired* 這個字。稱某人爲 *former general*（前將軍）或 *ex-admiral*（前海軍上將）就在暗示他們已被剝奪軍銜，通常是因爲做了不法行爲。

如果有人主動脫下戎裝去從事文職，如同科林·鮑威爾（Colin Powell）去擔任國務卿，他們就是 *Mr* 或 *Ms*。

貴族封號、爵士頭銜等等

第一次提到子爵、伯爵、侯爵、公爵等時，都應稱呼他們的頭銜（不要用 *Right Honourable*〔閣下〕之類的稱呼）。此後就可稱他們爲 *Lord*（勳爵，但公爵除外）。*Baron*（男爵）包括所有的終身貴族

（life peer）[25]，可以被稱爲 *Lord*。第一次提到像諾曼・福斯特（*Norman Foster*）這種名人時，可以稱呼他們爲人熟知的名字。此後，應該稱呼他們的頭銜：*Lord Foster*（不可以寫 *Lord Norman Foster*：這在暗示他是某位侯爵或公爵的兒子[26]）。終身女貴族（life peeress）可以被稱爲 *Lady*，而不是 *Baroness*（女男爵），這就像男爵被稱爲 *Lord* 一樣。

第一次提及男爵士（knight）和女爵士（dame）[27]時要稱呼對方的全名：*Dame Firstname Lastname*（女爵士＋名字＋姓氏）。此後就可稱他們爲 *Sir Firstnameonly*（名字＋爵士）或 *Dame Firstnameonly*（名字＋女爵士）。請注意，有些人會不想使用他們的頭銜。如果你知道確實如此，便用 Mr or Ms Lastname（姓氏＋先生／女士）的格式來稱呼對方即可。

職位名稱

在第二次提到某某州長（*Governor X*）、某某總統（*President Y*）、某某總理（*Chancellor Z*）時可以稱對方爲 *Mr* 或 *Ms*。如果第一次提到時使用頭銜，就要加上名字：*President Joe Biden*（喬・拜登總統[28]）。

除了上述州長和總理之類的職稱，其他職位名稱不應直接與姓名相連。

不要用 *Prime Minister Boris Johnson*（英國首相鮑里斯・強生）、

---

25 譯註：peer 表示貴族成員（a member of the nobility），此時等於 Lord。在英國，這種爵位不能世襲。

26 譯註：諾曼・福斯特在一九九九年被授與終身貴族的頭銜。公爵或侯爵的爵位通常由長子世襲，而按照禮節，其餘的兒子可以在名字和姓氏前加 Lord 的尊稱，例如前英國首相約翰・羅素勳爵（Lord John Russell）就是第六代貝德福德公爵（John Russell, 6th Duke of Bedford）的三兒子。

27 譯註：在英國，「爵士」是對 knight 的正確稱呼，地位在貴族之下且爵位非世襲。

28 譯註：Joe Biden 是拜登總統的暱稱，他的全名是 Joseph Robinette Biden Jr.，Biden 是姓，Joseph Robinette 是名，Jr. 是爲了和同名的父親有所區隔。

Finance Minister Christian Lindner（財政部長克里斯蒂安・林德納）、*Enlargement Commissioner Olli Rehn*（歐盟擴張委員奧利・雷恩）。

要寫成 *Christian Lindner, the finance minister...*（克里斯蒂安・林德納這位財政部長[29]……）。

這也適用於商業頭銜，商業頭銜的數量正在迅速膨脹（不要寫 *chief happiness officer Sven Svensen*〔幸福長／首席快樂官斯文・斯文森〕）。除了 *chief executive*（執行長／總裁）等少數非常高級的頭銜，根本不必提多數的頭銜。如果需要，描述一下此人在公司做什麼事。必須提到的頭銜，要擺在名字後面：*Hans Hansen, the chief financial officer...*（漢斯・漢森這位財務長……。）

在大多數情況下要省略中名（middle name）的首字母。你寫 *Lyndon Johnson* 時，沒有人會去想這是 *Lyndon A. Johnson* 或 *Lyndon C. Johnson*。唯一的例外是要有所區隔，好比寫 *George W. Bush*（喬治・沃克・布希，寫 *junior* 不恰當[30]），以便把他和父親 *George H.W. Bush*（喬治・赫伯特・華克・布希）區分開來。

有些頭銜是當成名字，因此首字母大寫，但它們也可以作爲描述：the *Archbishop of Canterbury*（坎特伯雷大主教）、the *Emir of Kuwait*（科威特埃米爾）、the *Shah of Iran*（伊朗國王[31]）。如果你想描述的是職稱而不是個人，請使用小寫：

The next archbishop of Canterbury will be a woman.

（下一任的坎特伯雷大主教將是女性。）

---

29 譯註：這是同位格的寫法。

30 譯註：作者可能認爲 junior 是指年紀較輕者（如同名兄弟二人之中的弟弟），因此不恰當。小布希的英文俗稱有 Bush Junior、Bush 43 和 Bush the Younger。

31 譯註：shah（沙）是伊朗國王的尊稱。

約略提到高官貴族時也使用小寫，譬如將大主教、埃米爾、伊朗國王寫成 *the archbishop*、*the emir*、*the shah*。例如：

The Duchess of Scunthorpe was in her finery, but the duke wore jeans.（斯肯索普公爵夫人穿著華服，但公爵卻穿著牛仔褲。）

例外

有時候運動員和流行歌星的頭銜（例如爵位）看起來太可笑而沒有尊敬之意，不妨拿掉這些頭銜。不要給死者加頭銜，除非你寫到的人剛剛過世。因此，訃聞需要加上頭銜。可以寫 *Dr Johnson*（詹森博士）和 *Mr Gladstone*（格拉斯頓先生）。

避免使用暱稱或小名，除非那個人一直是以它而為人所知（或願意被別人這樣稱呼）：*Joe Biden*（喬・拜登）、*Tony Blair*（東尼・布萊爾）、*Dick Cheney*（迪克・錢尼）、*Newt Gingrich*（紐特・金瑞契）。

大寫

使用大寫字母以避免混淆，尤其是寫 no 的時候（yes 也是如此）。*In Bergen no votes predominated*（在卑爾根，沒有哪一方因投票結果而占優勢）表示出現僵局，而 *In Bergen No votes predominated*（在卑爾根，反對票占多數）則表明反對票多於贊成票。然而，在大多數情況下，*yes* 與 *no* 都應該小寫："The answer was no."（「答案是否定的。」）也請各位將 *In*（留下）和 *Out*（出走）或 *Leave*（離開）和 *Remain*（留著）大寫（探討脫歐公投活動時）。

第八章

名字內藏玄虛：世界各地的人物、組織和地點

《經濟學人》會報導世界各地的人物、地點和藝術作品，必須做出許多艱難的決定，包括決定如何拼寫（將非拉丁字母拼寫成英文字母）、大寫、地名（許多場合都爭議極大）以及名字和姓氏，諸如此類。我們無法讓所有人都滿意，但本章包含了多年來為了求取平衡一致、追求準確、表示尊重以及使名稱可讀易懂所做的決定。

大寫的詞語

組織

組織、部會、部門、條約和法案使用全名（或與全名非常接近的名稱，例如：*State Department*）時通常為大寫，因此要採取下列寫法：

- *5th Circuit Court of Appeals*（第五巡迴上訴法院，但是要寫 *6th congressional district*〔第六國會選區〕）
- *Amnesty International*（國際特赦組織）
- *Arab League*（阿拉伯國家聯盟）
- *Central Committee*（中央委員會）
- *Court of Appeal*（上訴法院）

- *Department for Environment, Food and Rural Affairs*（環境、食品暨鄉村事務部，簡稱 *DEFRA*）
- *European Commission*（歐盟委員會）
- *Forestry Commission*（林業委員會）
- *High Court*（高等法院）
- *Metropolitan Police*（倫敦警察廳／大倫敦警察局）
- *Ministry of Defence*（國防部）
- *Oxford University*（牛津大學）
- *Politburo*（政治局）
- *Supreme Court*（最高法院）
- *the Health and Safety at Work Act*（《工作健康與安全法》）
- *the Household Cavalry*（皇家騎兵團）
- *the New York Stock Exchange*（紐約證券交易所）
- *the Scottish Parliament*（蘇格蘭議會，或 *the parliament*）
- *the Welsh Assembly*（威爾斯議會，或 *the assembly*）
- *Treasury*（財政部）
- *Treaty of Rome*（《羅馬條約》）

下列名稱也是如此：

- *Bank of England*（英格蘭銀行，或 *the bank*）
- *Department of State*（國務院，或 *the department*）
- *House of Lords*（上議院）
- *House of Representatives*（眾議院）
- *St Paul's Cathedral*（聖保羅大教堂／聖保羅座堂，或 *the cathedral*）
- *House of Commons*（下議院）

- *World Bank*（世界銀行，或 *the bank*）

然而，對於非永久性的、特別成立的、地方性的或比較不重要的組織、委員會、調查團、專門團體等等，應使用小寫。因此：

- *the subcommittee on journalists' rights of the National Executive Committee of the Labour Party*（工黨全國執行委員會記者權利小組委員會）
- *the international economic subcommittee of the Senate Foreign Relations Committee*（參議院外交委員會國際經濟小組委員會）
- *the Oxford University bowls club*（牛津大學草地滾球俱樂部）
- *Market Blandings rural district council*（馬克特布蘭丁斯鄉村區議會）

粗略描述時使用小寫字母（*the safety act*〔安全法〕、the *American health department*〔美國衛生部[1]〕，以及 the *French parliament*〔法國國會〕，以此區隔法國的 *the National Assembly*〔國民議會[2]〕）。如果不確定外國名稱的英文翻譯是否準確，請以粗略看待它並使用小寫。

Congress 和 *Parliament* 均採用大寫，除非 parliament 不是描述機構而是表示開議會期（因此寫道：*This bill will not be brought forward until the next parliament*〔等到下居議會時才會提出這項法案〕）。然而，只有明確稱自己爲 *Parliament* 的國會才要大寫，比如澳洲、英國、加拿大和馬來西亞的國會。

僅對英語名稱有 *Congress* 或 *Supreme Court* 的才這樣使用大寫；許多拉丁美洲的國會都用小寫的 *congress*。

---

1 譯註：美國衛生及公共服務部（United States Department of Health and Human Services）。

2 譯註：the Assemblée Nationale，這是下議院，與上議院（參議院 Sénat）共同組成法國國會（Parlement français）。

congressional 和 *parliamentary* 都是小寫，*opposition* 也是如此，即使下句也是用小寫：*his majesty's loyal opposition*（陛下的忠誠反對派）。

請注意，*government*、*administration* 和 *cabinet* 始終都是小寫。

在美國，以發起者的名字命名的法案（例如：*Glass-Steagall*〔格拉斯—斯蒂格爾[3]〕、*Helms-Burton*〔赫姆斯—柏頓[4]〕、*Sarbanes-Oxley*〔沙賓—歐克斯[5]〕）算是粗略描述，因此採用小寫的 *act*。

講一講議會（*Parliament*，此處指該機構）。別將議會的一部分與整體混淆。*Dail* 只是愛爾蘭國會的下議院，就像 *Duma*（杜馬）是俄羅斯的下議院，而 *Lok Sabha*（人民院）則是印度的下議院。

政黨的全名都要大寫，包括 *party* 這個字：*Republican Party*（共和黨）、*Labour Party*（工黨）。然而，某些政黨的名稱並不包含 *party* 一詞，比如希臘的 *New Democracy*（新民主黨）、印度的 *Congress*（國大黨）、印尼的 *Golkar*（專業集團黨）、土耳其的 *Justice and Development*（公正與發展黨）等等，此時要將 *party* 小寫。首度提到義大利的政黨「北方聯盟」時要寫 the *Northern League*，後頭才寫 the *League*。

請注意，通常只有「人」，能用 *Democrat*（民主黨人）、*Christian Democrat*（基督教民主黨人）、*Liberal Democrat*（自由民主黨人）或 *Social Democrat*（社會民主黨人）；他們的政黨、政策、候選人和委員會要寫成 *Democratic*、*Christian Democratic*、*Liberal Democratic* 或 *Social Democratic*（但委員會可能由民主黨控制〔*Democrat-controlled*〕）。

例外情況有英國的 *Liberal Democrat Party*（自由民主黨）和泰國的 *Democrat Party*（民主黨）。

3　譯註：對美國銀行系統進行改革的法案。

4　譯註：牽扯美國與古巴關係的法案。

5　譯註：美國國會針對公司和證券問題所訂的監管法案。

提到某個特定政黨時，要用大寫，譬如：

- a prominent *Liberal*（一位著名的英國自由黨人）
- *Labour*（英國工黨）
- the *Republican nominee*（共和黨候選人）

但下列泛稱要用小寫：

- *communist*（共產主義者）
- *conservatism*（保守主義）
- *liberal*（支持變革的人）

請注意，*Tory*（英國保守黨黨員）要大寫，所以也要以大寫拼出 *Tea Party*（茶黨）。

由專有名詞形成的政治、經濟或宗教標籤也該大寫，包括：

Buddhism（佛教）
Christian（基督教）
Finlandisation（芬蘭化）
Gaullism（戴高樂主義）
Hindu（印度教）
Hobbesian（霍布斯主義的）
Islamic（伊斯蘭教的）
Jacobite（雅各比派）
Leninist（列寧主義者）
Luddite（盧德分子）
Maronite（馬龍派教徒）
Marxist（馬克思主義者）
Napoleonic（拿破崙的）
Paisleyite（佩斯利主義者）
Thatcherism（柴契爾主義）
Wilsonian（威爾遜主義的）

繪畫或文學流派（*Cubism*〔立體主義〕、*Expressionism*〔表現主義〕、*Impressionism*〔印象派〕、*Fauvism*〔野獸派〕、*Modernism*〔現代主義〕等等）均採用大寫，其形容詞和實踐者（*Modernist*〔現代主義者〕、*Romantic*〔浪漫主義者〕）也要大寫。

在財政和政府領域，全名首字母大寫、非正式名稱首字母小寫的一般性規則有特殊例外，例如：the *World Bank*（世界銀行）和 the *Fed*（美聯儲，第一次要把它拼寫全名爲 the *Federal Reserve*〔聯邦準備〕）使用大寫，但它們是縮寫的非正式名稱。*Bank of England* 及其外國同等機構被正式和單獨稱呼時，首字母都要大寫，但統稱它們時卻用小寫的 central bank（巴西、愛爾蘭和委內瑞拉等國的央行除外，這些國家的央行都實際被稱爲 the *Central Bank*）。

儘管引述的都是歷史文獻，但 *Deutschmark*（德國馬克）仍然被稱爲 *D-mark*。美國財政部發行的 *Treasury bond*（國庫債券[6]）應大寫；一般的國庫券應是小寫 *treasury bill*（或 *bond*）。避免 *T-bond* 和 *t-bill* 的寫法。

第一次提及 the *House of Commons* 之後，可把它寫成 the *House*（the *House of Lords* 和 the *House of Representatives* 也是如此），the *World Bank* 和 *Bank of England* 將成爲 the *bank*，就像 the *IMF* 可以寫成 the *fund*。

名稱不尋常或者會讓人誤解的組織，例如 *African National Congress*（非洲民族議會）和 *Civic Forum*（公民論壇），在第二次和後續提及時可以寫成 the *Congress* 和 the *Forum*。然而，大多數的其他組織（機構、銀行、委員會（包括 *European Commission* 和 *European Union*〔歐盟〕等等）在第二次提及時都採用小寫。

6　譯註：國庫債券是長期的，通常超過十年，持有人可定期獲得利息支付，並在到期時收回面值。國庫券屬於短期，通常在一年內到期，以折價形式發行，投資者在購買時支付較低的價格，到期時收回面值。

地點

對於明確的地理位置、區域和國家（*The Hague*〔海牙〕、*Transylvania*〔外西凡尼亞〕、*Germany*〔德國〕），以及模糊但人盡皆知的政治或地理區域，請使用大寫字母，例如：

- *Central America*（中美洲）
- *East Asia*（東亞，不是 *the Far East*）
- *South Atlantic*（南大西洋）
- *South-East Asia*（東南亞）
- *the Middle East*（中東）
- *the Midlands*（英格蘭中部地區）
- *the North Atlantic*（北大西洋）
- *the Persian Gulf*（波斯灣）
- *the West*（西方，譬如：the decline of the West〔西方的衰退〕；形容詞是 *Western*）
- *the West Country*（西部地區）

東西南北（例如：*north Africa*〔北非〕、*west Africa*〔西非〕、*eastern Europe*〔東歐〕）均採用小寫，除非它們屬於地名的一部分（*North Korea*〔北韓〕、*South Africa*〔南非〕、*West End*〔倫敦西區〕）或某個想像群體的一部分（*the South*〔南方〕、*the Midwest*〔中西部〕、*the West*〔西部〕）。

但是，對於意義較模糊的地區要採用小寫：American north-east、north-west、south-east、south-west（美國東北部、西北部、東南部、西南部）或俄羅斯的 far east（遠東）。

以下大寫：*the Highlands*（蘇格蘭高地）、*the Midlands*（英格蘭中部地區）。

如果你在比較一些區域，某些區域通常是大寫，但某些區域是小寫，這樣看起來會很奇怪，就把它們全部改爲小寫：

House prices in the north-east and the south are rising faster than those in the mid-west and the south-west.

（東北部和南部地區的房價比中西部和西南部的房價上漲得更快。）

（在這些情況下，形容詞要小寫：midwestern、southern。）

歐洲的劃分不再是嚴格的政治劃分，從地理角度來看也不再精確，因此中歐、東歐和西歐用小寫字母：*central*, *eastern* and *western Europe*。

但是，北美、中美和南美是明確劃分的區域，應該用大寫：*North*, *Central* and *South America*。

此外，中亞、南亞、東亞和東南亞也應如此，要寫成：*Central*, *South*, *East* and *South-East Asia*。

我們採納了當地拼法來指某些西班牙地區：

- 是 *Andalucía*（安達魯西亞）而不是 *Andalusia*（形容詞 *Andalucian* 不標重音）
- 是 *Zaragoza*（沙拉哥薩）而不是 *Saragossa*

有些地方有其地區性的拼字：是 *A Coruña*（科魯涅），不是 *La Coruña* [7]。話雖如此，*Catalonia*（加泰隆尼亞）、*Navarre*（納瓦拉）和 *Castile*（卡斯提）仍保留英語化形式。但在兩個官方地區的名稱中，*Castile* 變成 *Castilla y León*（卡斯提亞—雷昂）和 *Castilla-La Mancha*（卡斯提亞—拉曼查）。

Basque country / *Basque region*（巴斯克地區）定義不明確且有爭議，可能包括法國和西班牙的部分地區。當你指的是文化區域時，

7　譯註：*A Coruña* 是加利西亞語，La Coruña 是西班牙語。

country（或 *region* 或 *lands*）應該小寫。只用 *Basque Country* 當成正式名稱來指較小的西班牙地區，並在文本中清楚說明這是否是你要表達的意思。

僅在歷史參考文獻中使用 *West Germany*（西德，*West Berlin*〔西柏林〕）和 *East Germany*（東德，*East Berlin*〔東柏林〕）。這兩者現在分別是 *west* / *western Germany*（德國西部，*Berlin*〔柏林〕）以及 *east* / *eastern Germany*（德國東部，*eastern Berlin*〔柏林東部〕）。

South Africa（南非）是一個國家；非洲南部、中部、東部、西部和北部均爲地區，要分別寫成：*southern*, *central*, *east*, *west*, *north Africa*。

術語 *third world*（第三世界，如今早已封入歷史，特別是因爲共產主義第二世界〔second world〕[8] 已經消失）是小寫的。

即使政府機關的名稱不完全準確，也要用大寫（例如，*Foreign Office*〔外交部[9]〕）。

如果 *Sea*、*Ocean* 和 *River* 是名稱的一部分，就要大寫。因此：

- *Arctic Ocean*（北冰洋，就是北極海〔Arctic Sea〕）
- *Malacca Straits*（馬六甲海峽）
- *Permian Basin*（二疊紀盆地）
- *Pearl River Delta*（珠江三角洲）
- *Snake River*（蛇河／斯內克河）
- *South China Sea*（南海）

在極少數情況下，名稱出現在江、河、海的特徵之後，也請用大寫

8　譯註：第二世界是描述國際社會主義和共產主義體系的概念，出現於冷戰時期，用來和資本主義的第一世界區別。此外，第三世界的引申涵義包含未開發或開發中國家。

9　譯註：全名是 Foreign, Commonwealth and Development Office（外交、國協及發展事務部，簡稱 FCDO，外交及發展部）。

字母：*River Thames*（泰晤士河）、*River Jordan*（約旦河）。

地理特徵若非名稱的必要部分，請使用小寫，但最好省略：the *Atlantic*（大西洋）、the *Mississippi*（密西西比河）、the *Euphrates*（幼發拉底河）、the *Ganges*（恆河）。

要寫 *the English Channel*（英吉利海峽，第二次提到時寫成 *the channel*）。

請注意，美國的縣是縣名的一部分（*Madison County*〔麥迪遜縣〕）。

City 有時是名稱的組成部分，例如 *Dodge City*（道奇城）、*Kansas City*（堪薩斯市）、*Quezon City*（奎松市）、*Oklahoma City*（奧克拉荷馬市）、*Salt Lake City*（鹽湖城），因此要大寫。

如果 *city* 不是名稱的一部分，但礙於某種原因必須標出（例如，爲了區分城鎮與同名的州或國家），則應使用小寫。因此：

- *Gaza city*（加薩城）
- *Guatemala city*（瓜地馬拉市）
- *Ho Chi Minh city*（胡志明市）
- *Kuwait city*（科威特市）
- *Mexico city*（墨西哥城）
- *Panama city*（巴拿馬市）
- *Quebec city*（魁北克市）

但有例外：*New York City*〔紐約市[10]〕。

如果不知該小寫或大寫，請使用小寫（*the sunbelt*〔陽光地帶[11]〕）。

10 譯註：美國有紐約州 State of New York，該州的最大城市就是紐約市。

11 譯註：指美國南部和西南部，全年多數時間氣候溫暖。

飲食

最常見的菜餚和熟悉的葡萄酒、起司、各種葡萄品種等應使用小寫字母。因此：

barolo（巴羅洛）
bombay duck（印度鐮齒魚）
bordeaux（波爾多）
burgundy（勃艮第）
champagne（香檳）
chardonnay（夏多內）
cheddar（切達起司）
chicken kiev（基輔雞，kiev 也可以寫成 kyiv）
dim sum（點心）
emmental（艾曼塔起司）
gorgonzola（戈貢佐拉起司）
hock（霍克酒）
merlot（梅洛）
moselle（莫塞爾）
parmesan（巴美起司）
pinotage（皮諾塔吉）
primitivo（普米蒂沃）
rioja（里奧哈）
russian salad（俄式沙拉）
syrah（希哈）
vindaloo（溫達盧咖哩）
zinfandel（金飯紅）

但特定葡萄酒的專有名稱或稱號（*appellation*）需要大寫（*Cheval Blanc*〔白馬堡〕、*Lafite*〔拉菲〕、*Marqués de Riscal*〔里斯卡酒莊〕）。某些食物和飲料用小寫字母書寫會很奇怪，例如：*Parma ham*（帕馬火腿）、*Scotch whisky*（蘇格蘭威士忌）。

植物

作爲語言一部分的植物和花卉的非正式名稱可以使用小寫：*chrysanthemum*（菊花）、*buttercup*（毛茛）、*daisy*（雛菊）、*delphinium*

（飛燕草屬）、*oleander*（夾竹桃）等等。但花草名稱的一部分若是專有名詞，則可能需要大寫：*pride of India*（大花紫薇）、*grass of Parnassus*（梅花草屬）、*Spanish moss*（西班牙蘚／西班牙鬚草）等等。

關於動物和植物之類的科學名稱，請參見第六章講述拉丁名稱的內容。

商品名稱

公司會盡量避免商標（trademark）被當成產品的通用名稱（編按：例如凡士林〔Vaseline〕、吉普車〔Jeep〕），因爲這可能導致「商標通用化」（genericide）：喪失品牌的獨特性，甚至可能失去商標。他們可能會糾纏你，要你把他們的名稱大寫，並且只用來指他們的品牌產品。然而，他們不能強迫你這樣做。

話雖如此，無論是 *Google* 或 *Photoshop*，只要商標是獨特且近期的，第一個字母都應該用大寫字母表示；如果你指的是通用詞語，請用另一個短語（使用「search online」（上網搜尋），不要把 *Google* 當動詞）。

Hoover（胡佛吸塵器）第一個字母仍然使用大寫，*Teflon*（鐵氟龍）和 *Valium*（煩寧[12]）也是如此。但 *aspirin*（阿斯匹靈）、*heroin*（海洛因）、*escalator*（手扶梯）和許多以前的商標早已成爲通用名稱，所以小寫。不上不下的是 *Dumpster*（大垃圾桶商標）、*Frisbee*（福瑞斯比，飛盤商標）之類的名稱。它們聽起來可能像是通用名稱，但商標仍然有效。只要不顯得荒謬，把它們大寫。

12 譯註：抗焦慮症藥物。

公司名稱

要想避免拼錯公司名稱，最好前往他們網站搜尋正確寫法。（某些公司會使用很多個版本的名稱；如有疑問，請使用他們網站投資者關係區塊所青睞的名稱。）

不少公司的名稱很好笑，但很少荒謬到需要你去單方面更改。如果公司名稱全部大寫，好比 *COSTCO* 或 *IKEA*，請你照抄；同理，當名稱中間突然出現一個大寫字母，例如 *eBay* 或 *BlackRock*，也請如法炮製。倘若你要用一家名稱不用大寫字母開頭的公司來開始寫一個句子，就把第一個字母大寫（*EBay is a fine name.*〔億貝是個好名稱[13]。〕）

然而，如果一家公司的名稱全部採用小寫，應將第一個字母大寫，因此要寫 *Thyssenkrupp*（蒂森克虜伯，德國工業集團），不是 *thyssenkrupp*，即使它不在句首。

某些公司的名稱中會有異想天開的字符：雅虎（*Yahoo!*）曾經是網路巨擘，但要把那個驚嘆號拿掉（*Yahoo*）。通常不需要包含 *Inc*（有限責任公司）、*plc*（公開有限責任公司）、*Ltd*（股份有限公司）、*S.A.*（股份有限公司[14]）之類的後綴。

以下是一份簡短的清單，內容經過嚴格篩選，都是經常引起問題的企業名稱：

- *Airbnb*（不是 AirBnB）愛彼迎（出租住宿民宿的網站）
- *Anheuser-Busch InBev* 安海斯 - 布希英博（跨國啤酒生產集團）
- *AstraZeneca* 阿斯特捷利康（生物製藥公司）

---

13 譯註：台灣保留 *eBay* 的名稱，不中譯。

14 譯註：這些分別是 Incorporated、Public Limited Company、Limited Company、Société Anonyme（法語）的縮寫。

- *Bernstein* 聯博資產管理（全名是 AllianceBernstein）
- *BioNTech* 拜恩泰科（生物新技術公司）
- *BlackRock* 貝萊德集團（另有 *Blackstone*〔黑石集團〕）
- *Bouygues* 布依格電信
- *ByteDance* 字節跳動（中國互聯網科技公司）
- *Citigroup* 花旗集團
- *ConocoPhillips* 康菲公司（國際能源公司）
- *ExxonMobil* 埃克森美孚（石油公司）(即使第二次提到時也不要只寫 Exxon）
- *Hewlett-Packard* 惠普，拆分成兩半，一是 *HP* 惠普公司，二是 *Hewlett Packard Enterprise* 慧與科技公司
- *Intesa Sanpaolo* 義大利聯合聖保羅銀行
- *Johnson & Johnson* 嬌生公司（後續寫 *J&J*）
- *JPMorgan Chase* 摩根大通集團
- *L'Oréal* 萊雅集團（護膚和化妝品公司）
- *Lloyd's* 勞合社（英國倫敦市的保險交易所）
- *Lloyds Banking Group* 駿懋銀行集團
- *McDonald's* 麥當勞
- *Nasdaq* 那斯達克股票交易所
- *NASDAQ* 那斯達克指數（全部大寫）
- *Nvidia* 輝達（設計和銷售圖形處理器爲主的無廠半導體公司）
- *PepsiCo* 百事公司
- *PitchBook* 創投資料庫和數據分析服務提供商
- *PwC* 普華永道（跨國會計專業服務機構）
- *Saudi Aramco* 沙烏地阿美（沙烏地阿拉伯國家石油公司，第一

次提到時這樣寫，後續寫成 *Aramco*）

- *Shell* 殼牌（石油公司）（即使第一次提到也不要再寫成 Royal Dutch Shell〔荷蘭皇家殼牌〕，也不要寫成 Anglo-Dutch oil giant〔英荷石油巨擘〕，只有英國人才這樣說）
- *S&P Global* 標普全球（美國的金融資訊服務公司，舊名 Standard & Poor's〔標準普爾〕）
- *Société Générale* 法國興業銀行
- *SoftBank* 軟銀集團
- *SpaceX*（太空探索技術公司，X 是普通的大寫字母，不是小型大寫字母〔small cap〕）
- *Stellantis* 斯泰蘭蒂斯（跨國汽車製造商）
- *Telefónica* 西班牙電信
- *Thyssenkrupp* 蒂森克虜伯（德國工業集團）
- *TotalEnergies* 道達爾能源（不是 Total）
- *UniCredit* 裕信銀行
- *Walmart* 沃爾瑪（跨國零售企業）

國家及其居民

在大多數情況下，簡單比精確更重要。因此，請使用 *Britain*，不要寫 *Great Britain* 或 the *United Kingdom*，使用 *America* 而不是 the *United States*。「在所有強調的句子中，爲了簡潔起見，必須不必那般講求精準。」（英國文學家詹森博士〔Dr Johnson〕[15]）。

15　譯註：亦即塞繆爾・詹森（Samuel Johnson）。

然而，有時精準可能很重要。

請記住，**大不列顛**（*Great Britain*）由**英格蘭**（*England*）、**蘇格蘭**（*Scotland*）和**威爾斯**（*Wales*）組成，與**北愛爾蘭**（*Northern Ireland*）共同組成**聯合王國**（*United Kingdom*）。（使用 *Ulster*〔**阿爾斯特**[16]〕時要小心，嚴格來說，這個字包括愛爾蘭共和國的三個郡）

荷蘭（Holland）好聽又簡短，而且大家都熟悉，但嚴格來說，它只是**尼德蘭**（*the Netherlands*，荷蘭正式的英文名稱）12 省中的兩個省，**荷蘭人**（the *Dutch*）看到外界濫用這個較短的名稱，愈來愈憤慨。因此，請使用 *the Netherlands*。

愛爾蘭就是 *Ireland*。它是共和國，但正式名稱並非愛爾蘭共和國（the Republic of Ireland）[17]，也不能寫成 Eire（**愛爾**[18]）。在愛爾蘭語境中，*north* 和 *south* 都不該大寫。

還要請各位記住，雖然我們通常將美國居民稱爲 *American*，但這個名稱也適用於從加拿大到合恩角（Cape Horn）[19] 的所有人。上下文若提到其他的北美、中美或南美國家，應該寫 *United States*，不是 America 或 American，甚至可能需要寫 *United States citizen*（**美國公民**）。

Europe 和 *European* 有時可能被當成歐盟各國公民的簡稱，但要小心：還有很多其他的歐洲人。

Scandinavia（**斯堪地那維亞**）包括丹麥、挪威和瑞典。冰島在文化

---

16 譯註：愛爾蘭的一個歷史省份，位於該島東北部，其下共有九個郡，當中六郡組成北愛爾蘭，屬於英國，其餘三郡（Cavan〔卡文〕、Donegal〔多尼哥〕和 Monaghan〔蒙納罕〕）屬於愛爾蘭共和國。有人會用這個詞稱呼北愛爾蘭，因此作者說不精準。

17 譯註：愛爾蘭最初的國號爲「愛爾蘭自由邦」（Irish Free State），爾後在一九四九年改成共和政體，仍保留 Ireland 爲官方名稱。

18 譯註：這是 Ireland 的愛爾蘭語，眞正的寫法是 Éire。

19 譯註：南美洲智利火地群島南端的陸岬。

和語言上與這個地區相近，但不屬於它。而芬蘭的語言與這個地區毫無瓜葛，絕對不是 *Scandinavian*。丹麥、冰島、挪威、瑞典和芬蘭組成 *Nordic countries*（**北歐五國**）。

如果某些國家已經明確表示希望使用新名稱（或舊名稱），應該尊重他們的意願，因此要寫成：*Eswatini*（**史瓦帝尼**，原史瓦濟蘭〔Swaziland〕）、*Myanmar*（**緬甸**[20]）、*Burkina Faso*（**布吉納法索**[21]）、*Congo*（**剛果**[22]）、*Sri Lanka*（**斯里蘭卡**[23]）、*Thailand*（**泰國**[24]）、*Zimbabwe*（**辛巴威**[25]）等等。

北馬其頓的國名叫做 *North Macedonia*，但人民是 *Macedonian*，而不是 North Macedonian。表示與這個身分相關的任何事物時，正確的形容詞是 *Macedonian*。

Myanmar 沒有簡單的形容詞，因此寫 *Burmese* 來表示緬甸人民是可以接受的。然而，要注意的是，緬甸的主要族群是緬族（the *Burmans*）。克欽人（Kachin）和克倫人（Karen）等族群是 Burmese，不是 Burman。

Pashtun 是指**普什圖人**。他們說的語言是 *Pashto*。

Roma 是**羅姆人**[26]。他們的語言是 *Romany*。*Gypsy*（吉普賽人）這

---

20 譯註：一九八九年，當時執政的軍政府把國名從 Burma 改成了 Myanmar，因為 Burma 一詞只涵蓋了該國最大的緬族（Burman），沒有納入其他的少數民族，遂有種族歧視的味道。此外，Burma 是英國殖民時期對於緬甸的稱謂，而更名就是想擺脫英國殖民時期的痕跡。

21 譯註：舊稱上伏塔（Republic of Upper Volta）。

22 譯註：舊稱薩伊（Zaire）。

23 譯註：舊稱錫蘭（Ceylon）。

24 譯註：舊稱暹邏（Siam）。

25 譯註：舊稱羅德西亞（Rhodesia）。

26 譯註：舊稱吉普賽人。

個稱呼已經不再受歡迎，因爲它是基於一種誤解（認爲他們來自埃及〔Egypt〕[27]），而且並不是大多數羅姆人對自己的稱呼。然而，某些群體（例如西班牙的群體）確實用當地的對應詞（gitano[28]）來自稱。只要謹慎一點，在這種情況下可以使用 *gypsies*。

現已獨立的前蘇聯加盟共和國包括：

- *Belarus* 白俄羅斯（不是 Belorussia）、*Belarusian*（不是 Belarussian）
- *Kazakhstan* 哈薩克
- *Kyrgyzstan* 吉爾吉斯（注意拼法）
- *Moldova* 摩爾多瓦（不是 Moldavia）
- *Tajikistan* 塔吉克
- *Turkmenistan* 土庫曼（請參閱第八章講述土耳其、突厥語的、土庫曼人等的內容）

Niger（尼日）的人民通常應該被稱爲 *the people (inhabitants) of Niger*：這種寫法很笨拙，但比稱他們 Nigerian 還要好。在特殊的情況下，他們可能是 *Nigerien*。

有些城市的居民的稱呼很奇怪，至少對外人來說是這樣：

- *Glasgow*（格拉斯哥）：*Glaswegian*
- *Liverpool*（利物浦）：*Liverpudlian*
- *Manchester*（曼徹斯特）：*Mancunian*
- *Mumbai*（孟買）：*Mumbaikar*
- *Naples*（那不勒斯）：*Neapolitan*
- *Rio de Janeiro*（里約〔熱內盧〕）：*Carioca*

---

27 譯註：羅姆人起源於印度北部，群散居於全球。

28 譯註：這個字源自於古西班牙語 egiptano（Egyptian，埃及人）。

- *São Paulo*（聖保羅）：*Paulistano*（*Paulista* 來自聖保羅州〔São Paulo state〕）

地名

當英語形式常用時，請使用英語形式：

- *Archangel*（阿干折）
- *Brunswick*（布藍茲維）
- *Cassel*（卡瑟勒）
- *Castile*（卡斯提）
- *Catalonia*（加泰隆尼亞）
- *Cologne*（科隆）
- *Cordoba*（哥多華）
- *Corinth*（科林斯）
- *Dagestan*（達吉斯坦）
- *Dnieper*（聶伯河）
- *Dniester*（聶斯特河，但有 *Transnistria*〔聶斯特河沿岸，簡稱德左〕）
- *Florence*（佛羅倫斯）
- *Genoa*（熱那亞）
- *Hanover*（漢諾威）
- *Ivory Coast*（象牙海岸）
- *Lower Saxony*（下薩克森）
- *Majorca*（馬約卡）
- *Minorca*（米諾卡）

- *Munich*（慕尼黑）
- *Naples*（那不勒斯）
- *Nuremberg*（紐倫堡）
- *Odessa*（奧德薩）
- *Pomerania*（波美拉尼亞）
- *Saxony*（薩克森，以及 *Lower Saxony*、*Saxony-Anhalt*〔薩克森—安哈特〕）
- *Sevastopol*（塞凡堡，不是 Sebastopol）
- *Seville*（塞維爾）
- *Turin*（杜林）

要用英語，別用美語，譬如：*Rockefeller Centre*（洛克菲勒中心）、*Bar Harbour*（巴港）、*Pearl Harbour*（珍珠港）。除非地名是公司名稱的一部分，例如：*Rockefeller Center Properties Inc.*（洛克菲勒中心地產公司）。

當一個國家明確更改其名稱或境內的河流、城鎮等的名稱時，應遵循當地慣例。因此：

- *Almaty*（阿拉木圖），不是 Alma Ata
- *Balochistan*（巴羅契斯坦），不是 Baluchistan
- *Chennai*（欽奈），不是 Madras
- *Chernihiv*（車尼希夫），不是 Chernigov
- *Chur*（庫爾），不是 Coire
- *Kolkata*（加爾各答），不是 Calcutta
- *Kyiv*（基輔），不是 Kiev
- *Lviv*（利維夫），不是 Lvov
- *Mumbai*（孟買），不是 Bombay

- *Myanmar*（緬甸），不是 Burma
- *Papua*（巴布亞），不是 Irian Jaya
- *Polokwane*（波羅克瓦尼），不是 Pietersburg
- *Ulaanbaatar*（烏蘭巴托），不是 Ulan Bator
- *Yangon*（仰光），不是 Rangoon

但也有少數例外：

- *Bangalore*（邦加羅爾），不是 Bengaluru
- *East Timor*（東帝汶）不是 Timor-Leste
- *Ivory Coast*（象牙海岸），不是 Côte d'Ivoire

英語使用者有時會在 *Lyon*（里昂）、*Marseille*（馬賽）和 *Tangier*（丹吉爾）後面加上 *s*，現在看來過份講究，所以請使用沒有 *s* 的寫法。

提到比利時（*Belgium*）時，要根據地點所在的地區使用荷蘭語或法語地名。

茨瓦內（*Tshwane*）現在是普利托利亞（*Pretoria*）周邊地區的名稱，但還不是這座城市本身的名稱。

剛果（*Congo*）曾經被稱爲薩伊（Zaire），第一次提到它時可用 *Democratic Republic of Congo*（剛果民主共和國），但後續如果不會與鄰國混淆，就稱它爲 *Congo* 即可（絕對不要用簡稱 DRC）。如果有必要，可把剛果寫成是 *Congo-Brazzaville*。剛果河稱爲 the *Congo*，剛果人民則是 *Congolese*。

尼日河三角洲（*Niger delta*）與湄公河（Mekong）三角洲、密西西比河（Mississippi）三角洲和其他三角洲一樣，delta 都是小寫。然而，包含這個三角洲一部分的州是 *Delta* state（三角洲州）。

請注意，不要在以下的詞語前面加定冠詞：

- *Krajina*（克拉伊納）

- *Lebanon*（黎巴嫩）
- *Piedmont*（皮德蒙特）
- *Punjab*（旁遮普）
- *Sudan*（蘇丹）
- *Transkei*（川斯凱）
- *Ukraine*（烏克蘭）

但是，以下的字詞則要加定冠詞：

- *the Caucasus*（高加索）
- *the Gambia*（甘比亞）
- *the Hague*（海牙）
- *the Maghreb*（馬格里布）
- *the Netherlands*（荷蘭）

另外，還有：

- *La Paz*（巴斯）
- *Le Havre*（哈弗爾）
- *Los Angeles*（洛杉磯）

不要以首都名稱作爲政府的同義詞。*Britain will send a gunboat*（英國將會派遣一艘砲艇）這句話沒問題，但 *London will send a gunboat*（倫敦將會派遣一艘砲艇）則暗示這是倫敦居民單獨採取的行動。如果寫 *Washington and Moscow differ in their approach to Havana*（華盛頓和莫斯科對哈瓦那的態度不同），這句話讀起來就很怪。

西歐或東歐是 *western (eastern) Europe*，卻要遷就節奏，指西歐或東歐人時要寫 *west (east) European*。

翻譯外國名稱和單字

外語有時可能會提供十分貼切的字眼（*mot juste*），但最好只在它特別引人注目、難以翻譯或用於表達笑話或雙關語時才使用，否則請找替代的英文詞語。

團體、政黨和機構之類的外文名稱通常應該翻譯出來：

- the German *Christian Democratic Union*（德國基督教民主聯盟，不是 the Christlich Demokratische Union）
- the *Shining Path*（光明之路[29]，不是 Sendero Luminoso）
- the *National Assembly*（國民議會，不是the Assemblée Nationale）

甚至有些地名在英語人士之中廣爲人知，最好還是翻譯出來：

- 威尼斯的*St Mark's Square*（聖馬可廣場，不是Piazza San Marco）
- 法國的 *Elysée Palace*（艾麗榭宮，不是 the Palais de l'Elysée）

然而，如果給出縮寫，那可能是外國名稱的縮寫（因此，*SPD* 代表 *Social Democratic Party of Germany*〔德國社會民主黨〕，*PAN* 代表墨西哥的 *National Action Party*〔國家行動黨[30]〕）。

如果外文名稱不翻譯更爲人所知，則可打破這項規則：*Parti Québécois*（魁北克人黨）、*Médecins Sans Frontières*（無國界醫生）。會有這種情況，有時是因爲很難翻譯（例如，*Forza Italia*〔義大利力量黨〕）。

如果 *Podemos*（我們可以，西班牙左翼民粹主義政黨）等名稱提供翻譯仍然有用，譯文也應該是羅馬字母，通常放在括號內。因此：

29　譯註：秘魯共產黨。

30　譯註：德國社會民主黨的德語是 Sozialdemokratische Partei Deutschlands，因此縮寫成 SPD；國家行動黨的西班牙語爲 Partido Acción Nacional，所以才縮寫成 PAN。

Médecins Sans Frontières (Doctors Without Borders)、*Pravda* (Truth)（中文：《真理報》）、*zapatero* (shoemaker)（中文：鞋匠），諸如此類。

外來語組成的**公司名稱**用羅馬字母：Crédit Agricole（法國農業信貸銀行）、Assicurazioni Generali（忠利保險，義大利保險公司）等等。

如果事件、組織、政府計畫和醜聞之類的非正式名稱沒有翻譯成英文，應該使用斜體：

- *bracero*（**手臂計畫**，美國招募墨西哥移工的措施）
- *ferragosto*（**菲拉戈斯托**，義大利的公共假日）
- *harambee*（**哈蘭比**，促進非洲近撒哈拉沙漠區的發展計畫，這個詞的意思是同心協力）
- *Mitbestimmung*（**共同決定**，勞動者團結起來，在工資和其他勞動條件的議定上與雇主共同決定）
- *Oportunidades*（**機會方案**，墨西哥對糧食價格上漲而受影響之窮人予以補助的方案）
- *rentrée*（**新學年開始／捲土重來**）
- *scala mobile*（**自動扶梯**，根據通貨膨脹率每季調整勞工薪資，類似浮動工資標準）
- *Tangentopoli*（**賄賂之都**，上個世紀末，義大利發起淨手運動〔mani pulite〕，針對政治腐敗展開的司法調查，結果挖出黑手黨與執政黨和金融界高層過從甚密，這樁醜聞被稱為「賄賂之都」），諸如此類。

然而，通常需要把外語翻譯成英語，並且只有當外語確實獨特且難以翻譯時，才需要重複它。

外國書籍、電影、戲劇和歌劇的名稱都很難處理。有些名稱非常有名，不需要翻譯："Das Kapital"（《資本論》）、"Mein Kampf"（《我的奮鬥》）、“Le Petit Prince”（《小王子》）等等。

有時名稱的含義在上下文中可能並不重要，因此不需要翻譯：“Hiroshima, Mon Amour”(《廣島之戀》)。話雖如此，名稱通常十分重要，所以會想去翻譯它。

有一個方法可以輕易處理經典作品，就是只寫翻譯出來的英文：“One Hundred Years of Solitude”（《百年孤寂》）、“The Leopard”（《浩氣蓋山河》）、“War and Peace”（《戰爭與和平》）、“The Tin Drum”（《錫鼓》／《拒絕長大的男生》），諸如此類。

這通常也是針對小冊子、文章和非小說類作品的最佳做法。然而，有的時候，尤其是對英語人士比較陌生的書籍和電影（也許你要評論其中一本書或一部電影），可能需要同時提供原始名稱和翻譯，因此要寫“La Règle du jeu” (“The Rules of the Game”)，這部電影叫《遊戲規則》；另有“La Traviata” (“The Fallen Woman”)，這部歌劇名叫《茶花女》。外文名稱不需要用斜體。

讀音符號

對於現在已被納入英語的詞語，唯有讀音符號（accent）以及變音符號（umlaut）對發音有重大影響時才使用：*cliché*（陳腔濫調）、*soupçon*（少量）、*façade*（正面）、*café*（咖啡館）、*communiqué*（公報）、*exposé*（揭露）、*über*（極度的）(但 *chateau*〔城堡〕、*decor*〔裝飾〕、*elite*〔精英〕、*feted*〔設宴款待〕、*naive*〔天眞〕不用標讀音符號)。

如果你使用了一個變音符號（n 上頭的波浪號〔tilde〕除外），請全部都使用：*émigré*（流亡者）、*mêlee*（混戰）、*protégé*（門生）、*résumé*（履歷表）。

替法語、西班牙語、義大利語、德語、葡萄牙語和愛爾蘭語的名稱加上讀音符號和其他變音符號：*François Mitterrand*（法蘭索瓦．密特朗）、*Wolfgang Schäuble*（沃夫岡．蕭伯樂）、*Federico Peña*（費德里柯．佩納）、*José Manuel Barroso*（若澤．曼努埃爾．巴羅佐）、*Sinn Fén*（新芬黨，愛爾蘭島之政黨。然而，請注意，有些愛爾蘭人並不使用這類符號，一定要檢查你討論的對象叫 *Sean*〔肖恩〕或 *Seán*）。省略其他外國名稱的讀音符號和變音符號，除非它們很重要（例如，土耳其〔Turkey〕正努力將英文名稱改為 *Türkiye*）。然而，外來字若用斜體，都應該加上適當的讀音符號。

各國的命名和其他慣例

阿拉伯語詞語和名稱

阿拉伯字母中有幾個子音在英語中沒有精確對應的音：例如，兩個截然不同的 *t*、*d* 和 *s* 音，以及幾個在口腔後部和喉嚨頂部發音的子音。有人音譯時一絲不苟，試圖透過大量使用撇號和 *h* 來重現這些微妙的發音，從而產生像 *Mu'ammar al-Qadhdhafi*（穆安瑪爾．格達費[31]）這樣的拼字。這些人很執著，花了不少心血，但這種拼法不僅容易寫錯，也非常難看。

母音比較沒有問題。只有三個，亦即 *a*、*u*、*i*，但每個都可以延長發音。不必費心去區分短的與長的 *a*。有時，拼字中會使用 *oo* 來延長 *u* 的音，好比 *Sultan Qaboos*（卡布斯蘇丹）。在這種情況下，請遵循該

31 譯註：前利比亞實際最高領導者。

慣例，但一般來說，請使用 *ou*，譬如：*murabitoun*（穆拉比通[32]）或 *Ibn Khaldoun*（伊本・赫勒敦[33]）。對於長 *i* 音，通常只用一個 *i* 就可以，除了有生（animate）複數詞尾 *-een* 例外，好比 *mujahideen*（聖戰者[34]）

要寫 *Muhammad*（穆罕默德），而不是 *Mohammed*。第一次提到阿拉伯人的名字時，保留 *al-*（小寫[35]），在第二次及後續提及時，可以刪除它。

阿拉伯語中所有以 *Abd-* 開頭的詞與都應該用連字號連接或納入更長的單字，例如：*Abdallah*（阿卜杜拉）或 *Abdel-Fattah*（阿卜杜勒・法塔赫[36]）。它們都是（上帝、仁慈者、富有同情心者等等）「的奴隸」（slave-of）的變體。沒有人只被稱為「奴隸」或「的奴隸」，所以最好不要單獨寫 *Abd* 或 *Abdel* ／ *Abdul*。

如果某人有偏好的英語音譯，請忽略以上的所有內容；例如，你應該使用 *Mohamed ElBaradei*（穆罕默德・巴拉迪[37]），不是 *Muhammad al-Baradai*。

大多數阿拉伯城鎮前的 *Al-* 或 *al-*（或 *Ad-*、*Ar-*、*As-* 等等）可以去除（因此：是 *Baquba*〔巴古拜〕，不是 *al-Baquba*，是 *Ramadi*〔拉馬迪〕，不是 *ar-Ramadi*）。然而，要寫 *al-Quds*（神聖者／神聖之地），因為它是（耶路撒冷的）阿拉伯名稱，因此無論在何種語境中出現，它都意義重大。

---

32 譯註：北非的聖戰組織。

33 譯註：歷史哲學之父。

34 譯註：單數為 mujahid。

35 譯註：阿拉伯語中的 *al-*（ال）是定冠詞，等於 the。

36 譯註：前南葉門總統。

37 譯註：前埃及副總統。

以下是常見的例子：

- *Abdel Aziz* 阿卜杜勒・阿齊茲（沙烏地阿拉伯王國的創始人）
- *Abdelaziz Bouteflika* 阿卜杜勒—阿齊茲・包特夫里卡
- *Abdel-Fattah al-Sisi* 阿卜杜勒—法塔赫・塞西
- *Abdullah* 阿卜杜拉（國王）
- *Abu Mazen* 阿布・馬贊（又名 Mahmoud Abbas〔馬哈茂德・阿巴斯〕）
- *Abu Musab al-Zarqawi* 阿布・穆薩布・扎卡維
- *Abu Nidal* 阿布・尼達爾
- *Ahmed Chalabi* 艾哈邁德・沙拉比
- *Al Saud* 沙烏地王朝（指整個王室家族要寫成 Al Saud，但當成王子的姓氏時，要使用 *al-Saud*）
- *Al Thani* 薩尼王朝（不用破折號，用法如同 Sauds）
- *Ali al-Sistani* 阿里・西斯塔尼（伊拉克宗教領袖，號稱 Grand Ayatollah〔大阿亞圖拉[38]〕）
- *Anwar Sadat* 艾爾・沙達特
- *Aqaba* 阿卡巴
- *Barghouti* 巴爾古提（有馬爾萬〔Marwan〕・巴爾古提和穆斯塔法〔Mustafa〕・巴爾古提）
- *Bashar al-Assad* 巴沙爾・阿薩德（第二次提到時寫成 *Mr Assad*）
- *Boutros Boutros-Ghali* 包特羅斯・包特羅斯—蓋里

---

38 譯註：這是什葉派宗教學者等級。伊斯蘭教對於不確定的教法問題能夠通過「創製」（Ijtihad）得出結論。有資格進行創製的學者被稱爲「穆智台希德」（mujtahid，阿拉伯語表示「勤奮」），而大阿亞圖拉便是「穆智台希德」的最高稱號，意爲「眞主最偉大的象徵」。

- *burqa* 波卡（穆斯林婦女穿著的罩袍，覆蓋全身，只露出眼睛）
- *Ennahda* 復興運動（突尼西亞的伊斯蘭主義政黨），不是 Nahda
- *Falluja* 費盧杰
- *Farouq Qaddoumi* 法魯克・卡杜米
- *Fatah* 法塔赫（巴勒斯坦民族解放運動）
- *Gaza Strip* 加薩走廊（另有 *Gaza* city〔加薩城〕）
- *Habib Bourguiba* 哈比卜・布爾吉巴
- *Hadit h* 聖訓（「哈迪斯」）
- *Hafez Assad* 哈菲茲・阿薩德
- *haj*（伊斯蘭教）麥加朝聖／朝覲
- *hajj* 麥加朝聖／朝覲
- *Hassan* 約旦王子
- *hijab* 希賈布（伊斯蘭教女性出門時包裹頭部的頭巾）
- *Hizbullah* 回教青年挺身隊[39]
- *Homs* 荷母斯
- *Hosni Mubarak* 胡斯尼・穆巴拉克
- *hudna* 停戰（阿拉伯語的意思是「平靜」或「安靜」）
- *Hussein* 胡笙（國王）
- *Ibn Khaldoun* 伊本・赫勒敦
- *Ibrahim al-Jaafari* 易卜拉欣・賈法里（醫生）
- *intifada* 起義／（旨在反對以色列占領約旦河西岸及加薩走廊的）巴勒斯坦人的暴力行爲
- *Jalal Talabani* 賈拉勒・塔拉巴尼

39 譯註：這是日文，乃是日本占領政府於一九四四年在印尼成立。

- *jamaat islamiya* 伊斯蘭集團[40]
- *Jeddah* 吉達
- *jihad* 聖戰（另有 *jihadist*〔聖戰士〕）
- *madrasa* 馬德拉沙（伊斯蘭教學校，英文要斜體）
- *Majnoon* 馬季努（油田）
- *Marakesh* 馬拉喀什
- *Maronite* 馬龍派教徒
- *Mohamed ElBaradei* 穆罕默德・巴拉迪
- *Mosul* 摩蘇爾
- *Muammar Qaddafi* 穆安瑪爾・格達費
- *Muhammad the Prophet*「先知」穆罕默德
- *mujahideen* 聖戰者（單數爲 *mujahid*）
- *Mukhabarat* 穆哈巴拉特（祕密警察）
- *Muqtada al-Sadr* 穆克塔達・薩德爾
- *niqab* 面紗（英文要斜體）
- *Nuri al-Maliki* 努里・馬里奇
- *Omar al-Bashir* 奧馬爾・巴席爾
- *Peshmerga* 庫德敢死軍
- *Qaboos* 卡布斯（蘇丹）
- *Queen Rania* 拉妮亞王后
- *Rafik* (sic[41])*Hariri* 拉菲克・哈里里
- *Saddam Hussein* 薩達姆・海珊

40 譯註：埃及最大的伊斯蘭激進組織，英文名稱不一，有 Islamic Group 或 Islamic Society。

41 譯註：表示「原文如此」，有人拼成 Rafic Hariri，他是黎巴嫩前總理。

- *Samarra* 沙馬拉
- *Sana'a* 沙那
- *Saud al-Faisal* 沙特・費薩爾（王子）
- *Saud ibn Abdel Aziz* 沙烏地・伊本・阿卜杜勒・阿齊茲[42]
- *Seif al-Islam Qaddafi* 賽義夫・伊斯蘭・格達費
- *Shabab* 沙巴柏足球會[43]（請注意，這是複數）
- *Sharjah* 沙迦／沙爾加
- *Sharm el-Sheikh* 沙姆沙伊赫（意爲「謝赫灣」）
- *Shatt al-Arab* 阿拉伯河[44]
- *Strait of Hormuz* 荷姆茲海峽
- *Tangier* 丹吉爾
- *Tariq Aziz* 塔里克・阿齊茲
- *Wahhabi* 瓦哈比運動的信徒
- *Yasser Arafat* 亞西爾・阿拉法特
- *Zayed* 扎耶德（謝赫／篩海[45]）
- *Zine el-Abidine Ben Ali* 宰因・阿比丁・班・阿里

孟加拉名稱

許多孟加拉語使用者無法區分 *z* 和 *j* 的發音，在音譯爲拉丁字母時，這兩個字母經常互換使用。然而，許多孟加拉人的名字源自阿拉伯

---

42 譯註：應是最前面的 Abdel Aziz 阿卜杜勒・阿齊茲（沙烏地阿拉伯王國的創始人），西方人稱他爲「伊本・沙烏地」（Ibn Saud）。

43 譯註：al-Shabaab 是青年黨／聖戰者青年運動，位於索馬利亞的伊斯蘭原教旨主義恐怖組織。

44 譯註：底格里斯河、幼發拉底河和卡倫河匯流而成。

45 譯註：Sheikh 是阿拉伯語的常見尊稱，意指「部落長老」、「伊斯蘭教教長」或「酋長」。

語，因此這種區別很重要。除非已知某人更喜歡另一種音譯，否則對於從阿拉伯語衍生的名稱，請保留原始字母：*Mujibur Rahman*（穆吉布·拉赫曼，第二次提到時寫 *Sheikh Mujib*〔穆吉布謝赫〕）、*Hefazat*（赫法札特）、*Sajeeb Wazed*（薩吉布·瓦吉德）。

白俄羅斯名稱

如果白俄羅斯人（*Belarusian*，不是 Belarussian）希望以白俄羅斯形式的名字（*Ihor*〔伊霍爾〕、Vital〔維塔爾〕）爲人所知，那就這樣稱呼他們，但要使用熟悉的俄羅斯地名（是 *Minsk*〔明斯克〕，不是 Miensk；是 *Brest*〔布列斯特〕，不是 Bryast；是 *Gomel*〔哥麥爾／戈麥〕，不是 Homel）和 *Alexander Lukashenko*（亞歷山大·盧卡申科）。

柬埔寨名稱

柬埔寨人的名字是先姓後名，但第二次提及時要重複姓和名，並加上 *Mr* 或 *Ms*：*Mr Hun Sen*（洪森先生）、*Ms Mu Sochua*（莫淑華女士）。

華人名稱

一般而言，中文姓名應遵循漢語拼音來拼寫，這套拼音法已取代了韋傑士拼音（Wade-Giles，又稱威妥瑪拼音）等較舊的羅馬拼音系統。因此，要將北京拼成 *Beijing*，不是 Peking，毛澤東是姓 *Mao* 名 *Zedong*，不是 *Tse-tung*。

由於中文是姓氏在前，所以第二次提到 *Xi Jinping*（習近平）時，就要寫 *Mr Xi*（習先生）。

有些台灣人的名字仍然按照韋傑士拼音來拼寫；有些台灣人的名字拼寫則很獨特。中國大陸以外的其他名字也可能遵循韋傑士拼音或其他羅馬拼音系統，因此請務必詳查。

有些香港人除了有中文名字，還會取英文名字。這種人的全名應先寫英文名字：*Emily Lau Wai-hing*（劉慧卿）。第二次及後續提到她時，則改爲 *Ms Lau*（劉女士）。

避免以高人一等的語氣說中國是 *Middle Kingdom*（中央王國），而這是中國的英文直譯。會有這種名稱，可能是中國是從中心的一群王國發展而來，而非自視甚高的表現。若使用這種稱號，會讓人想起昔日的偏見。

新疆的主要非漢族族群稱爲 *Uyghurs*（維吾爾人），前面不加定冠詞 the。

荷蘭名稱

如果同時使用名字和姓氏，則 *van* 和 *den* 要小寫：*Dries van Agt*（德里斯・范阿赫特）和 *Joop den Uyl*（約普・登厄伊爾）。然而，若不使用名字，他們就變成了 *Mr Van Agt* 和 *Mr Den Uyl*。在有一個 *Van* 和一個 *den* 的情況下，*den* 要小寫：*Hans van den Broek*（漢斯・范登布魯克）成爲 *Mr Van den Broek*。這些規則並非總是適用於比利時和南非的荷蘭名字：*Herman Van Rompuy*（赫爾曼・范宏畢，後續稱爲 *Mr Van Rompuy*）和 *Karel Van Miert*（卡雷爾・范米爾特，後續稱爲 *Mr Van Miert*）。

衣索比亞和厄立垂亞名稱

衣索比亞人和厄立垂亞人使用父姓（patronymic），人們有自己的名字，而且通常後面會加上父親的名字。在第二次提及時，若在第二個名字後面附加 *Mr* 或 *Ms*，就會指此人的父親。將其附加到第一個名字，就相當於稱呼某人爲「Mr Robert（羅伯特先生）」或「Ms Zanny（贊尼女士)」。第二次引用時應該只使用第一個名字。因此，在第二次提及時，*Abiy Ahmed*（阿比・阿邁德）變成 *Abiy*，*Hailemariam Desalegn*（哈勒瑪利恩・戴沙略）變成 *Hailemariam*。

法國名稱

任何 *de* 都可能是小寫，除非它位於句首。因此，*De Gaulle*（戴高樂）位於句首時，de 就要大寫；但是寫 *Charles de Gaulle*（夏勒・戴高樂）和一般提到 *de Gaulle* 時，de 要小寫。

德國名稱

唯有在句首時才會將 *von* 大寫。

德國於一九一九年廢除貴族頭銜，但允許持有者繼續將其當成姓氏。不要暗示某個名爲 *X Graf von Y* 的人是伯爵（count [46]）。在不同尋常的情況下，這些名字也會隨著性別而變化；例如，*Graf* 的女性版本是 *Gräfin*。

冰島名稱

多數的冰島人沒有姓氏。他們的姓氏（父姓）是取自父親的名字，因此，*Leifur Eiriksson*（萊夫・艾瑞克森）是艾瑞克的兒子（*son of Eirikur*），而 *Freyja Haraldsdottir*（費婭・哈拉爾德斯多蒂）是哈拉爾德的女兒（*daughter of Harald*）。如果她與 Leifur Eiriksson 結婚，她將保留自己的姓和名，他們的兒子將以 *Leifsson* 作爲父姓，而女兒則

46 譯註：count 是 graft 的英譯。馮（von）等同於法語的德（de）和荷蘭語的范（van），在德語姓氏中表示貴族姓氏助詞，von 後面的地名都暗示起源於中世紀的貴族故事（家族徽號或封地）。此外，von 也是平民使用的簡單介詞。

以 *Leifsdottir* 作爲父姓。第一次提及時應使用姓和名（如果某人有兩個名字，則應使用更多）。在後續提及時，僅使用名字。少數冰島人，例如前總理蓋爾·希爾馬·哈爾德（Geir Hilmar Haarde），確實有兩個姓氏，但冰島人仍然只稱呼他們的名字；第二次提到這位總理時要稱他爲 *Geir*。

印尼名稱

印尼人的名字通常很簡單，但有些印尼人只有一個名字。第一次提到他們時，請如實稱呼他們：*Budiono*（布迪歐諾）。然後添加適當的頭銜：*Mr Budiono*（布迪歐諾先生）。對於那些有多個名字的人，務必在第二次和後續提及時正確刪除名字，例如：*Susilo Bambang Yudhoyono*（蘇西洛·班邦·尤多約諾）在第二次提及時就成了 *President* (*Mr*) *Yudhoyono*（尤多約諾總統／先生）。*Joko Widido*（佐科·維多多）被稱爲 *Jokowi*：第一次提及時標註這點，後續提到他時不要加 *Mr*。

義大利名稱

幾乎所有名字的 *De*、*Della*、*Lo* 都是大寫。

然而，在貴族名字中，介系詞可能指某個古老頭銜（例如，*Visconti di Modrone*，莫德羅內子爵），其中的 *di* 實際上起著 *of* 的作用並採用小寫。儘管官方對這些頭銜的正式認可已於一九四六年終止，但情況仍然如此；這些頭銜被視爲一種禮貌，所以務必要確認清楚。

日本名稱

根據二〇二〇年生效的一項法令，即使使用拉丁字母書寫，日本人的姓氏也要放在前面，以便與日語的讀法和寫法一致。因此，要寫

Kishida Fumio（岸田文雄，前日本首相），不是 Fumio Kishida，第二次提及時使用 *Mr Kishida*（岸田先生）。

紅色高棉

在一九六〇年代和一九七〇年代，柬埔寨各共產政黨的追隨者被稱爲 *Khmers Rouges*（紅色高棉／赤柬）。*Khmer Rouge* 可以當成修飾語，但作爲獨立名詞只能用來指這個組織的某一位成員。

韓國名稱

與該地區的許多民族一樣，韓國人把姓氏擺在前面。

請注意，南韓人的名字要用連字號連接：*Kim Dae-jung*（金大中）。北韓人堅持要把名字分開來寫，而且無論姓或名，首字母都得大寫，所以是：*Kim Il Sung*（金日成）、*Kim Jong Il*（金正日）、*Kim Jong Un*（金正恩），諸如此類。

吉爾吉斯、吉爾吉斯語

Kyrgyzstan 是這個國家的英文名稱。它的形容詞是 *Kyrgyzstani*，這也是該國其中一個群體的名稱。*Kirgiz* 是吉爾吉斯語的名詞和形容詞，也是 *Kyrgyzstan* 以外的 *Kirgiz* people（吉爾吉斯人）的形容詞。

馬來西亞頭銜

要用 *tunku*（東姑）、*tengku*（登姑）或 *tuanku*（端姑）？這些不是替代拼寫法，而是馬來西亞王子的不同頭銜，會根據所在的州而有所差異。

吉打州（Kedah）和森美蘭州（Negeri Sembilan）王子或公主的稱

號是 *tunku*。

柔佛州（Johor）、彭亨州（Pahang）、登嘉樓州（Terengganu）和吉蘭丹州（Kelantan）的王子或公主使用 *tengku* 的頭銜。

tuanku 被授予給不自稱蘇丹（sultan）的統治者（例如：玻璃市〔Perlis〕和森美蘭州的統治者），以及砂拉越（Sarawak）的一些非皇室貴族。

緬甸的名稱和頭銜

緬甸人取名或被賦予名字時並沒有根據固定的習俗。名字可能由幾個字組成，也可能只有一個字，並且在一生中可能會多次更改。姓氏沒有普遍的傳統，因此家中的每個成員可能都有一個與其他成員毫無關係的名字。

雖然有些人的名字由幾個單字組成，但這些部分與其他國家常見的名字和姓氏並不對應。它們可能表示風或黃金，或從星期名稱借用。因此，在第二次及隨後提及時，通常需要在適當的英文稱號後重複整個名字，所以 *Thein Sein*（登盛，意思是 *hundreds of thousands of diamonds*〔數十萬顆鑽石〕）變成 *Mr Thein Sein*（登盛先生[47]）。然而，這種做法並非一體適用：*Aung San Suu Kyi*（翁山蘇姬）變成 *Ms Suu Kyi*（蘇姬女士[48]）。

緬甸使用許多種頭銜，其中只有 *U*（意思接近 *Mr*）可能有用，並且僅用於稱呼名字為單音節的知名人物，例如：*U Nu*（吳努）或 *U Thant*（吳丹）。雖然這兩位都已去世，但若不加上 *U* 這個尊稱來稱呼

47 譯註：或者譯成「吳登盛」，其中的「吳」並非姓氏，而是尊稱，相當於中文的「先生」。

48 譯註：她的名字由其家人姓名而來，Aung San 取自父親之名，蘇 Suu 源於祖母之名，Kyi 則取自母親。她也經常被稱爲 Daw Aung San Suu Kyi（杜翁山蘇姬），其中的 Daw 是緬甸語的敬稱，表示「女士」。

他們，就會顯得有些奇怪。名稱前的 *U* 通常可以忽略。尤其不要將任何 *U Anyone*（吳某某，無論在世或去世的）稱爲 *Mr U Anyone*（吳某某先生）：只要加 *U* 就行。

然而，請注意，有時名字中會包含尊稱，讓事情變得更難處理。此外也要注意，名字末尾的 *U* 不是頭銜，通常表示 *first*（第一個）或 *first-born*（第一個出生的）。這種 *U* 是名字的一部分，因此 *Thant Myint-U*（吳丹敏）永遠是 (*Mr*) *Thant Myint-U*。

巴基斯坦名稱

如果名稱包含伊斯蘭定冠詞 *ul*，則應小寫且不帶連字號：*Zia ul Haq*（齊亞・哈克）、

Mahbub ul Haq（馬哈布布・哈克）(但 *Sadruddin*〔薩德魯丁〕、*Mohieddin*〔毛希丁〕和 *Saladin*〔薩拉丁〕要寫成一個字[49]）。

屬格 *e* 以連字號連接：*Jamaat-e-Islami*（伊斯蘭大會黨）、*Muttahida Majlis-e-Amal*（統一行動評議 ）。

葡萄牙名稱

葡萄牙姓氏與西班牙姓氏完全一樣（請參閱**西班牙名稱**條目）：大多數人有兩個姓氏，但先是母親的姓氏，然後才是父親的姓氏。如果他們只用一個姓氏，通常是用第二個，並且名字擺前面，按字母順序排列。*António Luís Santos da Costa*（安東尼奧・路易士・桑托斯・達・

49 譯註：阿拉伯人的本名有時會加後綴 الدين（al-din / ad-din / el-din / eddin / uddin），意爲「宗教」。例如：Aladdin（阿拉丁）或 Saladdin（薩拉丁），作者指出不要在這個後綴前使用連字號，但有人會把薩拉丁拼成 Salah ad-Din。

科斯塔[50]）通常簡稱爲 *António Costa*（安東尼奧．科斯塔），此後稱爲 *Mr Costa*（科斯塔先生）。然而，有些人會同時使用兩個姓，尤其是當他們的第二個姓（來自父親的姓）很常見的時候，這種例子包括 *Aníbal Cavaco Silva*（阿尼巴爾．卡瓦科．席瓦[51]），後續稱他爲 *Mr Cavaco Silva*（卡瓦科．席瓦先生）。*Luiz Inácio Lula da Silva*（路易斯．伊納西奧．魯拉．達席爾瓦）被普遍稱爲 *Lula*（魯拉）。第一次提到他時請標註這點，此後就稱他 *Lula*，不必加 *Mr*。

羅姆人

羅姆人的英文是 *Roma*，他們的語言叫 *Romany*。

俄國詞語和名稱

每種音譯俄語的方法都有缺點。以下規則旨在確保語音準確，但與廣泛接受的用法相衝突時，則要視爲例外情況。

- 子音之後的 *e* 前面不加 *y*：*Belarus*（白俄羅斯）、*perestroika*（改革[52]）、*Oleg*（奧列格）、*Lev*（列夫）、*Medvedev*（梅德韋傑夫）。（實際發音介於 *e* 和 *ye* 之間。）
- 如果發音有要求，請在單字開頭的 *a* 或 *e* 之前或母音之後加上一個 *y*：*Yavlinsky*（亞夫林斯基）、*Yevgeny*（葉夫根尼，不是 Evgeny）、*Aliyev*（阿利耶夫，不是 Aliev）、*Dudayev*（杜達耶夫）、*Baluyevsky*（巴盧耶夫斯基）和 *Dostoyevsky*（杜斯妥也夫斯基）等等。

---

50 譯註：*Santos* 是來自母親的姓，*Costa* 是來自父親的姓。

51 譯註：*Cavaco* 是來自母親的姓，*Silva* 是來自父親的姓。

52 譯註：一九八〇年代末期戈巴契夫推行的一系列經濟改革措施。

- 俄語單字中若有以俄語字母 *ë* 拼寫且發音爲 *yo*，英文轉譯拼寫時應該使用 *yo*。*Fyodorov*（費奧多羅夫，不是 Fedorov）、*Seleznyov*（謝列茲尼奧夫，不是 Seleznev）、*Pyotr*（彼得，不是 Petr）。話雖如此，要使用 *Gorbachev*（戈巴契夫）和 *Khrushchev*（赫魯雪夫[53]），其他名人的名字也是如此，否則看起來很奇怪。
- 對於以 *-i*、*-ii*、*-y* 或 *-iy* 結尾的單詞，在子音後使用 *-y*，在母音後使用 *-i*。這既兼顧語音，也遵循常見用法：*Zhirinovsky*（季里諾夫斯基）、*Gennady*（根納季）、*Yury*（尤里）、*Nizhny*（尼茲尼）、*Georgy*（格奧爾基）等等，還有 *Bolshoi*（莫斯科大劇院）、*Rutskoi*（魯茲柯伊）、*Nikolai*（尼可拉）、*Sergei*（謝爾蓋）。
  例外（爲了遵循常規）：*Tolstoy*（托爾斯泰）。
- 將 *dzh* 替換爲 *j*。*Jokhar*（焦哈爾）、*Jugashvili*（朱加什維利，亦即史達林〔Stalin〕的本名；但按照慣例，他的名字是 *Josef*〔約瑟夫〕，不是 Iosif）。
- 除非當事人明確選擇英語化的版本，否則要使用 *Aleksandr*（亞歷山大）、*Viktor*（維克多）和 *Eduard*（愛德華），不是 Alexander、Victor 和 Edward。然而，對於 *Alexander Nevsky*（亞歷山大・涅夫斯基）和 *Alexander Solzhenitsyn*（亞歷山大・索忍尼辛）等歷史人物則保留熟悉的拼字。

雪巴人的名稱

雪巴人（*Sherpa*）分布在尼泊爾、西藏部分地區以及西方的一些地方，尤其是紐約。*Sherpa* 若是名字的一部分，通常應該位於末尾，而

---

53 譯註：戈巴契夫的俄語為 Горбачёв，赫魯雪夫的俄語為 Хрущёв，兩者都有 ë。

不是開頭：*Tenzing Norgay Sherpa*（丹增諾蓋）。

新加坡名稱

新加坡華人的名字中沒有連字號，姓氏放在前面：*Lee Hsien Loong*（李顯龍），後面稱他 *Mr Lee*（李先生）。

西班牙名稱

西班牙人有時有好幾個名字，通常包括兩個姓氏，一個來自父親，一個來自母親，按此順序。（在這兩種情況下，一是使用父親的姓氏，二是使用母親的父親的姓氏。）名字在第一個姓氏前按字母順序排列。

要查明某人公開使用哪個名字。許多人只使用第一個姓氏：*Pedro Sánchez Pérez-Castejón*（佩德羅・桑切斯・培瑞茲—卡斯特洪[54]）簡稱爲 *Pedro Sánchez*（佩德羅・桑切斯），後續稱之爲 *Mr Sánchez*（桑切斯先生）。

然而，如果某人的第一個姓氏很常見，例如 *Fernández*（費南德茲）、*López*（羅培茲）或 *Rodríguez*（羅德里奎茲），他通常會使用兩個姓氏。因此：

- *Andrés Manuel López Obrador*（安德烈斯・曼努埃爾・羅培茲・歐布拉多），成爲 *Mr López Obrador*（羅培茲・歐布拉多先生）
- *Juan Fernando López Aguilar*（胡安・費爾南多・羅培茲・阿吉拉爾）成爲 *Mr López Aguilar*（羅培茲・阿吉拉爾先生）

有少數人只用第二個姓氏，特別是 *José Luis Rodríguez Zapatero*（荷西・路易斯・羅德里奎茲・薩巴德洛），因此他被稱爲 *Mr Zapatero*（薩巴德洛先生）。

54　譯註：第一個姓氏 Sánchez 來自父親，第二個 Pérez-Castejón 是母親娘家的姓。

雖然西班牙婦女在結婚時偶爾會非正式冠上丈夫的名字（放在一個 *de* 之後），但她們通常不會更改自己的法定名字。

瑞士地名

盡量使用熟悉的英文名稱（*Chur*〔庫爾〕、*Geneva*〔日內瓦〕、*Lucerne*〔琉森〕、*Zurich*〔蘇黎世〕）。否則，請使用當地的名稱（要寫 *Basel*〔巴塞爾〕，不是 Basle；是 *Bern*〔伯恩〕，不是 Berne。）如果某個地方正式實行雙語，則寫較大語言群體使用的名稱，所以要用 *Fribourg*（夫里堡），不是 Freiburg。

土耳其、突厥語的、土庫曼人等

Turk（土耳其人）和 *Turkish*（土耳其的）分別是土耳其（Turkey）的名詞和形容詞。

Turkic（突厥語的，形容詞，指烏拉爾—阿爾泰語系〔Ural-Altaic languages〕的分支：維吾爾語〔Uyghur〕、喀山韃靼語〔Kazan Tatar〕和吉爾吉斯語〔Kirgiz〕等等）。

Turkmen（土庫曼人，又稱 Turkoman，複數為 Turkomans，居住在土庫曼〔Turkmenistan〕的人；跟這些人有關的形容詞，亦即土庫曼人的）。

Turkmenistani（土庫曼的形容詞；也指該國的本地人）。

Turkoman（土庫曼人，突厥民族的一個分支，主要居住在裏海〔Caspian Sea〕以東且昔日曾被稱為突厥斯坦〔Turkestan，又譯土耳其斯坦[55]〕的地區，以及伊朗和阿富汗的部分地區；*Turkoman* 也可以當成

55 譯註：Turkestan 中的 Turk 表示「突厥」，乃是操突厥語的各民族之統稱，與「安納托利亞突厥人」或「鄂圖曼土耳其人」的「土耳其」不同，因此譯文以「突厥斯坦」為主，後頭附加台灣常見的「土耳其斯坦」。

土庫曼人的語言，同時也是個形容詞）。

烏克蘭名稱

使用烏克蘭政府於二〇一一年向聯合國提交的西里爾字母（Cyrillic）轉寫羅馬字母的官方方案，但有以下例外：

- 在以西里爾字母 **ий**、**ій**、**ый** 結尾的陽性形容詞末尾使用 -y，包括像 *Zelensky*（澤倫斯基）這樣很像形容詞的名字。
- 沒有二合字母（double digraph，兩個字母發一個音），所以是 *Zaporizhia*（札波利扎），不是 *Zaporizhzhia*[56]。
- 雖然我們採用了其他烏克蘭名稱，例如 *Kyiv*（基輔）和 *Kharkiv*（哈爾基夫），但 *Odessa*（奧德薩）仍維持這種拼寫（另一種拼法是 Odesa）。寫雙 *s* 是確保 *e* 發音正確。[57]

越南名稱

越南人的名字不用連字號，姓氏擺在前面：

Ho Chi Minh（胡志明）

Tran Duc Luong（陳德良，後續稱 *Mr Luong*〔良先生[58]〕）

56 譯註：這是直接音譯札波利扎（Запоріжжя）的拼法。

57 譯註：奧德薩這個港灣城市的拼法有 Одеса（烏克蘭語）和 Одесса（俄語），從中可推斷雙 s 版本應該出自俄語。然而，有趣的是，俄語發音的第一個 O 要唸成 /a/，而且 e 的發音也和烏克蘭語稍有不同（俄語〔Adiéssa〕vs 烏克蘭語〔Odésa〕）。英美人士若不懂俄文，看到 *Odessa* 時，發出的音卻像 *Odesa*。Wiktionary 用 IPA 將這兩個字的發音明確標示出來，可聽出兩者在 e 發音上的區別。

58 譯註：越南人習慣稱呼對方名字的最後一個字，而不稱姓氏，包括正式場合在內。

第九章

令人困惑的表兄弟：美式和英式英語

《經濟學人》的文章是以英式英語書寫。如果不加區分便隨意使用美國詞語，許多英國人會覺得有點厭煩。其實，如果我們混用國家標準，其他國家的眾多讀者可能也會對我們到底指什麼而感到困惑。

不少美國字詞和表達方式已經滲入英式英語（movie〔電影〕）；有些單字活力十足（fracking〔水力壓裂／裂解〕、scofflaw〔藐視法律者〕），或者充滿魅力（discombobulate〔混亂〕），甚至讓讀者感到驚訝（conniptions〔激怒／歇斯底里〕）。有些則簡短有力，切中要點（因此要寫lay off〔裁員〕，不要用make redundant〔使……被解雇／成爲冗員〕）。

然而，有些詞語很長，所以沒有必要（例如：用*and*〔和〕，不要用*additional*〔此外〕；用*car*〔車〕，不要用*automobile*〔汽車〕；用*company*〔公司〕，不要用*corporation*〔集團公司〕；用*transport*〔運輸〕，不要用*transportation*〔運輸〕；用*district*〔區〕，不要用*neighbourhood*〔鄰近地區〕；用*oblige*〔迫使〕，不要用*obligate*〔使……負義務〕；用*rocket*〔火箭／猛漲〕，不要用*skyrocket*〔衝天火箭／騰空而起〕）。

spat（口角）和*scam*（騙局）是某些記者偏好的詞語，它們簡潔明瞭，但*row*（爭吵）和*fraud*（欺詐）也同樣簡潔明瞭；有時也可以改

用 *squabble*（口角）和 *swindle*（詐騙）。

normalcy（常態）和 *specialty*（專長）有很好的英文替代詞，分別是 *normality* 和 *speciality*。

real estate（房地產／不動產）就是 *property*（財產）。

gubernatorial（〔美國〕州長的）長得很醜，最好避免。

當你要指 *hope to*（希望）或 *intend to*（打算）時，不要寫 *look to*（期待）。

某些美式英語屬於委婉說法或語意模糊，避免以下用字，以及幾乎所有的美國體育術語：

- *ball game*（競賽／局面／形式）
- *end run*（迂迴戰術[1]）
- *jury rig*（臨時或應急配備）
- *point man*（斥候）
- *rookie*（新手）
- *stand-off*（僵局）
- *stepping up to the plate*（迎難而上／挺身而出）

downtown Manhattan（曼哈頓市中心）可能是有用的術語，可以與 *uptown Manhattan*（曼哈頓上城）或 *midtown Manhattan*（曼哈頓中城）區分開來，但在美國以外，描述城市中心的形容詞是 *central*。

而 *judgment call*（主觀判斷）就是 *matter of judgment*（判斷的問題），或只是 *judgment*（判斷）。如果你不記得有 *judgment call of Solomon*（所羅門的判斷[2]），你應該做好準備，或許會看到 *last judgment*

1 譯註：美式足球用語，表示爲了突破防守而往旁邊跑，從而繞過防守陣線。

2 譯註：正常寫法是 judgment of Solomon，語出《聖經．列王紀上》3 章 16-28 節，和合本翻譯成「智慧判斷」，內容是所羅門在位期間，有兩個女人自稱是某個孩子的母親，所羅門王透過上帝的智慧來斷案，分辨了眞母親和假母親。

call（最後的審判[3]）。

填寫表格，要寫 *fill* forms *in*，不是 *fill* forms *out*。

使用 *rumbustious*（喧鬧的），不要用 *rambunctious*。

使用 *senior*（級別高的），而不是 *ranking*（高級的）。

使用 *snigger*（竊笑），而不是 snicker。

在政治上，華盛頓特區（Washington, DC）應稱爲 the *country*'s capital（國家〔美國〕的首都），而不是 the *nation*'s capital[4]。（除非會與華盛頓州〔Washington state〕混淆，否則不必加上 DC。）

此外，不必遵循美國的用法來選詞挑字，例如 *constituency*（選區／支持者，不妨使用 *supporters*）、*perception*（見解，可以嘗試使用 *belief*〔信仰〕或 *view*〔觀點〕）和 *rhetoric*（修辭／言辭，這個字意思太窄，不是太廣；如果你指的是 *language*〔語言〕、*speech*（演講）或 *exaggeration*〔誇張〕，就用這些字）。

在英國，牛和豬可以被飼養（*raised*），但孩子卻要（或應該）被撫養長大（*brought up*）。

可以寫 *on-site inspection*（現場檢查），但不要用 *in-flight entertainment*（機上娛樂）、*on-train team*（團隊[5]）或 *in-ear headphone*（入耳式耳機）。

3　譯註：正常寫法是 last judgment，這是最後的審判，又稱大審判或末日審判。

4　譯註：作者強調 country 和 nation 的不同。country 表示有明確地理範圍的政治實體，nation 指民族／國家，強調人民有共同的語言、歷史和文化背景，屬於一種想像的共同體。此外，state 指國家，側重政治層面，更強調國家的政權完整性和獨立性。nation state 翻譯成民族國家，表示單一民族構成一個國家且掌握政權，日本就是這種案例。美國（United States）是個民族大熔爐，由各州（state，其實就是一個國家）組成，使用 country 比 nation 要好。

5　譯註：on-train 類似 on-board，表示「成爲團隊或組織的成員，以及共同參與某事」。無論上了火車或上了船，大家都要同舟共濟。

你丟的是 *stone*（石頭），不是 *rock*（岩石），除非它們是 *slate*（石板）。*slate* 也可以表示 *abuse*（濫用，當成動詞），但在英國，它沒有 *predict*（預測）、*schedule*（安排日程）或 *nominate*（提名）的意思。

不要用 regular（常規的）表示 *ordinary*（普通的）或 *normal*（正常的），例如：

Mussolini brought in the *regular* train, All-Bran the *regular* man; it is quite *normal* to be without either.

（墨索里尼讓火車準點[6]，吃高纖食物讓人身材匀稱；火車不準點，身材不匀稱，都是很正常的。）

大多數的 *store*（商店）都是 *shop*。只有 the speechless（不會說話或啞口無言的人或動物）才是 *dumb*（不會說話的／一時說不出話來的／無聲的），但在美式英語中，dumb 表示愚蠢的。衣著光鮮的人（和各種設備）才是 *smart*（衣冠楚楚／靈巧的，高性能的），精神失常的人是 *mad*（精神錯亂的）。

絕不該看見或聽到有人用 *poster child*（海報兒童，表示代表人物或形象）。

silo（筒倉／地窖／隱藏式飛彈發射台）最好用來屯積穀糧，或者最糟的情況是存放彈道飛彈（ballistic missile）。

scenario（場景）適用於劇院，*posture*（姿勢）適用於健身房，*parameter*（參數）適用於拋物線。

可以等待（*wait*）一小時（an *hour*）、一個月（a *month*）或一生（a *lifetime*），但不能等待桌子（*wait tables*，當服務生給人上菜或送飲料）。

6　譯註：英語有一種說法：Mussolini made the trains run on time。這句話被人用來舉例，說威權政體犧牲個人自由和民主原則，卻能展現行政效率和維護秩序。

同理，可以*grow* a beard（蓄留鬍子）、*grow* a tomato（種植番茄），甚至 *grow* horns（長出角），但不要寫 *grow a company* or economy（發展公司或經濟），或者 *post a profit*（宣稱獲得利潤）。

你可以 *program* a computer（設定一台電腦），但在其他場合，這個字要用 *programme*。

英式英語是選擇 *one or other thing*（其中之一）；美式英語是選擇 *one thing or the other*。

某些美國詞語和表達方式曾經在英式英語中很常見（有些仍然可在蘇格蘭英語中看見）。

然而，許多說法對一般的英國人來說已經過時。因此：

- 你是穿 *clothes*（衣服）或 *clothing*（服飾），不是 *apparel*（服裝）、*garment*（衣服）或 *raiment*（衣服）。
- 用 *doctor*（醫生），而不是 *physician*。
- 用 *got*，而不是 *gotten*。
- 用 lawyer（律師），而不是 *attorney*。
- 用 *often*（經常），而不是 *oftentimes*。
- 用 *over*（超過）或 *too*（太），而不是 *overly*。

請注意，不要寫 *task* people（給人派任務）。

而且絕對不要用 *likely* 來表示 *probably*（大概）：

He will likely die.（他大概會死。）

介系詞

美式英語和英式英語在介系詞、介系詞片語和介系詞動詞的用法上經常有所差異。沒有哪一方必定更為簡潔。

對於英式英語，如果 *meet*（會面）本身在上下文中就很清楚（亦即不是首次見面），就不要寫 *meet with*。

outside of America（在美國境外），單用 *outside* 就夠了。

不要寫 live well *off of* the German welfare system（靠德國的福利制度過上好日子），單用 *off* 這個介系詞就夠了。然而，在英國，事情是 go *out of the window*（完全消失），不能只寫 *out the window*。

如果你能 *work out*（計畫／想出），就別寫 *figure out*。

deliver on a promise（兌現承諾）就是遵守承諾（*keep* it.）。

在英式英語中，你可在哈利街或華爾街找到醫生和律師（*in Harley Street* or *Wall Street*），街名前的介系詞不是 *on*。他們是在週末（*at weekends*）休息，介系詞不是 *on*。孩童不是 *at school*（在學校讀書，最好寫 *in school*）。

英國人生病或受傷時會去醫院（go *to hospital*），然後住院（*in hospital*，不是 *in the hospital*，更不是 *hospitalised*〔被醫療〕）。

英式英語會區分 *in future*（亦即 *henceforth*〔從今以後〕或 *from now on*〔從現在開始〕，不要寫 *going forward*）和 *in the future*（未來，好比二〇七三年）。美國人表示這兩種意思時，都會使用 *in the future*。

時態

要根據英國用法來選擇時態，尤其是不要像美國人那樣迴避（*fight shy*）完成式，尤其是在沒有給出日期或時間的情況下。

因此，要寫 *Mr Obama has woken up to the danger*（歐巴馬先生已經意識到有危險），不要寫 *Mr Obama woke up to the danger*，除非加上 *last week*（上週）或 *when he heard the explosion*（當他聽到爆炸聲時[7]）之類說明時間的短語。

不要寫 *Your salary just got smaller so I shrunk the kids*（你的薪水變少了，所以我把孩子縮小了[8]）」。用英式英語來說，這就是 *Your salary has just got smaller so I've shrunk the kids*。

詞性變化

單字不時會從一個詞性跳到另一個詞性，但在英式和美式英語中，不同的單字會以不同的方向跳躍。

逆序造詞（back-formation）在英語中很常見，好比由名詞 *surveillance*（監視）創建先前不存在的動詞 *surveil*。然而，英式和美式英語在接受哪些逆序創造的詞語方面有所不同。

英國作家更傾向於使用 *orientate*（以……爲目標／使面向／使適應）來表示 *orient*，而美國作家則偏好使用 *obligate*（使負有法律義務）來表示 *oblige*。*curate*（策展）是根據 *curator*（策展人）構成的動詞，意爲 *organise*（籌劃）或 *superintend*（監督／主管）展覽，現在已被納入英式英語。

然而，要接納 *gallerist*（畫廊主）或 *galeriste*（畫廊擁有者），現在還爲時過早（最好用 *dealer*〔經銷商〕，或者合適的話，用 *gallery*〔畫廊〕即可）。請用 *burgle*（入室行竊），切勿使用 *burglarise*。

7　譯註：此處指出使用過去式時，要明確標示時間點，否則最好使用完成式，而完成式的動作是也發生在過去，不會讓人誤會。

8　譯註：《親愛的，我把孩子縮小了》（*Honey, I Shrunk the Kids*）是一九八九年的美國科幻喜劇片。

盡量不要將名詞變成動詞，也不要把名詞變成形容詞。因此：

- 不要寫成 *action* proposals（執行提案）
- 不要寫成 *author* books（撰寫書籍，更不用說 *co-author* books〔合作撰寫書籍〕）
- 不要寫成 *critique* style guides（批評風格指南）
- 不要寫成 *exit* a room（離開房間）
- 不要寫成 *haemorrhage* red ink（〔短期內〕大量虧損）
- 不要寫成讓一個事件 *impact*（影響／衝擊）另一個事件
- 不要寫成 *loan* money（貸款）或 *gift* anything（贈送東西）
- 不要寫成 *pressure* colleagues（向同事施壓，用 *press* 即可）
- 不要寫成 *progress* reports（處理報告）
- 不要寫成 *scope* anything（觀察事情）
- 不要寫成 *showcase* achievements（展示成就）
- 不要寫成 *source* inputs（標明輸入的來源）
- 不要寫成 *trial* programmes（試驗計畫）

至於 *access* files（存取文件）勉強可以。

避免使用 *parenting*（教養子女），甚至更含辛茹苦養育孩子的 *parenting skills*（教養子女的技能）。

你不必 *downplay* criticism（輕描淡寫批評），而是可以 *play it down*（淡化它，或 *make little of it*（不重視它），以及 *minimise it*（將其看輕）。

upcoming（臨近的）和 *ongoing*（正在進行的）最好分別寫成 *forthcoming* 和 *continuing*。

如果可以寫 *fit* your children *out*（給孩子買衣服／裝備），爲什麼要寫 *outfit* your children。

gunned down（被槍殺／被人開槍而重傷）就表示 *shot*（被擊中）。

雖然有時需要用名詞來修飾名詞，但沒必要將 *attempted coup*（企圖發動的政變）稱爲 *coup attempt*（政變的企圖）；也不要將 *suspected terrorist*（被懷疑是恐怖分子的人）稱爲 *terrorist suspect*（恐怖分子嫌疑人）；更不要將 *Californian legislature*（加州的立法機構）稱爲 *California legislature*（加州立法機構）。

也要避免把幾個名詞湊在一起，形成一個很可怕的網狀結構：

Texas millionaire real-estate developer and failed thrift entrepreneur Hiram Turnipseed...

（德州百萬富翁房地產開發商和失敗的節儉企業家海勒姆·特尼普西德……）。

同理，不要把形容詞變成名詞，以下是替換的例子：

- *centennial* 最好改用 *centenary*（一百週年紀念）
- *demographic* 通常最好改用 *demography*（人口統計學）
- *inaugural* 最好改用 *inauguration*（就職典禮）
- *advisory* 最好改用 *warning*（警告／提醒）

此外，也不要將動詞當成名詞，以下是替換的例子：

- 動詞 *ask* 改用名詞 *request*（請求）或 *demand*（要求）
- 動詞 *assist* 改用名詞 *help*（幫助）
- 動詞 *build* 改用名詞 *building*（建構）
- 動詞 *disconnect* 改用名詞 *disconnection*（斷開連接）
- 動詞 *meet* 改用名詞 *meeting*（會面）
- 動詞 *spend* 改用名詞 *spending*（花費）
- 動詞 *steer*[9] 改用名詞 *hint*（提示）或 *guidance*（指導）

9　譯註：Can you give me a steer on this?（你能針對這點給我個建議嗎？）

標點符號

條列項目的逗號

在清單中的最後一個 *and* 前面使用逗號，稱爲連續逗號或牛津逗號（Oxford comma）：

eggs, bacon, potatoes, and cheese

（雞蛋、培根、馬鈴薯和起司）

多數美國作家和出版商使用連續逗號；然而，多數英國作家和出版商僅在必要時使用它來避免歧義：

eggs, bacon, potatoes and cheese

例外：*The musicals were by Rodgers and Hammerstein, Sondheim, and Lerner and Loewe*（這些音樂劇由羅傑斯和漢默斯坦、桑德海姆，以及勒納和洛伊創作）。

句號

美國的慣例是在幾乎所有的縮寫和縮略形式的末尾使用句號；具體來說，句號用於小寫的縮寫，例如 a.m.、p.m.，用大寫或小型大寫字母的縮寫不用句號，好比 US、UN、CEO。英國的慣例是在縮寫後使用句號，例如：*abbr.*、*adj.*、*co.*；然而，在 *Dr*、*Mr*、*Mrs*、*St* 之後不加句號。

連字號

美式英語比英式英語更容易接受複合詞。具體來說，許多由兩個獨立名詞組成的名詞在美式英語中拼成一個單字，而在英式英語中，它們要嘛分開獨立，要嘛用連字號連接，例如：*applesauce*（蘋果醬）、*newborn*（新生的）、*commonsense*（常識)(在英式英語中，這些單字不是用連字號連接，就是分成兩個單字）。

英式英語比美式英語更傾向於使用連字號作爲發音輔助，以便分隔單字中重複的母音，例如 *pre-empt*（預先制止）和 *re-examine*（重審），以及將某些前綴連接到名詞，好比 *pseudo-science*（僞科學）。根據新版字典，美國人會比英國人更快拋棄連字號。

另請參閱第三章講述標點符號的作用和第七章講述標點符號章節中，關於連字號的說明。

引號

在美國出版物和某些英聯邦國家的出版物以及《經濟學人》之類的國際出版物中，慣例是使用雙引號，將單引號保留，用於引號中的引號。然而，在許多英國出版物中（《經濟學人》除外），慣例是相反的：先使用單引號，然後再使用雙引號。

與其他標點符號的情況一樣，引號與其他標點符號的相對位置也不同。英國的慣例是根據意義來放置這些標點符號。一般來說，當引述內容是一個完整的句子時，標點符號放在引號內。

美國的慣例更簡單但比較沒有邏輯：所有逗號和句號都位於最後的引號之前，例如："this."。其他標點符號（好比冒號、分號、問號和驚嘆號）則根據意義來放置。

有關詳細的說明，請參閱第七章講述引號的內容。

拼字

有些單字在美式英語和英式英語中的拼法不同。在某些情況下，美式用法是十八世紀英國用法的殘留拼字。在其他情況下，差異通常是諾亞・韋伯斯特（Noah Webster）改革美式拼字所造成的，使得美式英語比英式英語更能明顯表示語音：*cosy*（溫暖舒適的）變成 *cozy*；*arbour*（藤架）變成 *arbor*；*theatre*（劇院／戲院）變成 *theater*。

主要拼字差異

-ae/-oe

雖然現在的英式英語中通常會寫 *medieval*（中世紀的）而非 *mediaeval*，但其他詞（通常是科學術語，例如 *aeon*〔萬古〕、*diarrhoea*〔腹瀉〕、anaesthetic〔麻醉劑〕、*gynaecology*〔婦科〕、*homoeopathy*〔順勢療法〕），仍保留了古典的複合母音（composite vowel）。

在美式英語中，複合母音被單一的 *e* 取代；因此，上述的單字拼成 *eon*、*diarrhea*、*anesthetic*、*gynecology*、*homeopathy*。科學出版物也可見例外。大西洋兩岸都更傾向於使用 *fetus*（胎兒）的拼法（不是 *foetus*）。

-ce/-se

在英式英語中，與以 *-ce* 結尾的名詞相關的動詞有時會以 *-se* 結尾；因此，有 *advice*（建議，名詞）、*advise*（建議，動詞）、*device*（裝置）／ *devise*（設計／發明）、*licence*（許可證）／ *license*（許可／授權）、*practice*（實踐）／ *practise*（實踐）。

在前兩種（*advice* ／ *advise* ／ *device* ／ *devise*）情況下，拼字的變化伴隨著單字發音的變化；但在後兩個例子（*licence* ／ *license*、*practice* ／ *practise*）中，名詞和動詞的發音相同，美式英語拼字反映了這一點，名詞和動詞使用相同的拼字：因此，*license* ／ *license* 和 *practice* ／ *practice*。它還將 *-se* 的用法擴展到英式英語中拼寫爲 *-ce* 的其他名詞：因此，*defense*（防禦）、*offense*（攻擊）、*pretense*（假裝）。

-e/-ue

有幾個單字的最後一個不發音的 *e* 或 *ue* 有時會在美式英語中被省略，但在英式英語中卻被保留：因此，*analog*（相似物）／*analogue*、ax（斧）／axe、*catalog*（目錄）／*catalogue*。

-eable/-able

用這個後綴構成的某些形容詞會產生不發音的 *e*，美式英語會更常將其省略；因此，*likeable*（討人喜歡的）拼寫爲 *likable*，*unshakeable*（不可動搖的）拼寫爲 *unshakable*。然而，如果這種 *e* 會影響前一個子音的發音，美式英語有時會保留它，因此有 *traceable*（可追蹤的）、*manageable*（可應付的）。

-ize/-ise

美國人習慣用 *z* 拼寫許多單詞，某些英國人和出版商（包括《經濟學人》）則用 *s* 拼寫。當然，z 拼寫也是正確的英國形式，不僅牛津大學出版社會使用，也更接近其來源的希臘語。然而，請記住，無論遵循哪種拼字慣例，有些單字必須以 *-ise* 結尾。這些詞語包括：

advertise 廣告
advise 建議
apprise 通知
arise 出現
chastise 懲戒
circumcise 割禮
comprise 包括
compromise 妥協
demise 消亡
despise 鄙視

devise 設計
disguise 僞裝
emprise 企業
enfranchise 賦予公民權
excise 消費稅
exercise 鍛鍊
franchise 特許經營
improvise 即興創作
incise 切開
merchandise 商品
premise 前提
prise 獎
revise 修訂
revise 修訂
supervise 監督
surmise 推測
surprise 驚喜
televise 電視轉播

英式英語中以 *-lyse* 結尾的單字，例如 *analyse*（分析）和 *paralyse*（癱瘓），在美式英語中的字尾拼法爲 *-lyze*。

-ll/-l

在英式英語中，當以子音 *l* 結尾的單字加上以母音開頭的後綴（例如：*-able*、*-ed*、*-ing*、*-ous*、*-y*），*l* 會變成兩個；因此，*annul*（宣布……無效）/ *annulled*、*model*（模擬／用模型展示）/ *modelling*、*quarrel*（爭吵）/ *quarrelling*、*rebel*（反叛）/ *rebellious*、*wool*（羊毛）/ *woolly*。

這與英式英語的一般規則不一致，亦即只有當前面的母音帶有主要重音時，後綴前的最後一個子音才需要寫成兩個：單字 *regret*（後悔）變成了 *regretted* 或 *regrettable*；但單字 *billet*（駐紮）卻要變成 *billeted*。美式英語通常不存在這種不一致性。如果重音不落在前面的母音上，則 *l* 不會寫成兩個：*model* / *modeling*、*travel*（旅行）/

traveler；但 *annul* ／ *annulled*。

在英式英語中，有幾個單字以單 *l* 結尾，例如 *appal*（使驚駭）和 *fulfil*（實現），但在美式英語中則以雙 *ll* 結尾。在英式英語中，當單字帶有以子音開頭的後綴（例如：*-ful*、*-fully*、*-ment*）時，*l* 保持一個：因此，*fulfil* ／ *fulfilment*。以 *-ll* 結尾的單字接這類後綴時，通常會拋棄一個 *l*：因此，*skill*（技巧）／ *skilful*（技術好的）、*will*（意志）／ *wilfully*（故意地）。在美式英語中，無論後綴是什麼，以 *-ll* 結尾的單字通常保持不變：因此，*skill* ／ *skillful*、*will* ／ *willfully*。

-m/-mme

美式英語傾向於使用較短的詞尾形式，例如 *gram*（公克）和 *program*（計畫），而英式英語則傾向於使用較長的詞尾形式：*gramme* 和 *programme*（然而，提到電腦程式時會使用 *program*，並請各位注意，《經濟學人》使用 *gram* 和 *kilogram*〔公斤〕）。

-our/-or

多數以 *-our* 結尾的英式英語單字，例如：*ardour*（熱情）、*behaviour*（行爲）、*candour*（坦白）、*demeanour*（風度）、*favour*（青睞）、*valour*（勇氣）等等，在美式英語中都會拋棄 *u*，成了：*ardor*、*candor*，諸如此類。

最大的例外是 *glamour*（魅力），在美式英語中它與 *glamor* 並存。（兩種寫法的形容詞都是 *glamorous*，其中的 *u* 都消失了。）也要請各位注意，大西洋兩岸的 *squalor*（極度骯髒）拼法相同。

-re/-er

大多數以 *-re* 結尾的英式英語單字，例如：*centre*（中心）、*fibre*（纖維）、*metre*（公尺）、*theatre*（劇院）在美式英語中以 -er 結尾，成了：*center*、*fiber*，諸如此類。例外包括：*acre*（英畝）、*cadre*（幹部）、*lucre*（錢財）、*massacre*（屠殺）、*mediocre*（平庸）、*ogre*（食人魔）。

-t/-ed

雖然某些動詞的過去式看似只是拼字有差異，但它也可以表示意義不同的不同形式。這兩種結尾形式在英式英語中都是可以接受的，但 *-t* 形式占主導地位（*burnt*〔燒毀〕、*learnt*〔學習〕、*spelt*〔拼寫〕），而美式英語則使用 *-ed*：*burned*、*learned*、*spelled*。相反地，英式英語對某些動詞的過去式和過去分詞使用 *-ed*（*quitted*〔退出／放棄〕、*sweated*〔出汗〕），而美式英語可以使用不定式拼法，亦即 *quit*、*sweat*。某些動詞的過去式和過去分詞形式不同，例如，在英式英語中，*dive*（潛水）的過去式是 *dived*，但在美式英語中則是 *dove*，*fit*（使……適合）的過去式在美式英語中是 *fit*，而不是英式英語的 *fitted*。

常見的拼字差異

美式英語	英式英語
aging 老化	ageing
aluminum 鋁	aluminium
apothegm 格言	apophthegm
behoove 理應	behove
check 支票	cheque
checkered 方格圖案的	chequered

美式英語	英式英語
cozy 舒適的	cosy
draft 草稿	draught
dike 土堤	dyke
furor 轟動	furore
gray 灰色的	grey
jeweler/jewelry 珠寶商／珠寶	jeweller/jewellery
curb/curbside 路緣／路邊	kerb/kerbside
licorice 甘草	liquorice
maneuver/maneuverable 調動／可調動的	manoeuvre/manoeuvrable
mold/molder/molt 模具／鑄工／蛻皮	mould/moulder/moult
mustache 髭／八字鬍	moustache
plow 犁	plough
pudgy 矮胖的	podgy
rambunctious 喧鬧的	rumbustious
skeptic 懷疑論者	sceptic
specialty store 專賣店	specialist shop
specialty 專業／特製品	speciality（但有 pecialty medicine, steel, chemicals〔特製醫藥、鋼鐵、化學品〕）
sulfur 硫	sulphur （但科學出版物會拼成 sulfur）
tidbit 少量食品／花絮	titbit
toward 朝向	towards

美式英語	英式英語
tire 輪胎	tyre
vise 老虎鉗	vice

日期

美國人用數位形式表達日期的方式不同於其他的國家。在英國和別處，日期順序總是日、月、年，例如：7/9/2020 表示二〇二〇年九月七日，但美國人按照月、日、年的順序而寫成 9/7/2020。這可能會導致誤解，尤其是常用術語「9/11」指的是二〇〇一年九月十一日世界貿易中心被撞毀的事件，而其他國家會自動將這天翻譯為十一月九日。

教育

在英式英語中，學童是 *pupil*，不是 *student*。當他們 *leave*（畢業，美國的說法是 *graduate*）時，他們會去上 *college*（學院）或 *university*（大學），而不是上 *school*（學校）。

此外，別忘了，在美國，*tuition* 通常用作 *tuition fee*（學費）。然而，在《經濟學人》的文章中，如果 *tuition* 增加，表示 *instruction*（教學）增加，而不是 *bill*（費用）增加／上漲。

在英國，*public school*（公學）是付費家長送孩子上學的場所[10]；在美國，付費家長不會把孩子送去 *public school*（公立學校）。（在英國，愈來愈多人用 *private school*〔私立學校〕去指收費的學校，但別用

10 譯註：在英國是指歷史悠久、徵收學費並有收生自主權的學校，通常是貴族學校，好比皇室成員會入讀的伊頓公學（Eton College）。所謂 public，表示學校對外開放招生。

independent school〔獨立學校〕這種委婉說法。）

文化參照

一種文化熟悉的事物對另一種文化可能就完全陌生。英式英語會借用板球比賽的術語和短語；美式英語則使用棒球術語。若爲兩個市場的讀者寫作，使用任何一組術語都得冒風險。不要做出從地理角度上有排他性的引述或假設，例如在提及季節模式時指出月份或季節，或者使用北方或南方來暗示某種氣候類型。

測量單位

在英國出版物中，測量現在主要以國際單位／SI 單位（SI unit，公制單位〔metric unit〕的現代形式）表示，但會在某些情況下使用英制單位。在美國出版物中，測量可能以國際單位表示，但英制單位仍然更爲常見。

雖然英國英制和美國標準測量單位通常相同，但也存在一些重要的例外，例如一品脫（pint）中的液體盎司（ounce）數：美國系統爲 16，而英國系統則爲 20。這種差異對加侖（gallon）的量產生了連鎖反應，美國的加侖量小於英國的加侖量。美國人也使用夸脫（*quart*，四分之一加侖），但這種計量單位現在在英國已被認爲是過時。

美英詞彙表

以下列出美式英語和英式英語中拼字不同或意義不同的常用單字和

慣用語。

美式英語	英式英語
additional paid-in capital 額外實收資本／資本公積	share premium 股本溢價
allowances 津貼	provisions
amortization 攤銷	depreciation 貶值
antenna 天線	aerial（電視）天線
apartment 公寓	flat
appetizer 開胃菜	starter
arugula 芝麻菜	rocket（做沙拉用的芝麻菜）
attorney 律師	lawyer
attorney, lawyer（事務）律師	solicitor 初級律師／事務律師
auto-racing 賽車	motor-racing
baby carriage、stroller 嬰兒車	pram, push-chair 嬰兒車／手推車
bathrobe/housecoat/robe 浴袍／家居服／晨衣	dressing gown
bathroom, restroom 浴室／盥洗室	lavatory, toilet
beltway 環城路	ring road
bill 紙鈔	banknote
bobby pins 髮夾	hairgrips
braid 辮子	plait
broil, broiler 烤（動詞）， 烤架（名詞）	grill（可當動詞和名詞）
bus 巴士	coach

美式英語	英式英語
bylaws 內部章程／條例／規章	articles of association 公司章程
calendar 日曆	diary（約定）
call collect 對方付費電話	reverse charges 反向收費
call, phone 打電話	phone
candied 結晶的（成糖的）	crystallized 結晶的
candy 糖果	sweets
capital leases 資本租賃	finance leases 融資租賃
cell phone 智慧型手機	mobile phone
Certified Public Accountant 註冊合格會計師（簡稱 CPA）	Chartered Accountant （簡稱 CA）
check 帳單（餐廳）	bill
checking account 支票存款帳戶	current account 活期存款帳戶
cilantro（葉子）香菜／芫荽	coriander
closet 衣櫥	clothes cupboard/wardrobe
common stock 普通股	ordinary shares
cookie 餅乾	biscuit（甜的）餅乾
coriander（香料）芫荽籽	ground coriander
corn 玉米	maize/sweetcorn
corn syrup 玉米糖漿	golden syrup 金黃色糖漿
cornstarch 玉米澱粉／玉米太白粉	cornflour
cot 行軍床	camp bed
counterclockwise 逆時針	anti-clockwise
cracker 餅乾	biscuit（鹹的）餅乾
crawfish 淡水螯蝦	crayfish
crib 嬰兒床	cot

美式英語	英式英語
crosswalk 人行道	pedestrian crossing 行人穿越道
current rate method 當下匯率法	closing rate method 收盤匯率法
Daylight Saving Time 日光節約時間（簡稱 DST）	British Summer Time 英國夏令時間（簡稱 BST）
deferred income tax 遞延所得稅	deferred tax
defogger 除霧器	demister
diaper 尿布	nappy
divided highway 分線公路	dual carriageway 雙車道
driver's license 駕照	driving licence
drugstore, pharmacy 藥局	chemist
dumb 愚笨的	stupid
eggplant 茄子	aubergine
electrical outlet, socket 電源插座	power point
elevator 電梯	lift
entrée 主菜	main course
exhibit 展覽／一批展覽品	exhibition（一批展覽品，除非只有單件展品才不用這個字）
extract or flavoring 萃取物或調味料	essence（例如：香草〔vanilla〕）
fall 秋天	autumn
fender 擋泥板	bumper
figure out 處理	work out（問題）
first floor 一樓	ground floor
flashlight 手電筒	torch
flat tire 爆胎	puncture

美式英語	英式英語
flour, all-purpose 中筋麵粉	flour, plain
flour, self-rising 自發麵粉	flour, self-raising
flour, whole-wheat 全麥麵粉	flour, wholemeal
French fries 薯條	chips
fruit and vegetable store 蔬菜水果店	greengrocer's
garbage can, trash can 垃圾桶	dustbin
gas pedal 油門	accelerator
gas/service station 加油站	petrol station
gasoline, gas 汽油	petrol
golden raisin 金葡萄乾	sultana
goose-bumps 雞皮疙瘩	goose-pimples
gotten 得到	got（過去分詞）
ground 地底下的	earthed（電線）
ground meat 絞肉	minced meat
hamburger meat, ground beef 漢堡肉，碎牛肉	mince 肉末
heavy cream 重鮮奶油／濃稠奶油	double cream
highway, freeway, expressway 高速公路	motorway
home away from home 賓至如歸的地方	home from home
homely 普通的／樸實的	plain-looking, unattractive 外表平平／缺乏吸引力的
homey 安適自在的	homely

美式英語	英式英語
hood（汽車）引擎蓋	bonnet
horseback riding 騎馬	riding
housing development 住宅區	housing estate
Internal Revenue Service 美國國稅局	HM Revenue and Customs 國王陛下稅務海關總署
intersection 交叉路口	crossroads/junction 十字路口
journal 日記	diary（紀錄）
jumper cables 跳線／跨接線	jump leads
lease on life 更有活力／使用壽命（或持續時間）延長	lease of life
license plate 牌照	number plate 號碼牌
light cream 稀鮮奶油	single cream
line, line up 隊伍，排隊	queue（可當名詞和動詞）
mail, mailbox 郵件，信箱	post, post box
main street 主街	high street
mean 卑鄙／刻薄	nasty, cruel 令人厭惡的，殘忍的
molasses 糖漿	black treacle 黑糖漿
movie 電影	film
movie theater 電影院	cinema
muffler 消音器（汽車）	exhaust
nominate a candidate 提名候選人	adopt a candidate
obligate 使……負義務	oblige
one-way ticket 單程票	single ticket
ouster 驅逐	ousting

美式英語	英式英語
outage 停電	power cut
overly 過度 （好比 too much〔太多〕）	over
overpass 高架橋	flyover
pacifier（嬰兒的）奶嘴	dummy
pants, slacks, trousers 褲子，休閒褲，長褲	trousers 褲子
pantyhose, (opaque) tights 褲襪，（不透明）緊身褲	tights
par value 面值	nominal value 名目值
parking lot 停車場	car park
pavement 路面	road surface
pedestrian underpass 地下道	subway
physician 醫生	doctor
pie crust 餡餅皮	pastry case
pitted 去果核（櫻桃等）	stoned
plaid 方格圖案	tartan
plastic wrap 保鮮膜	cling film
platform 政策宣言	manifesto 宣言
(potato) chips 洋芋片	crisps
potholder 隔熱墊	oven glove 隔熱手套
powdered or confectioners' sugar 糖粉	icing sugar
preferred stock 優先股	preference shares 特別股
price hike 價格上漲	price rise

美式英語	英式英語
principal 校長	headmistress/headmaster 女校長／男校長
private school 私立學校	public school 公學
public housing, housing project 公共住宅，住宅計畫	council estate 市（或郡等）建住房群
public school 公立學校	state school 公立學校
purchase accounting 購買會計	acquisition accounting 收購會計
purse, pocketbook 錢包／皮夾	handbag, wallet
rain-check 延期	postponement
raise 加薪	pay rise
ramp 交流道	slip road
ranking 資深的（政治家）	senior
real estate 房地產／不動產	property 財產
realtor/real estate agent 房地產經紀人／房地產代理商	estate agent
regular, normal 常規的／正常的	ordinary 普通的
rent 租（汽車等）	hire
restricted surplus or deficiency 限制性盈餘或不足	undistributable reserves 不可分配儲備金
revenues 收入	turnover 營業額
rider 乘車者	passenger 乘客
round-trip ticket 來回票	return ticket
row house 聯排式住宅	terraced house
rowboat 划艇	rowing boat
run（襪子的）抽絲	ladder

美式英語	英式英語
run for office 競選公職	stand for office
sailboat 帆船	sailing boat
sawed-off shotgun 削短型霰彈槍	sawn-off shotgun
savings and loan association 儲蓄貸款協會	building society 建房互助會
scallion, green onion 蔥	spring onion
seeds（果實的）種子	pips
senior citizen, senior 老年人	old-age pensioner 領取退休金的人（簡稱 OAP）
short pastry/basic pie dough 奶油酥皮／簡單的派麵團	shortcrust pastry
sidewalk 人行道	pavement
smart 聰明（非技術層面）	clever、shrewd、astute 聰明的／精明的／機敏的
snaps 按扣／子母扣	press studs
Social Security 社會安全	old-age pension, state pension 老年退休金、國家退休金
somewhat 有點（*quite* 表示 *very*）	quite
soy 大豆	soya
sport jacket 運動夾克	sports jacket
station wagon 旅行車／客貨兩用汽車	estate car
stingy, tight 吝嗇的	mean
stock dividend or stock split 股票股利或股票分割	bonus or scrip issue 分紅或紅利股發行
stockholders' equity 股東權益	shareholders' funds

美式英語	英式英語
story, floor 樓層	storey
subway 地鐵	underground (or tube train、metro) 地鐵（或地鐵列車，捷運）
suspenders 吊帶	braces
sweet pepper, bell pepper, capsicum 三色椒／燈籠椒／彩椒／甜椒	pepper (red, green, etc) （紅、綠等）椒
teller 出納員	clerk（銀行）職員
trailer, motorhome, RV 拖車／房車	caravan 宿營拖車／旅行拖車
train station 火車站	railway station
transmission 變速器	gearbox 齒輪箱／變速箱
transportation 運輸	transport
Treasury stock 庫藏股	Treasury share
trial lawyer 出庭律師	barrister 出庭律師／大律師
truck 卡車	lorry
trunk 行李箱	boot 汽車行李箱
turn signal 方向燈	indicator 變向燈
turnoff 側路／叉道	turning
two weeks 兩週	fortnight
underpants 內褲	pants
(sleeveless) undershirt（無袖）汗衫	vest
unusual items 不尋常的物品	exceptional items
upscale 高檔的	upmarket
vacation 假期	holiday
vest 背心／馬甲	waistcoat

美式英語	英式英語
veteran 老兵	ex-serviceman 退役軍人
wading pool 淺 水池	paddling pool
walker 助行架	Zimmer frame 齊默式助行架
washcloth 面巾	flannel 法蘭絨
windshield 擋風玻璃	windscreen
wrench 扳手	spanner
yield 屈服	give way
zee（字母 Z）	zed
zip code 郵遞區號	post code
zipper 拉鍊	zip
zucchini 櫛瓜／夏南瓜／翠玉瓜	courgette

特殊問題

某些詞語和說法可能會引起混淆，最好避免使用，或者至少要謹慎使用並加以解釋。它們包括：

constituency（選區／〔統稱〕支持者）

在英國，這個詞長期以來被用來指 a *body of voters who elect a representative to a legislature*（選舉立法機構代表的整體選民），或者 *place thus represented*（代表這些選民的地區）。

在美國，*constituency* 的用法有所不同，指的是 *interest-group*（利益團體）或 *component of a power-base*（權力基礎的組成部分）。

英國人口中的 *constituency*，美國人稱之爲 *district*（選舉區），加拿

大人稱之爲 *riding*（選區），澳洲人稱之爲 *electorate*（選區）。

《經濟學人》盡量只使用 *constituency* 來表示的長期英國含義，並在所有語境中明確說明意義，必要時會寫成 *electoral district*（選區）。

federalist（聯邦主義者）

在英國，若牽扯歐盟的背景，這個字指的是認爲要集中聯盟國權力的人。

在美國（和德國），這個字指的是認爲要將聯盟國權力分散／去中心化的人。

liberal（自由主義的）

在歐洲，這個字指的是崇尚個人自由的人；在美國，這些人相信富蘭克林·羅斯福（Franklin Roosevelt）的進步傳統。

在美國，愈來愈多的極左派人士自稱進步人士／進步派（progressive）。無論如何，請確保上下文能清楚表達你的意思，並且在美國以外的任何地方，請保留這個字「個體自由」（freedom of the individual）的含義。

moot（請參閱第六章 moot 條目）

在英式英語中，這個字表示 *arguable*（可爭辯的）、*doubtful*（有疑問的）或 *open to debate*（有待辯論的）。

在美國，它的意思是 *hypothetical*（假設的）或 *academic*（純理論的／空洞的），亦即 *of no practical significance*（沒有實際意義的）。

offensive

在英國，*offensive*（作爲形容詞）通常表示 *rude*（粗魯的）。

在美國，它還可以表示 *attacking*（攻擊），例如 *offensive weapons*（攻擊性武器）。

同理，對英國人來說，*offence* 通常是指 *crime*（罪行）或 *transgression*（違法／逾越）。對美國人來說，尤其在運動比賽中，*offense*（進攻）與 *defense*（防守）是對立的。

quite

在美國，*quite* 是一個強化副詞，類似於 *altogether*（全然）、*entirely*（完全）或 *very*（非常）。

在英國，根據強調、語氣和後面的形容詞，它通常表示 *fairly*（相當地）、*moderately*（適度）或 *reasonably*（合理）。如果它修飾了某個字，通常不會被視爲讚美。

red and blue（紅和藍）

在英國，紅和藍分別是與社會主義（socialism）和保守主義（conservatism）相關的顏色。

在美國，紅和藍分別與共和黨和民主黨相關。*red state*（紅州）和 *blue state*（藍州）（另有紅色和藍色選區等等）現在已牢牢嵌入美國的論述之中，但對於不熟悉它們的讀者，第一次提到時應該解釋清楚。

Social Security（社會安全）

在美國，*Social Security* 就是 *pensions*（退休金／養老金）；在其他地方，它通常指 *state benefits*（〔爲窮人、失業者等提供的〕政府補助金），而美國人把它稱爲 *welfare*（福利救濟）。

table（把……提交討論／暫緩審議）

在英國，這個字表示提出某件事來採取行動；在美國則相反。

torrid

在英美兩國中，這個字都表示 *scorching*（灼熱的），延伸爲 *intense*（激烈的），好比 *torrid affair*（熱戀）。然而，在美國新聞體中，*torrid* 一詞表示 *hot period*（一段令人激動的時期），這是一種誇讚：如果一名棒球運動員連續四場比賽敲出四支全壘打，他就是on a *torrid streak*（狀態火熱／棒子很熱）。相較之下，在英國，*torrid times*（艱難時期／多事之秋）問題重重。

transportation（運輸／流刑）

在美國，這是從甲地到乙地的一種交通方式；在英國，這是一種流放罪犯的手段。

第十章

參考

大寫和小寫

大寫（雜項）

Anglophone 英語使用者（但最好使用 English-speaking）
Antichrist 敵基督
anti-Semitism 反猶太主義
Atlanticist 大西洋主義者
the Bar 律師（資格）
the Belt and Road Initiative 一帶一路倡議（簡稱 BRI）
the Bible《聖經》（但要寫成 biblical〔似《聖經》的〕）
Berlin Wall 柏林圍牆
Bill of Rights《權利法案》
Bunds 國債（德國債券）
Catholics（羅馬）天主教徒（但第一次提到時要寫 Roman Catholic church〔羅馬天主教會〕）
Chapter 8 第八章（諸如此類）
Christmas Day 聖（耶）誕節
Christmas Eve 聖（耶）耶誕節前夕
Christ 基督
Coloureds 有色人種（南非）
Cubism (-ist) 立體主義（的）
Dalit 達利特人／賤民（等等）
D-Day 諾曼地登陸／ D 日
Earth 地球（唯有當它被視爲火星或金星之類的行星）
Eurobond 歐洲債券
Euroyen bond 歐洲日元債券
Fauvism (-ist) 野獸派（的）
Fifth Republic 第五共和國（法國）
First Lady 第一夫人
Founding Fathers 開國元勳
Francophone 法語使用者（但最好使用 French-speaking）
General Assembly (UN) 聯合國大會
Hispanics 西班牙裔美國人
House of Laity 世俗議會
Impressionist 印象派
Iron Curtain 鐵幕
Koran《古蘭經》／《可蘭經》

Labour Day 勞動節
Lava Jato 洗車行動
Mafia 黑手黨（唯有用這個字去指眞的黑手黨）
Marine Corps 海軍陸戰隊（但要寫成 marines）
May Day 五一勞動節[1]
Mecca 麥加（位於沙烏地阿拉伯、加州和賴比瑞亞）
Memorial Day 紀念日
Modernism (-ist) 現代主義（的）
Moon 月球（若是地球的衛星要寫 moon，但太陽要寫 sun）
National Guard 國民警衛隊（美國）
New Year's Eve 除夕
North Pole 北極
Orthodox 東正教（Jews〔猶太人〕，Christians〔基督徒〕）
Pershing missile 潘興導彈
Protestants 新教徒
Revolutionary Guard(s) 革命衛隊（例如伊朗）
Russify 俄羅斯化
Semitic (-ism) 猶太人的／閃米特人的（親猶太人主義）
Stealth fighter, bomber 隱形戰鬥機，隱形轟炸機
Taser 泰瑟電擊槍
Ten Commandments 十誡
Test match（板球，橄欖球等的）國際錦標賽
the Cup Final 英格蘭足總杯決賽
the Davis Cup 台戴維斯盃
the King's/Queen's Speech 國王／女王的演講
Tube (London Underground) 地鐵（倫敦地鐵）
Utopia 烏托邦（指這本書和其中描述的地方，但是當通用名詞時要小寫）
Wild West（美國）蠻荒的西部

小寫（雜項）

administration 行政
amazon 亞馬遜族女戰士
angst 焦慮
Arab spring 阿拉伯之春
balkanized 巴爾幹化的
blacks 黑人
byzantine 錯綜複雜的／拜占庭風格的（指這個帝國才要大寫）
cabinet 內閣
Christian democratic 基督教民主主義者（此處不是指同名的政黨）
civil servant 公務人員
civil service 公部門服務／文官制
civil war 內戰（甚至是美國內戰）
cold war 冷戰
common market 共同市場

1 譯註：Mayday 是無線電求救訊號，原爲法文「m'aider」（救命之意），改爲音近的英文單字 Mayday。MayDay 則是五月天樂團的英文稱呼。

communist 共產主義者（通稱）
constitution 憲法（甚至是美國憲法）
cruise missile 巡弋飛彈
draconian 嚴酷的
electoral college 選舉人團
euro 歐元
first world war 第一次世界大戰
french windows 落地窗，french fries 薯條
general synod 總主教會議
gentile 外邦人
government 政府
Gulf war 波斯灣戰爭
gypsy 吉普賽人（作爲通用詞，但 Roma〔羅姆人〕是該族群的正確稱呼）
heaven (and hell) 天堂（與地獄）
internet 網際網路
junior 小的／年幼的（譬如 Douglas Fairbanks junior〔小道格拉斯．費爾班克〕）
Kyoto protocol《京都議定書》
the left 左派
loyalist 保皇派
mafia 黑手黨（任何古老的罪犯團夥）
mecca 聖地（譬如：Jermyn Street is a mecca for lovers of loud shirts〔傑明街是花俏襯衫愛好者的聖地〕）
northern lights 北極光
Olympic games 奧運（以及 Asian games〔亞運會〕，Commonwealth games〔英聯邦運動會〕，European games〔歐洲運動會〕等等）但冬季奧運是 Winter Olympics
opposition 反對黨
parliament 議會的開議會期
philistine 庸俗的
platonic 柏拉圖式的
pyrrhic 皮洛士式的(以極大代價換取的）
quisling 叛國者
realpolitik 現實政治／實用政治
republican 共和主義者（除非指同名的政黨）
revolution 革命（屬於每個人的，但要限定，譬如：Green revolution〔綠色革命〕，Orange revolution〔橘色革命〕，Jasmine revolution〔茉莉花革命〕）
the pope 教宗
the press 新聞界
the queen 女王
the right 右派
second world war 第二次世界大戰
self-defence forces 自衛隊（日本）
senior 老的／年長的（譬如 Douglas Fairbanks senior〔老道格拉斯．費爾班克〕）
the shah 伊朗國王的尊稱（沙）
state-of-the-union message 國情咨文
the sunbelt 陽光地帶
third world 第三世界
titanic, titans 巨人／巨擘／力大無比的人（指原本的泰坦才要大寫）
utopia, utopian 烏托邦，烏托邦式的（通稱）
war of 1812 第二次獨立戰爭／ 1812 年戰爭／英美戰爭
war of independence 獨立戰爭
white paper 白皮書
world wide web 全球資訊網
young turk 少壯派激進分子／暴烈的年輕人

以連字號連接的詞語和複合名詞

頭銜

attorney-general 檢察總長／首席檢察官／司法部長

director-general 總幹事

secretary-general 秘書長

solicitor-general（美國）司法部副部長／（州）首席司法官／（英國）副檢察長

under-secretary 副部長／次長／副國務卿

vice-president 副總裁

請注意，以下頭銜不用連字號：

deputy director 副主任

deputy secretary 副秘書長

district attorney 地區檢察官

general secretary 秘書長

雜項

如果找不到你想要的單字，請查閱《錢伯斯字典》（*Chambers dictionary*）。

一個字

3D

airfield 機場

airspace 空域

airtime 播放時間

antibiotic 抗生素

anticlimax 虎頭蛇尾

antidote 解毒劑

antiseptic 防腐劑

antitrust 反托拉斯的／反壟斷的

backlash 回彈／反撞／對抗性的反應

backyard 後院

banknote 紙鈔

barcode 條碼

bedfellow 床伴／夥伴／盟友

bestseller (-ing) 暢銷書／暢銷的

bilingual 雙語的

blackboard 黑板

blacklist, whitelist 黑名單，白名單

blackout 停電

blueprint 藍圖

bookmaker（尤指賽馬等的）賭注登記人／賭博經紀人／莊家

boomtown 新興城市

brasshat 要員

businessman 商人

bypass 旁路

carjacking 劫車

carmaker 汽車製造商

carpetbagger 投機政客

cashflow 現金流／現金週轉

catchphrase 口號

ceasefire 停火

checklist 清單
chipmaker 晶片製造商
clampdown 嚴厲打擊
clockmaker 鐘錶匠
cloudcuckooland 雲中杜鵑之鄉／虛幻的理想國
coalminer 煤礦工人
coastguard 海岸防衛隊
codebreaker 解密碼者
comeback 回歸
commonsense 常識（形容詞）
crossfire 交叉火力
cryptocurrency 加密貨幣
cyberspace 網路空間
dealmaking 交易達成
decommission 解除委任的職權
deepwater 深水（形容詞）
diehard 頑固分子
dotcom 網路公司
downturn 低迷／翻轉／衰退
fallout（核爆炸後產生的）放射性落塵
farmworker 農場工人
faultline 斷層
figleaf 無花果葉／遮羞布
flipside 反面
foothold 立足點
forever 永遠(副詞，當它位於動詞之前）
foxhunter (-ing) 獵狐者／獵狐
freshwater 淡水（形容詞）
fundraiser (-ing) 籌款活動／籌款
gasfield 天然氣田
gatekeeper 守門人
goodwill 善意
grassroots 基層（形容詞和名詞）
groupspeak, etc 特定群體使用的行話
halfhearted 興趣不大
halfway 半途（形容詞或副詞）
handout 講義
handpicked 精心挑選
handwriting 筆跡
hardline 強硬的
hardworking 努力的
headache 頭痛
hijack 劫持
hobnob 過從甚密
housebuilding 建造房屋
infrared 紅外線的
ironclad 無法更改的
jobhunter 求職者
keyword 關鍵字
knockout 擊倒
kowtow 卑躬屈膝
lackluster 黯淡無光
lamppost 燈柱
landmine 地雷
landowner 地主
laptop 筆記型電腦
lockout 閉廠／停工
logjam 木材阻塞／僵局
longtime 很久
loophole 漏洞
lopsided 偏重的
lukewarm 微熱的／溫的
machinegun 機關槍
marketmaker (-ing) 造市者／創造市場
metalworker 金屬加工工人
midterms 期中考
minefield 雷區

multilingual 多種語言的
nationwide 全國範圍（不妨用 national）
nevertheless 儘管如此
newsweekly 每週出版的新聞或雜誌
nitpicker (-ing) 吹毛求疵的人／吹毛求疵
nonetheless 然而
offline 離線
offshore 離岸
oilfield 油田
oneupmanship 勝人一籌
online 在線的
onshore 陸上
orangutan 猩猩
outsource 外包
overpaid 多付錢財的
overrated 高估的
overreach 超越／伸得過長
override 否決／推翻／撤銷
overrule 否決／駁回
overrun 肆虐／橫行／泛濫
payout 支出
paywall（網站）收費牆
peacekeepers (-ing) 維和人員／維和
peacemaker (-ing) 調解人／調解
peacetime 和平時期
petrochemical, petrodollars 石化，石油美元（出售石油所得的美元）
phrasebook 短語手冊
pickup truck 皮卡車／敞篷小貨車
piggyback 背負式的
placeholder 占位符號
policymakers (-ing) 政策制定者，但 foreign-policy makers(-ing) 是外交政策制定者／制定外交政策
prizewinner, prizewinning 得獎者，得獎
profitmaking 獲利
proofread (-er, -ing) 校對／校對者
rainforest 雨林
reopen 重新開放
ringtone 鈴聲
roadblock 路障
rulebook 規則手冊
rundown 概要說明
rustbelt 鐵銹帶
safekeeping 保管
salesforce 銷售人員
saltwater 鹹水（形容詞）
scaremonger, scaremongering 危言聳聽者，散播恐慌
seabed 海底
seawater 海水（形容詞）
shantytown 貧民窟
shipbroker (-ing) 船舶經紀人／船舶經紀
shipbuilder (-ing) 造船廠／造船
shipowner 船東
shortcut 捷徑
shorthand 速記
shortlist 決選名單
shutdown 關閉
sidestep 側步避讓／迴避
skyscraper 摩天大樓
smartphone, smartcard, etc 智慧型手機，智慧卡等等
socioeconomic 社會經濟
soulmate 心靈伴侶／知己
soyabean 大豆
spillover 溢出
startup 啓動

statewide 全州範圍
steamroll, steamrolled 碾壓，被碾壓的
steelmaker (-ing) 鋼鐵製造商／製造鋼鐵
steelworker (-ing) 鋼鐵廠工人／打造鋼鐵
stillborn 死產的
stockmarket 股票市場
streetlight 路燈
streetwalker 妓女
strongman 強人
subcommittee 小組委員會
subcontinent 次大陸
subcontract 轉包
subhuman 非人的／爲人不齒的
submachinegun 衝鋒槍
subprime 次貸的
sunbelt 陽光地帶
superdelegates 超級代表（美國）
superpower 超級大國
takeover 收購
textbooks 教科書
threshold 臨界點
timetable 時間表
toolkit 工具包
touchscreen 觸控螢幕
trademark 商標
transatlantic 跨大西洋的
transpacific 跨太平洋的
troublemaker (-ing) 麻煩製造者／製造麻煩
turnout 出席人數／產量
ultraviolet 紫外線
underdog 落下風者／失敗者
underpaid 報酬偏低
underrated 被低估的
upfront 預付的
videocassette 錄影帶
videodisc 影碟
wartime 戰時
watchdog 看門狗
website 網站
whistleblower 吹哨人／揭發者
wildflower 野花（形容詞，但名詞是 wild flowers）
windfall 被風吹落的水果／橫財
workforce 勞動力
worldview 世界觀
worldwide 全世界（但全球資訊網是 world wide web）
worthwhile 值得做的
wrongdoing 不法行爲

兩個字

3d printer3D 印表機
ad hoc (always) 特別的
aid worker 援助隊員
air base 空軍基地
air force 空軍
air strike 空襲
all right 好的
any more 不再
any time 任何時候
arm's length 一臂之遙
asset recycling 資產回收
ballot box 票箱
birth rate 出生率
blind spot 盲點

body count 死亡人數統計
body politic 政體
call centre 客戶服務中心
career woman 職業婦女
child care 兒童保育／照管（名詞）
cluster bombs 集束炸彈
common sense 常識（名詞）
computer scientist 電腦科學家
dare say 敢說
data set 資料集
errand boy 供差遣的僮僕
flood plain 洪氾平原
foot soldier 步兵
for ever 永遠（用於動詞後面）
free fall 自由落體
fresh water 淡水（名詞）
front line 前線（名詞）
health care 健康照護
hedge fund 避險基金／對沖基金
home page 首頁
home town 家鄉
joint venture 合資企業
Land Rover 陸虎／路華（越野車）
life raft 救生筏
no one 沒有人
Nobel prizewinner 諾貝爾獎得主
pay cheque 薪資（支票）
photo opportunity 拍照機會
playing field 比賽場地
plea bargain 認罪協商
resting place 休息處
road map 路線圖
road works 道路工程
salt water 鹽水（名詞）
sat nav 衛星導航
sea water 海水（名詞）
soap opera 肥皂劇
some day 未來的某一天
some time 遲早／總有一天
sugar cane 甘蔗
supply chain, line, etc 供應鏈，供應線路等等
truck driver 卡車司機
under way 正在進行中
vice versa 反之亦然
wild flowers 野花（但形容詞是 wildflower）

帶連字號（兩個元素）

agri-business 農業綜合企業
air-conditioning 空調（請勿使用 A/C）
aircraft-carrier 航空母艦
air-miles 航空里程
air-traffic control 航空交通管制
anti-retroviral 抗愛滋病毒的
asylum-seekers 尋求庇護者
baby-boomer 嬰兒潮世代
back-story 故事背景
back-up 備份
bail-out 紓困（名詞）
balance-sheet 資產負債表
basket-case 極度緊張（或焦慮）的人
bell-ringer 敲鐘人
brand-new 全新
break-even 收支平衡

break-up 分手（名詞）
breast-feed 母乳哺育
build-up 累積／吹捧（名詞）
bumper-sticker 保險桿貼紙
buy-out 買斷（名詞）
call-up 徵召（名詞）
clearing-house 票據交換所
climb-down 爬下／讓步
come-uppance 報應
copper-miner 銅礦工
counter-attack, -intuitive, etc 反擊，反直覺的等等
court-martial 軍事法庭／以軍法審判（名詞和動詞）
cover-up 掩飾
crowd-funding 群眾集資
current-account deficit 經常帳赤字
death-squads 暗殺隊
derring-do 英勇行爲／大膽之舉
down-payment 頭期款
drawing-board 繪圖板
drug-dealer (-ing) 毒販
drug-trafficker(-ing) 毒販／販毒
drunk-driving 酒駕（不是 drink driving）
end-game 終局
end-year 年底
extra-territorial, extra-territoriality 治外法權的，治外法權
faint-hearted 膽小的
far-sighted 有遠見的
field-worker 田野工作者
film-maker 電影製片人
foot-soldiers or footsoldiers 步兵
fore-runner 先驅
fortune-teller 算命者
front-line 前線的（形容詞）
front-runner 領跑者
fund-raiser 募款人
get-together 聚會（名詞）
grand-daughter 孫女／外孫女
grown-up 成年人
guide-dog 導盲犬
gun-owner 槍支擁有者
gun-runner 軍火走私分子
hand-held 手持式
have-not 無產者（名詞）
heir-apparent 法定繼承人
high-rise 高樓建築（名詞）
hit-list 暗殺名單／打擊對象名單
home-made 自製
hostage-taker 劫持人質者
hot-head 魯莽的人
hydro-electric 水力發電的
ice-cream 冰淇淋
ill-health 健康狀況不佳
ill-tempered 脾氣暴躁的
in-fighting 內鬥
interest-group 利益集團
inter-ethic, inter-governmental 跨種族的，跨政府的
kerb-crawler 路邊慢駛召妓者
know-how 實際知識／技術
laid-back 悠閒的
land-grab 土地掠奪
laughing-stock 笑柄
launch-pad 發射台
lay-off 裁員（名詞）
like-minded 志同道合的

line-up 陣容
long-standing 長期存在的
long-term 長期的（形容詞）
machine-tool 工具機
member-states 成員國
m-health 行動醫療
mid-term, mid-way, mid-week, mid-August, etc 期中，中途，週中，八月中旬等等
mill-owner 工廠主
money-laundering 洗錢
narrow-bodied 窄體的
nation-building 國家建設
nation-state 民族國家
nest-egg 儲備金
new-found 新發現的
newly-wed 新人
news-stand 報攤
night-time 夜間
Nobel-prizewinning 獲得諾貝爾獎的
non-partisan 無黨派的
non-violent 非暴力的
number-plate 車牌
on-side（足球和其他運動中）沒有越位的
over-expansion 過度擴張
over-riding 首要的／壓倒一切的
pay-off 回報（名詞）
pipe-dream 白日夢
place-name 地名
plain-clothes 便衣（北英國，不是 plain-clothed）
point-man 斥候
post-modern, post-war 後現代，戰後
pot-hole 坑洞
power-broker 政治掮客／權力掮客
power-struggle 權力鬥爭
pow-wow 帕瓦儀式／祈禱會／會議
pre-nup 婚前協議
pre-school 幼稚園（但最好使用 nursery〔托兒所〕）
press-gang 強徵隊
pressure-group 壓力團體
pre-war 戰前
print-out 列印出來
pull-out 可拉下來的活頁（名詞，不是動詞）
question-mark 問號
rain-check 延期
re-create, -tion 重新創造(意思是再次創造)
re-present 重新提交（意思是再次提交）
re-run 重新運行
re-sent 重新發送（意思是再次發送）
re-sort 重新分類（意思是再次分類）
re-treat 重新治療（意思是再次治療）
re-use 重複使用
ring-fence 分隔措施
round-up 概要／聚攏（名詞）
running-mate 競選夥伴
run-off, run-up 決賽，前奏
safety-net, safety-valve 安全網，安全閥
sea-change 徹底變化
search-and-rescue 搜救
second-hand 二手的
set-up 設定（名詞）
shake-out 證券市場震盪／徹底改組（名詞）
shoot-out 槍戰／交火
short-sighted 目光短淺的

side-effect 副作用
slum-dweller 貧民窟居民
sound-bite 講話片段／妙語
stand-off 對峙（名詞）
starting-point 起點
sticking-point 分歧點／癥結
stop-gap 權宜之計
stumbling-block 絆腳石
subject-matter 題材
sub-Saharan 撒哈拉以南地區
suicide-bomb(-er, -ing) 自殺式炸彈／自殺式炸彈客
swan-song 絕唱
take-off 起飛
talking-shop 清談俱樂部／毫無成效的會議
task-force 特別工作組／特遣部隊
tear-gas 催淚瓦斯
tech-speak 技術術語
think-tank 智庫
time-bomb 定時炸彈
trade-off 權衡（名詞）
truck-driver 卡車司機
turning-point 轉捩點
ultra-nationalist 極端民族主義者
under-age 未成年人
under-used 未充分利用的
voice-mail 語音信箱
voice-over 旁白
vote-rigging 選舉舞弊
vote-winner 選舉贏家
war-chest 戰爭基金／競選活動基金
well-being 福利
well-placed 位置優越的
wide-bodied 寬體的
Wi-Fi 無線網路
Wi-Max 全球互通微波存取
wind-down 逐漸縮小／鎮靜（名詞）
window-dressing 櫥窗裝飾
wish-list 願望清單
witch-hunt 獵巫行動／政治迫害
working-party 專題調查委員會／特別工作組

三個字

ad hoc agreement (meeting, etc) 專門／特別協議（會議等等）
chief(s) of staff 參謀長
consumer price index 消費者物價指數
Ease of Doing Business Index(World Bank) 經商便利度指數（世界銀行）
Federal Open Market Committee 聯邦公開市場委員會
half a dozen 半打
in as much 由於／就……而言
in so far 到……的程度／在……範圍內
level playing field 公平的競爭環境
national security adviser 國家安全顧問

nuclear power station 核電廠
randomised controlled trial 隨機對照試驗（不是 control trial）
sovereign wealth fund 主權財富基金
third world war 第三次世界大戰（如果情況惡化下去就會爆發）
world wide web 全球資訊網
year on year 與去年相比（不修飾名詞時，譬如 year-on-year growth〔與去年相比的增長〕）

以連字號連接的三個字詞語

A-turned-B 甲轉爲乙（除非這會造成難看的詞語，例如：jobbing churchwarden turned captain of industry〔兼職教會委員轉爲行業領袖〕）
brother-in-law 內弟（小舅子、妻弟）／姐夫／妹夫／連襟
chock-a-block 擁擠的地方
commander-in-chief 總司令
multiple-rocket-launcher 多管火箭炮
no-man's-land 無人區
prisoners-of-war 戰俘
second-in-command 副手
stock-in-trade 慣用伎倆／典型行爲
track-and-field 田徑的

三到四個字的詞語，其中兩個字以連字號連接

armoured personnel-carrier 裝甲運兵車
troubled asset-relief programme 問題資產拯救計畫

年份、日期

從一九四七年到一九五〇年**不要寫** *from 1947-50*（要寫 *in 1947-50* 或 *from 1947 to 1950*）。

介於一九六一年到一九六五年**不要寫** *between 1961-65*（要寫 *between 1961 and 1965* 或 *from 1961 to 1965*）。

斜體、羅馬字體和引號等等

外來語和短語

應以斜體顯示：

ancien régime 舊制度
cabinet 內閣（法式）
de rigueur 必需的／必備的
fatwa 裁決／決斷／法特瓦
glasnost 開放政策／政治開放
Hindutva 印度教特性
in camera 在法官的私室裡／不公開地
intifada 起義／（旨在反對以色列占領約旦河西岸及加薩走廊的）巴勒斯坦人的暴力行爲
loya jirga 支爾格大會
mani pulite 淨手運動
Mitbestimmung 共同侒定
pace 對不起(表示不同意見時的客套話)
papabile 可能當選教宗的人
perestroika 經濟改革
sarariman 上班族
Schadenfreude 幸災樂禍
trahison des clercs 知識分子的背叛
ujamaa 烏賈馬（農村公社組織，意爲同胞之情）

當它們太熟悉了而已經英語化，此時應該用羅馬字體（不要斜體）：

a priori 先驗
a propos 關於⋯⋯／恰當的
ad hoc 專門的／特別的
apartheid 種族隔離
avant-garde 先鋒派的／前衛的
bête noire 令人厭惡的人或物
bona fide 善意
bourgeois 資產階級
café 咖啡店
chargé d'affaires 代辦／臨時代理大使
coup d'état 政變（但 coup de foudre〔一見鍾情〕，coup de grâce〔致命一擊〕等等）
de facto, de jure 事實上，根據法律
elite 精英
en masse, en route 集體，在途中
halal 合伊斯蘭教教規的
in situ 在原處
jihad 聖戰
kosher 符合猶太教規的
machismo 大男人主義／大男人氣概
nouveau riche 暴發戶／新貴
parvenu 暴發戶
persona non grata 不受歡迎的人
pogrom（種族或宗教）大屠殺／集體殺戮
post mortem 驗屍
putsch 政變／起義
raison d'être 存在的理由
realpolitik 現實政治／實用政治
sharia 伊斯蘭教教法
status quo 現狀

tabula rasa（人的個性）一塊白板
tsunami 海嘯
vice versa 反之亦然
vis-à-vis 面對面的人

記得在所有斜體外來語上加上適當的讀音符號和變音符號（德語名詞用斜體時首字母要大寫，否則不必大寫）。要確認外來語的含義都很清楚。外語引文用引號和羅馬字體表示。有關動物、植物等的科學名稱，請參見第六章 **Latin names** 條目。

報紙、期刊、電視和藝術作品

在《經濟學人》的英文名稱 *The Economist* 中，*The* 以斜體標示。但這是例外，其他報紙的名稱有 the *Daily Telegraph*（《每日電訊報》）、the *New York Times*（《紐約時報》）和 the *Observer*（《觀察家報》）(但是另有 *Le Monde*〔《世界報》〕、*Die Welt*〔《世界報》〕、*Die Zeit*〔《時代周報》〕)。*Yomiuri Shimbun*（《讀賣新聞》）應該用斜體表示，但也可以說 the *Yomiuri* 或 the *Yomiuri* newspaper，因爲 *shimbun*（新聞）在日文中就是報紙的意思。然而，the *Nikkei*（《日経》）是 *Nihon Keizai*（日本経済）的縮寫，不應寫成 *Nikkei Shimbun*，因爲嚴格來說，這並非這份財經日報的名稱[2]。*People's Daily*（《人民日報》）不需要加 *the*。

書籍、電影、小冊子、戲劇、廣播節目、歌劇、電玩遊戲和電視節目均採用羅馬字體，每個主要單字都要大寫並納入引號，例如："Pride and Prejudice"（《傲慢與偏見》)、"Much Ado about Nothing"（《無事生非》)、"La Traviata"（《茶花女》)、"Any Questions"（《有什麼問題》）[3]和"Crossfire"（《穿越火線》[4]），諸如此類。同樣的規則也適用於交響曲和彌撒曲："Mozart's Symphony in G Minor"（〈莫札特 G 小調交響曲〉)。然而，*the Bible*（《聖經》）及其典籍（Genesis〔《創世記》〕、Ecclesiastes〔《傳道書》〕、John〔《約翰福音》〕等等）不必加引號。

線上新聞出版物和雜誌採用斜體和小寫 *the*。部落格（*blog*）用羅馬字體。

電腦遊戲要加引號："Angry Birds"（《憤怒鳥》）；其他的應用程式不用：Instagram、Whatsapp。

訴訟

使用斜體：*Brown v Board of Education*（布朗訴教育局）、*Jarndyce v Jarndyce*（詹狄士告詹狄士）。如果 *versus* 縮寫，應該寫成 *v*，後面不加點。

2 譯註：日本経済新聞(Nihon Keizai Shimbun)，但其報頭題字爲正體字：日本經濟新聞。

3 譯註：這是一檔英國時事討論節目，來自政界、媒體和各種領域的名人所組成的小組會接受觀眾提問。

4 譯註：一款多人線上第一人稱射擊遊戲，在韓國由 Neowiz 發行。

複數

-a
consortia 聯營企業 / 財團
corrigenda 勘誤表
data 數據
media 媒體
memoranda 備忘錄
millennia 千禧年
phenomena 現象
quanta 量子
sanatoria 療養院
spectra 光譜
strata 地層

-ae
alumnae 女校友
amoebae 變形蟲 / 阿米巴原蟲
antennae 觸角
formulae 公式

-eaus
bureaus 局
plateaus 高原

-eaux
chateaux 城堡
tableaux 場景 / 畫面

-fs, -fes
dwarfs 侏儒
oafs 傻瓜
roofs 屋頂
still-lifes 靜物畫

-i
alumni 校友
bacilli 桿菌
nuclei 原子核 / 細胞核
stimuli 刺激
termini 終點站

-oes
archipelagoes 群島
buffaloes 水牛
cargoes 貨物
desperadoes 亡命之徒
dominoes 骨牌
echoes 迴音
embargoes 禁運
frescoes 濕壁畫
haloes 光暈
heroes 英雄
innuendoes 影射
mangoes 芒果
mementoes 紀念品
mosquitoes 蚊子
mottoes 座右銘
noes 英文 no 的複數
potatoes 馬鈴薯
salvoes（槍炮）齊射 /（禮炮）齊鳴
tomatoes 番茄
tornadoes 龍捲風
torpedoes 魚雷
vetoes 否決權
volcanoes 火山

-os
albinos 白化病患者
armadillos 犰狳
calicos 印花棉布
casinos 賭場
commandos 突擊隊
demos 示範
dynamos 發電機
egos 自我
embryos 胚胎
falsettos 假聲
fandangos 方丹戈舞
fiascos 慘敗
flamingos 紅鸛
folios 對開本
ghettos 貧民窟
impresarios 主辦人
librettos 歌劇劇本
manifestos 宣言
memos 備忘錄
mulattos 混血兒
neutrinos 微中子
oratorios 清唱劇
peccadillos 小過失
pianos 鋼琴
placebos 安慰劑
provisos 但書
quangos 半官方機構
radios 收音機
silos 筒倉／穀倉／地窖／隱藏式飛彈發射台
solos 獨奏
sopranos 女高音
stilettos 細高跟鞋
virtuosos 大師
weirdos 怪人
zeros 零

-s
agendas 議程

-ums
conundrums 難題
crematoriums 火葬場
curriculums 課程
emporiums 商場
forums 論壇
moratoriums 暫停
nostrums 秘方
premiums 保費
quorums 法定人數
referendums 公民投票
stadiums 體育場
symposiums 研討會
ultimatums 最後通牒

-uses
buses 公車
caucuses 黨團會議
circuses 馬戲團
fetuses 胎兒
focuses 焦點
geniuses 天才
prospectuses 招股說明書／（學校或企業的）簡介
syllabuses 教學大綱

-ves

calves 幼獸／小牛
halves 一半
hooves 蹄子
loaves 數條麵包
scarves 圍巾
turves 草皮
wharves 碼頭

作者補充說明：index 可表示書籍索引，此時的複數是 *indexes*，但它當成指標和指數時，複數是 *indices*；*attorneys-general*（眾檢察總長）、*secretaries-general*（眾秘書長）、*solicitors-general*（眾司法部副部長）是這些名詞的複數寫法；而郡尉的複數是 *lord lieutenants*，不是 *lords lieutenant*（因爲他們不是貴族〔lord〕）。

常見的拼字問題

abattoir 屠宰場
abut, abutted, abutting 毗鄰
accommodate 容納
acknowledgment 承認
acquittal, acquitted, acquitting 無罪釋放
adrenalin 腎上腺素
adviser 顧問，advisory 諮商的
aeon 萬古
aeroplane 飛機，aircraft 航空器，airliner 客機
aesthetic 美學的
aficionado 愛好者
Afrikaans 阿非利卡語，Afrikaner 阿非利卡人
ageing 老化（但 caging〔關進籠子〕，imaging〔成像〕，paging〔傳呼〕，raging〔肆虐〕，waging〔發動〕）
agri-business 農業綜合企業（不是 agro-business）
algorithm 演算法
al-Qaeda 蓋達組織
amiable 親切的
amid 在……之中（不是 amidst）
amok 殺人狂（不是 amuck）
analogue 相似物（不是 analog）
annex 吞併（動詞），annexe 附件（名詞）
antecedent 先行詞
appal 使驚駭，appals 使驚駭，appalling 駭人聽聞的，appalled 驚駭的
aqueduct 輸水管
aquifer 含水層
arbitrager 套利者
arraign 提審
artefact 人工製品／工藝品
asinine 愚蠢的
balk 畏縮／退避（不是 baulk）
balloted, balloting 無記名投票
bandanna 頭巾
bandwagon 樂隊花車／潮流
barreled 桶裝的

battalion 營
bellwether 前導／領頭羊
benefiting 使受益，benefited 受益的
biased 有偏見的
bicentenary 二百週年紀念活動（名詞，不是 bicentennial）
billeting, billeted 駐紮
blanketing, blanketed 覆蓋，被覆蓋的
bloc 集團（指一組國家）
blowzy 蓬亂的（不是 blousy）
bogey 比標準杆多一杆的成績，俗稱柏忌（bogie 是機車上的轉向架）
borsch 羅宋湯
braggadocio 自吹自擂
brethren 同胞
bumf 乏味的書面材料
bused, busing 用公共汽車運送／清理桌子（用 bussing 來表示接吻）
by-election 補選，bypass 繞過，by-product 副產品，bylaw 規章，byword 俗語
bye 輪空（體育運動）
caddie 桿弟（高爾夫球），caddy 茶葉盒
caesium 銫
canceling 取消，cancelled 被取消的
cannon 大砲，canon（standard〔標準〕，criterion〔準則〕，clergyman〔牧師〕，oeuvre〔作品全集〕）
cappuccino 卡布奇諾
carcass 屍體
caviar 魚子醬
chameleon 變色龍
chancy 冒險的／偶然發生的
channelling 通靈，channelled 引導
checking account 支票存款帳戶（向美國人解釋 current account〔活期存款帳戶〕時，應這樣拼寫，這是首選）
choosy 愛挑剔的
Church of Jesus Christ of Latter-day Saints 耶穌基督後期聖徒教會
cipher 密碼
clubable 善於交際的（由詹森博士〔Dr Johnson，全名 Samuel Johnson〕創造並如此拼寫）
colour 著色，colouring 著色，colourist 調色師
combating, combated 戰鬥／對抗
commemorate 記念／紀念／緬懷
confectionery 甜食
connection 聯繫
consensus 共識
cooled 冷卻的，cooler 冷卻器，coolly 冷漠地
coral 珊瑚，corral 畜欄／牛圈
coruscate 閃耀
cosseted, cosseting 嬌慣
curtsy 屈膝禮（不是 curtsey）
de rigueur 必需的／必備的
debacle 崩潰
defendant 被告
dependant 受扶養人，dependent 依賴的（形容詞）
depository 倉庫／存放地（除非指美國的存託憑證〔depositary receipt〕）
desiccate, desiccation 脫水
detente 緩和（不是 détente）
Deutschmark, D-*mark* 德國馬克
dexterous 靈巧的（不是 dextrous）

diarrhoea 腹瀉
dignitary 顯要人物
dilapidate 破壞
dispatch 派遣（不是 despatch）
dispel, dispelling 打消／驅散
distil 蒸餾，distiller 蒸餾器／蒸餾商
divergences 分歧
doppelganger(s) 分身／面貌極相似的人
doveish 鴿派的／溫和派的
dryer 烘乾機／吹風機
dryly 乾燥地／冷淡地
dry 乾燥的，dryer 比較乾燥的，driest 最乾燥的
dullness 沉悶
dwelt 居住
dyeing 染色
dyke 堤防
ecstasy 狂喜
embarrass 使人尷尬（另有 harass〔騷擾〕）
encyclopedia 百科全書
enroll 報名，enrolment 入學
ensure 確保，insure 投保
enthrall 迷住
extrovert 外向的
faeces, faecal 糞便，但 defecate（排便）
farther 更遠（距離），further 進一步（額外）
favour 青睞，favourable 有利的
ferreted 用雪貂獵兔／探索
fetus 胎兒（不是 foetus）
field-marshal（英國）陸軍元帥
Filipino 菲律賓人，Filipina 菲律賓女人，Philippine 菲律賓的
filleting 去魚骨，filleted 去骨的
flotation 漂浮
flyer 飛行員，frequent flyer 飛行常客，high-flyer 抱負極高的人
focused, focusing 集中注意力／專注
forbear 忍耐／節制（abstain〔戒除〕），forebear 祖先（ancestor〔先人〕）
forbid, forbade 禁止
foreboding 凶兆／不祥的預感
foreclose 取消抵押品贖回權／排除……可能性
forefather 祖先
forestall 先發制人
forewarn 事先警告
forgather 聚集
forgo 放棄（do without〔不用〕），forego 居先（precede〔在……之前〕）
forsake 背棄
forswear, forsworn 放棄／發誓戒除
freelance 自由職業者的（不是 freelancer）
fuelled 加油，fuelling 加油，refuelling 補充燃料
-ful，而不是 -full（因此是 armful〔滿懷／一抱的量〕，bathful〔浴缸容量〕，handful〔一把的量〕等等）
fulfil, fulfilling 履行
fullness 豐滿
fulsome 過分恭維的／諂媚的
funnelling, funnelled 經過漏斗形口子／狹窄的空間
furore 轟動
gallivant 四處遊蕩
gelatine 明膠
gist 要點／主旨（不是 jist）

glamour 魅力，glamorise 使……有魅力，glamorous 魅力四射的
graffito, graffiti 塗鴉
gram 公克（不是 gramme）
grey 灰色的
guerrilla 游擊隊
gulag 古拉格／（前蘇聯）勞改營管理總局
gypsy 吉普賽人
haj（伊斯蘭教）麥加朝聖／朝覲
hajj 麥加朝聖／朝覲
harass 騷擾（另有 embarrass〔使人尷尬〕）
hiccup 打嗝（不是 hiccough）
highfalutin 浮誇的
high-tech 高科技
Hizbullah 回教青年挺身隊
honour 光榮，honourable 光榮的
hotch-potch 雜燴（不是 hodge-podge〔混雜物〕）
humour 幽默，humorist 具有幽默感的人，humorous 幽默的
hurrah 歡呼（不是 hooray〔萬歲〕）
idiosyncrasy 癖好／特徵
impostor 騙子
impresario 主辦人
inadvertent 無意的
incur, incurring 招致
innocuous 無害的
inoculate 接種
inquire, inquiry 詢問（不是 enquire, enquiry）
install 安裝，instalment 分期付款，installation 安裝
instil, instilling 灌輸
Inter Services Intelligence agency 三軍情報局（簡稱 ISI）
intransigent 不肯讓步的
jail 監獄（不是 gaol）
jewellery 珠寶（不是 jewelry）
jihad 聖戰，jihadist 聖戰士
judgment 判斷
kibosh 阻止
kilogram or kilo 公斤（不是 kilogramme）
"Kum Bay Yah"〈肯巴亞〉／黑人靈歌〈歡聚一堂〉
labelling, labelled 貼標籤
laissez-faire 自由放任
lambast 猛烈抨擊（不是 lambaste）
launderette 自助洗衣店
leaned 傾斜（不是 leant）
leukaemia 白血病
levelled 使平整
libelling, libelled 發表文字誹謗（某人）
licence 執照（名詞），license 批准（動詞），licensee 持有執照的人
limited 有限的
linchpin 關鍵人物，lynch law 私刑
liquefy 液化
literal 字面意義的
littoral 沿海地區（shore〔沿岸〕）
logarithm 對數
loth 勉強（reluctant〔不情願〕），loathe（hate〔討厭〕），loathsome 令人厭惡的
low-tech 低技術
manilla envelope 馬尼拉信封，但菲律賓首都是 Manila（馬尼拉）
manoeuvre, manoeuvring 操縱
marshal 組織／安排（名詞和動詞），

marshalled 被編組的／集結的
mayonnaise 美乃滋
Médecins Sans Frontières 無國界醫生
medieval 中世紀
mêlée 混亂
memento 紀念品
mileage 里程
millennium 千禧年，millenarian 一千年的
mimicked 被模仿的，mimicking 模仿
minuscule 微小的
moccasin 莫卡辛軟皮鞋
modelling 建模，modelled 建模的
monied 有錢的（不是 moneyed）
mould 模具
mujahideen 聖戰者
Muslim 穆斯林（不是 Moslem）
naivety 天眞
'Ndrangheta 光榮會（義大利黑手黨組織）
nimbyism 鄰避行爲（居民反對在其居住地附近建設必要設施）
nine-dash line 九段線
nonplussed 不知所措的
North-east passage 東北航道
nosy 愛管閒事的
nought 零（用於數字），否則爲 naught
obbligato 助奏
occur, occurring 發生
oenology 釀葡萄酒學
oesophagus 食道
oestrus 發情期（oestrogen〔雌激素／動情素〕等等）
ophthalmic 眼科的（ophthalmology〔眼科學〕等等）
optics 光學（optician〔驗光師〕等等）
orangutan 猩猩
outsize 特大號的（不是 outsized）
paediatric 小兒外科，paediatrician 兒科醫生
palaeontology 古生物學，palaeontologist 古生物學家
panel 鑲板，panelled 鑲板裝飾的
paraffin 煤油
parallel 平行的，paralleled 平行的
Parti (and Bloc) Québécois 魁北克集團／魁人政團
Pashto 普什圖語，Pashtun 普什圖人
pastime 消遣
pavilion 亭
pedlar 小販（不是 peddler）
phoney 虛假的（不是 phony）
phosphorus 磷
piggyback 背負式的（不是 pickaback）
plummeted, plummeting 暴跌／直線下降的
poky 狹小的
Politburo 政治局
practice 練習（名詞），practise 練習（動詞）
praesidium 主席團（不是 presidium）
predilection 偏好
preferred 優先考慮的（preferring〔優先考慮〕，但有 proffered〔提供的〕）
preternatural 超自然的（不是 praeternatural)
preventive 預防性的（不是 preventative）
pricey 昂貴的
primeval 原始的
principal（head〔校長／院長〕，loan〔本金〕；或當形容詞），principle 原

則（抽象名詞）
proffered 提供的（proffering〔提供〕，但有 preferred〔優先考慮的〕）
profited 獲利了
program 程式（僅在電腦環境中，包括線上教學程式）；否則要用 programme
prophecy 預言（名詞）
prophesy 預言（動詞）
protester 抗議者
pukka 大人（印度人對住在印度的英國人的尊稱）／一流的／文質彬彬的
Pulitzer 普立茲
pygmy 侏儒
pyrrhic 皮洛士式的（以極大代價換取的）
pzazz 活力
Queensberry 昆斯伯里（Marquess of Queensberry〔昆斯伯里侯爵〕，他制定了昆斯伯里侯爵規則〔現代拳擊的基本規則〕Marquess of Queensberry Rules ／ Queensberry Rules）
queuing 排隊
racket 球拍
rack 折磨，racked 受折磨的，racking 折磨（譬如 racked with pain〔痛苦不堪〕，nerve-racking〔使人心煩的〕）
rankle 使人耿耿於懷
rarefy（使）變得稀薄
razzmatazz 喧鬧
recur, recurrent, recurring 復發
Red Army Fraction 紅軍派（不是 Faction）
regretted, regretting 後悔
restaurateur 餐館老闆
resuscitate 復甦
rhythm 韻律
rivet 鉚釘（riveted〔用鉚接釘牢〕，riveter〔鉚工〕，riveting〔鉚接／吸引人的〕）
rococo 洛可可
ropy 黏稠的
rouble 盧布（不是 ruble）
rumbustious 喧鬧的
rumoured 傳聞
sacrilegious 褻瀆神明的
sanatorium 療養院
sarariman 上班族（源自日文）
savannah 稀樹草原
Schadenfreude 幸災樂禍（源自德文）
seize 抓住／搶占
shaky 搖搖欲墜的
sharia 伊斯蘭教教法（不是 Sharia law）
shenanigans 惡作劇／詭計
sheriff 警長
Shia 什葉派（名詞和形容詞），Shias 什葉派，Shiism 什葉派教義
shibboleth 陳舊的習俗／（特定人群的）特有用語
shoo-in 穩操勝券的人（或隊伍）
Sibylline 女算命師的／西比拉的／神祕難解的
siege 圍城
sieve 篩
siphon 虹吸管（不是 syphon）
skulduggery 陰謀／詭計
smelt 聞到（不是 smelled）
smidgen 一小撮／一點點（不是

smidgeon）
smoky 煙霧瀰漫的
smooth 平地／使平整（名詞和動詞）
snigger 竊笑（不是 snicker）
sobriquet 綽號
somersault 翻筋斗
soothe 撫慰
souped up（汽車）改裝後功能增強的
soyabean 大豆
specialty 專長（僅限於醫藥，鋼鐵和化學領域），否則要用 speciality
sphinx 斯芬克斯／人面獅身像
spoilt 被寵壞的
squirrel 松鼠，squirrelled 被儲存的
stanch 止血（動詞）
stationary 靜止的（still〔靜止的〕）
stationery 文具（paper〔紙張〕）
staunch 忠實的（形容詞）
storey 樓層（floor〔樓層〕）
straitjacket 緊身衣，strait-laced 拘謹的（但有 straight-faced〔繃著臉的〕）
stratagem 計謀
strategy 策略／戰略
Sunni 遜尼派，Sunnis 遜尼派
supersede 取代
supervisor 監督者／指導者／指導教授
swap 交換（不是 swop）
swathe 長條區域／繃帶（不是 swath）
synonym 同義詞
Taliban 塔利班（複數）
taoiseach 愛爾蘭總理（但最好使用 prime minister〔總理〕或 leader〔領導人〕）
tariff 關稅
Tatar 韃靼人（不是 Tartar）
threshold 臨界點
titbits 少量食品／花絮
titillate 挑逗／激發慾望
tonton-macoutes 通頓馬庫特／國家安全志願軍（源自海地克里奧爾語）
tormentor 折磨者
tortuous 曲折的／拐彎抹角的
trade union 工會，trade unions 工會（但有 Trades Union Congress〔工會聯盟〕）
transatlantic 跨大西洋的
transferred 被轉移的，transferring 轉移
transpacific 跨太平洋的
travelled 旅行過的
tricolour 三色旗
trouper 團員（譬如 old trouper〔老團員〕）
tsar 沙皇（不是 czar）
tyres 輪胎
unnecessary 不必要的
unparalleled 無與倫比的
untrammelled 無拘無束的
vaccinate 給……接種疫苗
vacillate 動搖
vermilion 朱紅的
wacky 古怪的
wagon 貨車車廂（不是 waggon）
weasel 黃鼠狼，weaselly 狡猾的
whizz kid 神童
wilful 故意的
wisteria 紫藤
withhold 扣留
yarmulke（猶太男子戴的）圓頂小帽（最好使用 kippah）

yogurt 優格
yoke 軛（束縛牛的架子）
yolk 蛋黃
zipcode 郵遞區號

-able

debatable 有爭議的
dispensable 可有可無的
disputable 有爭議的
forgivable 可以原諒的
imaginable 可以想像的
implacable 不能改變的
indescribable 無法形容的
indictable 可提起公訴的
indispensable 不可或缺的
indistinguishable 難以區分的
lovable 可愛的
missable 容易錯過的
movable 可移動的
ratable 應稅的
salable 可銷售的（但最好使用 sellable）
tradable 可交易的
unmissable 不可錯過的
unmistakable 明白無誤的
unshakable 不可動搖的
unusable 無法使用的
usable 可用的

-eable

bridgeable 可橋接的
changeable 多變的
knowledgeable 知識淵博的
likeable 討人喜歡的
manageable 可管理的
noticeable 明顯的
serviceable 可維修的
sizeable 相當大的
traceable 可追溯的
unenforceable 無法執行的
unpronounceable 無法發音的

-ible

accessible 可接近的／可以理解的
convertible 可轉變的
digestible 容易消化的
dismissible 可駁回的
feasible 可行的
inadmissible 不可接受的
indestructible 堅不可摧的
investible 可投資的
irresistible 無法抗拒的
permissible 允許的
submersible 能潛航的

如果有疑問，請查詢《錢伯斯字典》或《牛津大詞典》（*Oxford English Dictionary*，簡稱 OED）。花這些時間很值得。

用語表

adverb（副詞）

可以修飾動詞：*quickly*（迅速地）

也能修飾形容詞：*extremely* tall（非常高）

或修飾另一個副詞：*extremely* quickly（極爲迅速地）

clause（子句）

包含主詞和謂語／述詞（predicate）的一組詞。基本子句由一個名詞和一個動詞組成：*Cats meow*（貓喵喵叫）。

在主詞和謂語上添加各種零碎內容並不能改變一個主詞和一個謂語就只是一個子句的事實：

The numerous cats outside my window meow incessantly at night.

（到了夜晚，我的窗外有許多貓咪不停喵喵叫。）

conjunction（連接詞）

將句子各部分連接在一起的小字。最常見的是 *and*、*but* 和 *or*。從屬連接詞（*subordinating conjunction*），例如 *that* 或 *which*，用於開啓從屬子句（請參閱下文）。

direct object（直接受詞）

通常是動詞動作的接受者：

The family bought *the house.*

（這家人買了這棟房子。）

它通常是一個名詞，但也可以是其他東西，譬如一個子句：

She learned *that she was pregnant.*

（她得知自己懷孕了。）

independent clause（獨立子句）

文法上可以獨立存在的子句，好比 *Cats meow* 這樣的簡單句子。

一個句子可以有好幾個獨立子句：

Cats meow and dogs bark.

（貓喵喵叫，狗汪汪叫。）

mood（語氣）

動詞的一種性質，表示它應該如何被理解。最常見的語氣是直述語氣（indicative）：

Anna *is* a lawyer.

（安娜是一名律師。）

另一種語氣是假設語氣（subjunctive），與建議、要求、勸告等有關：

Anna's mother insisted that she *be* a lawyer.

（安娜的母親堅持要她成爲律師。）

noun（名詞）

可以當成句子主詞：

The *cat* jumped.

（這隻貓跳下去了。）

或受詞：

I saw the *cat*.

（我看到了這隻貓。）

可以變成所有格：

the *cat's* pyjamas

（這隻貓的睡衣）

通常是複數：

two *cats*（兩隻貓）

名詞包括「人、地點或事物」，但並非所有名詞都屬於這些。

例如，名詞可以是抽象的：

nothingness（虛無）

也可以是名詞形式的動作：

the *completion* of the project

（這項計畫的完成）

noun phrase（名詞片語）

句子的一部分，可以充當某些角色，例如作爲句子的主詞或直接受詞。它至少包含一個名詞，以及與其相關的事物，好比定冠詞 *the*、形容詞和介系詞片語。

The black cat in the hat（戴帽子的黑貓）是一個名詞片語，它包含另外兩個名詞片語：*the black cat* 和 *the hat*。但名詞片語也可以只由一個名詞組成（*cats*）。

predicate（謂語／述詞）

通常是子句的一部分，用來描述主詞，例如性質、主詞執行的動作，或者涉及主詞的其他情況。

preposition（介系詞）

描述關係的詞，通常是空間關係：

on（上面）

near（鄰近）

然而，有些介系詞關係從字面上看不出來：

He talked *about* the book（他談論了這本書）

或只是因循習俗，例如：

different from（與……不同）比 *different to* 更通用

介系詞帶著名詞片語來完成介系詞片語（*prepositional phrase*）：

in the white room

（在白色房間裡）

with black curtains

（有黑色窗簾）

at the station

（在車站）

relative clause（關係子句）

一種修飾或單獨挑出名詞的從屬子句：

The cat *that he bought*（他買的貓）

the house *that they lived in*（他們住的房子）

a date *which will live in infamy*（永遠讓人想起國恥的日子）

arrant nonsense *which I will not put up with*（我無法忍受的一派胡言）

關係代名詞（relative pronoun，例如 *who*、*which* 或 *that*）通常用於引導這些子句。然而，關係代名詞通常可以省略：可以寫 *the house that Jack built*（傑克建造的房子），或者只寫 *the house Jack built*。

sentence（句子）

文法完整的字串，至少由一個獨立子句組成，以大寫字母開頭，以句號、問號或驚嘆號結尾。

subject（主詞）

幾乎每個英語句子中與動詞一致的部分，它是句子所要表達的內容。主詞通常是名詞並執行動作：

Steve jumps.

（史帝夫跳躍。）

但主詞可以是名詞以外的事物。它甚至可以是一個子句：

How you ever got to teach a course in anything is totally amazing.

（你的課程無所不包，這是如何辦到的，眞是非常令人驚奇。）

在被動句中，主詞不是「做的一方」而是「承受動作的一方」，例如：

The ball was kicked by the boy.

（這顆球被這個男孩踢了。）

subordinate clause（從屬子句）

無法獨立存在的子句，而是較長句子的一部分，扮演從屬的角色：

He regretted *that they had bought a cat.*

（他們買了一隻貓，他很後悔。）

She said *that he maybe should have mentioned this earlier.*

（她說他或許應該早點提到這件事。）

tense（時態）

動詞的一種性質，與動作發生的時間有關，例如現在或過去。

transitive, intransitive verbs（及物動詞，不及物動詞）

及物動詞要接直接受詞：

He bought the oboe.

（他買了雙簧管。）

雙受詞動詞（ditransitive verb）也帶有一個間接受詞或接受者：

He gave his daughter the oboe.

（他把雙簧管送給了女兒。）

不及物動詞沒有受詞：

He smiled.

（他笑了。）

有些動詞既是及物動詞，也是不及物動詞：

She practised.

（她練習了。）

或：

she practised the sonata.

（她練習了奏鳴曲。）

verb（動詞）

承載子句或句子核心訊息的單字。它通常是一個動作詞（*kicks*〔踢〕），但並不一定是這樣（*is*〔是〕、*seems*〔似乎〕）。

動詞會根據人稱（I *kick*〔我踢〕、he *kicks*〔他踢〕）和時態而改變形式（*kick*〔現在踢〕、*kicked*〔以前踢〕）。

voice（語態）

動詞的一種性質，決定了動作的執行者和接受者在句子中的排列方式：

The editor corrected the article's grammar.

（編輯修正了文章的文法。）

這句話採用常見的主動語態（active voice），主詞（編輯）也是動詞 *corrected* 的施事者。

然而，在被動語態中，這些角色互換了：

The article's grammar was corrected by the editor.

（文章的文法已被編輯修正。）

注意：被動語態（passive voice）和主動語態不是時態。

致謝

根據本書的指導，要用人人都會用的簡短字詞來寫文章，因此我的確不該用「acknowledgments」（致謝）當成本篇的英文標題。我其實只想表達發自內心的「thanks」（謝意）。

自一八四三年以來，《經濟學人》一直是集眾人心血的結晶。它的文章沒有署名（byline），這在新聞業中並不常見，但我們認爲這就表示自命不凡的人（prima donna）將不受歡迎（或者不太可能申請撰文），而願意合作的人必能如魚得水。

沒有一本書是眞正靠作者獨自寫成的，本書更是如此。雖然我從頭到尾都重新撰稿，但依舊大量借鑒了（有時逐字逐句照搬）備受尊崇的第一本寫作風格指南（編按：《經濟學人隨身版文風手冊》〔*The Economist Pocket Style Book*〕），該指南主要由約翰·格里蒙（John Grimond）撰寫。格里蒙在《經濟學人》有著輝煌的生涯，人盡皆知，多年來也一直捍衛本雜誌的風格。已故的史蒂文·休—瓊斯（Steven Hugh-Jones）是一九九〇年代最初的「詹森」（Johnson）專欄作家，爲約翰的指南提供大量寶貴的意見；他尤其對「may」和「might」這兩個字感到困惑，而本書對這兩個字以及其他許多條目的說明都帶有他的痕跡。安·沃洛（Ann Wroe）非常出色，從約翰手中接棒，擔綱主力，多年來不斷更新和補充這份指南的內容（編按：《經濟學人寫作指南》〔*Economist Style Guide*〕）。安·沃洛承擔這個角色時還抽空撰寫出色的訃聞（編按：專欄文章集結爲

《經濟學人訃聞冊》〔*The Economist Book of Obituaries*〕出版，與基斯 · 科霍恩〔Keith Colquhoun〕合編），行文展現的智慧和見解，取之不盡、用之不竭。她曾詳細評論這個版本，對我尤其甚有助益。接下安・沃洛的職位，其實並不輕鬆。

許多《經濟學人》的同事也針對寫作風格提出了看法，而本書也納入這些意見。安東・拉・瓜迪亞（Anton La Guardia）、派崔克・蓮恩（Patrick Lane）、英格麗德・埃斯林（Ingrid Esling）和山・史密利（Xan Smiley）不斷增添內容。其他人則針對具體問題提供專業知識。在商業、金融、經濟和科學領域，貢獻者眾多，包括：凱瑟琳・布拉希克（Catherine Brahic）、傑夫・卡爾（Geoff Carr）、提姆・克羅斯（Tim Cross）、亨利・柯爾（Henry Curr）、派崔克・福利斯（Patrick Foulis）、娜塔莎・洛德（Natasha Loder）、奧利佛・莫頓（Oliver Morton）、傑森・帕爾默（Jason Palmer）、揚・皮奧特羅夫斯基（Jan Piotrowski）和拉查納・尚博格（Rachana Shanbhogue）。第四章能夠完稿，要特別感謝他們。海倫・喬伊斯（Helen Joyce）和我開發了一套線上寫作課程，她在其中特別提供了第五章所依據的編輯指導。

本書討論的所有細小但重要的複雜問題，譬如貴族頭銜、更名的城市、外國姓氏慣例和軍階等等，無不超出任何人的專業知識範圍。格雷格・卡爾斯特羅姆（Gregg Carlstrom）、布魯斯・克拉克（Bruce Clark）、約翰・胡珀（John Hooper）、沙尚克・喬希（Shashank Joshi）、克里斯多福・洛克伍德（Christopher Lockwood）、羅傑・麥克沙恩（Roger McShane）、詹姆斯・邁爾斯（James Miles）、利奧・米拉尼（Leo Mirani）、尼古拉斯・佩勒姆（Nicolas Pelham）、麥可・里德（Michael Reid）和其他人幫我釐清了這些問題。在這方面，沒有一本指南可以讓所有人都滿意，但我希望這些同事能助我打造一種風格，達成兼顧尊重、準確和可讀（有時難以面面俱到）的目標。

菲亞梅塔·羅科（Fiammetta Rocco）支持詹森專欄重出江湖，讓我只需思考語言並針對它落筆行文，使我既快樂，又感到榮幸。多年來一直，安迪·米勒（Andy Miller）以睿智的眼光耐心編輯。我看了他修訂的每篇專欄文章，確信任何人寫的文章都得編輯。湯姆·斯坦迪奇（Tom Standage）鼓勵我寫下這份新指南，最重要的是，在我們的組織結構之外，贊尼·明頓—貝多斯（Zanny Minton- Beddoes）也認同更新和重寫我們指南的想法。艾德·卡爾（Ed Carr）曾多次與我分享他對於風格和其他議題的看法。

我要感謝 Profile 出版社（Profile Books）的克萊爾·格里斯特·泰勒（Clare Grist Taylor）耐心修訂本書，也謝謝保羅·福弟（Paul Forty）編審時一絲不苟，更要感謝安德魯·富蘭克林（Andrew Franklin）多年來對《經濟學人》系列叢書的支持。

國家圖書館出版品預行編目 (CIP) 資料

經濟學人英文寫作指南 : 如何寫出精簡又有風格的英文 / 萊恩 . 葛林 (Lane Greene) 著 ; 吳煒聲譯 . -- 初版 . -- 臺北市 : 經濟新潮社出版 : 英屬蓋曼群島商家庭傳媒股份有限公司城邦分公司發行 , 2025.09

392 面 ; 16.8x23 公分 . -- (自由學習 ; 49)

譯自 : Writing with style : The Economist guide.

ISBN 978-626-7736-07-4(平裝)

1.CST: 英語 2.CST: 修辭學 3.CST: 寫作法

805.171 114010255